ALBERTO FUGUET

JUNTOS Y SOLOS

ANTOLOGÍA ARBITRARIA

PRÓLOGO DE EDMUNDO PAZ SOLDÁN

3 2401 00922 533 7

NARRATIVA

La presente obra se publica en colaboración con la Universidad Autónoma de Nuevo León
Padre Mier No. 909 poniente,
esquina con Vallarta
Centro, Monterrey, Nuevo León,
México, C.P. 64000
Teléfono: (5281) 8329-4111
Fax: (5281) 8329-4095
E-mail: publicaciones@uanl.mx
Página web: www.uanl.mx/publicaciones

Derechos reservados
© Alberto Fuguet, 2014
c/o Indent Literary Agency
www.indentagency.com
© Del Prólogo: Edmundo Paz Soldán
© 2016 Almadía Ediciones S.A.P.I. de C.V.
Avenida Monterrey 153,
Colonia Roma Norte,
Ciudad de México,
C.P. 06700.
RFC: AED140909BPA

www.almadia.com.mx
www.facebook.com/editorialalmadía
@Almadía_Edit

Primera edición: septiembre de 2016
Primera reimpresión: octubre de 2016

ISBN: 978-607-8486-02-1

En colaboración con el Fondo Ventura A.C.
y Proveedora Escolar S. de R.L. Para mayor información:
www.fondoventura.com y www.proveedora–escolar.com.mx

Queda rigurosamente prohibida, sin la autorización de los titulares del *copyright*, bajo las sanciones establecidas por las leyes, la reproducción total o parcial de esta obra por cualquier medio o procedimiento.

Impreso y hecho en México.

SP
F
FUG

ALBERTO FUGUET

JUNTOS Y SOLOS

ANTOLOGÍA ARBITRARIA

PRÓLOGO DE EDMUNDO PAZ SOLDÁN

Almadía

Prólogo

A fines de los noventa, en un congreso en Milwaukee, le pregunté a Diamela Eltit qué opinaba de la obra de su compatriota Alberto Fuguet. Su respuesta llegó rápida, sin espacio para los matices: "No me interesa hacer Manhattan en Santiago". La audiencia –alrededor de cien académicos latinoamericanistas provenientes en su mayoría de universidades norteamericanas– prorrumpió en aplausos. A la salida, una profesora argentina me increpó: ¿cómo me había atrevido a invocar el nombre de "ese fascista" en la sala?

Esos eran los peores años post *McOndo*, la antología coeditada en 1996 por Fuguet y Sergio Gómez que presentaba en sociedad a una nueva generación de autores latinoamericanos (un cuento mío es parte del libro). El prólogo de la antología no contribuyó en nada a generar un espacio de reflexión propicio para entender los diversos proyectos narrativos de esa generación; más bien, facilitó los ataques. Cargando las tintas, Fuguet y Gómez señalaban que los nuevos autores nos despreocupábamos del compromiso político y público, y que nuestro gran drama no estribaba entre elegir "el lápiz o la carabina" sino "Windows 95 o Macintosh"; nuestros cuentos, "centrados en realidades individuales y privadas", podían leerse como "una de las herencias de la fiebre privatizadora mundial". *McOndo* quiso luchar contra un estereotipo –América Latina como el continente realista mágico, donde lo extraordinario es cotidiano y los escritores están dispuestos a morir luchando por su compromiso social– y terminó creando otro: América Latina como un continente donde sólo existe espacio para lo urbano y los escritores son valientes defensores del mercado neoliberal. La creación se volcó contra su creador: Fuguet mismo ayudó a que se lo redujera a un escritor de cartón piedra, a la vez apolítico y ultraderechista, el gran festejante de las virtudes del mercado.

Conocí a Alberto ese mismo año, 1996, con motivo de la presentación de *McOndo* en un congreso en Austin, Texas. Había leído una de sus novelas, *Mala onda*, sacada de la biblioteca de Berkeley –estudiaba allí el doctorado de literatura latinoamericana– y, como muchos, tenía una idea errada de él: confundía al personaje de Matías Vicuña con el autor. Por eso me sorprendió descubrir en Austin que fuera uno de esos escritores que prefiriera ir al cine o a un café en vez de a una discoteca, y que hablara mucho de libros. Me impresionó que leyera a tantos novelistas contemporáneos; discutía de Richard Ford y Philip Roth con Rodrigo Fresán, y yo no podía seguirles el ritmo.

Los libros de Fuguet y Fresán, y los de los autores que ellos mencionaban en Austin, dejaban entrar el aire de la cultura pop que se respiraba en las calles. No tenían temor a enfrentarse a los medios del momento –el cine, la televisión–; más bien, extraían de ellos una importante fuente de creatividad. Me atraía esa visión de la literatura no como un castillo abroquelado, la última pieza de resistencia de la cultura alta frente a los avances de la cultura popular, sino vista como un espacio para tomarle la temperatura a la "velocidad de las cosas", para detenerse un poco ante los cambios y rebobinar. Volví a Berkeley cambiado, con el deseo de mantener el diálogo y hacer algún proyecto conjunto; cuatro años después, Alberto y yo coeditamos la antología *Se habla español*, una mirada latina/latinoamericana de Estados Unidos.

La obra de Alberto Fuguet es más compleja de lo que el prólogo de *McOndo* parecería indicar. Desde sus primeros cuentos en *Sobredosis* (1990), este escritor es claramente político: basta como muestra el magistral "Pelando a Rocío", una narración estructurada como un intento esforzado por aprehender el verdadero *ethos* de una mujer en los años finales de la dictadura. ¿Cuál es la verdadera identidad de Rocío Patiño, esa mujer clasista, la más odiada de sus amigas por sus "prejuicios burgueses", que se inicia como pinochetista y luego se pasa de forma furiosa al bando contrario (" había estado presa varias veces por hacer barricadas y tirarles piedras a los pacos")? Al final queda el misterio, la leyenda urbana, la multiplicidad de rumores en torno al destino final de una mujer responsable de varias muertes por poner una bomba en la Municipalidad de Peñalolén. En el Chile polarizado de los años setenta y ochenta, Rocío Patiño es emblema de los caminos diversos y contradictorios que podía tomar el yo en su relación con la cruenta realidad del período: es la "niña bien" que se pasó al bando de los rojos con tanta convicción que quedan dudas en sus amigas si eso verdaderamente ocurrió o si fue apenas una tramoya, un juego de espejos. Fuguet se pregunta por el misterio del yo, pero también interroga sobre los caminos que debe tomar cada uno en un contexto de lucha política. No hay salidas fáciles, y la neutralidad no es una opción posible.

Tampoco hay en Fuguet un deseo de convertir a Santiago en Manhattan. Más bien, una y otra vez, Fuguet muestra y ahonda los contrastes entre ambos mundos. Nacido en 1964 en Santiago, el autor pasó su infancia en Encino (California), para volver definitivamente a Chile en el invierno de 1974. Su mundo bicultural y sus dificultades de asimilación al Santiago posterior al Golpe, "cuando me dejaron abandonado en un país bajo toque de queda", se representan de manera explícita en *Las películas de mi vida* (2002), una de sus novelas más autobiográficas. En ese Santiago en blanco y negro, "sin idioma, sin amigos, sin sentido", los buses están repletos, las avenidas llenas de baches, hay militares en las calles –las señoras los aplauden cuando pasan– y en los periódicos se leen titulares como: "PINOCHET: AL QUE NO LE GUSTA LA MANO DURA, QUE SE VAYA". Mientras en su barrio en Encino todos odian al presidente Nixon, en Chile todos parecen ver a Pinochet como un salvador.

No es casualidad que Beltrán Soler, el protagonista de *Las películas de mi vida*, al verse confrontado con una realidad así de hostil decida refugiarse en la oscuridad de los cines. Allí, en un mundo similar al que había dejado atrás en Encino ("casi todas las películas eran gringas, en el cine todo era en inglés"), el niño puede dar rienda suelta libremente a sus emociones. Y si los cines son un refugio, el cine se convierte en un lenguaje que servirá para muchas cosas: proporcionará analogías para entender lo que lo rodea ("Más que un país tercermundista, la escena parecía el comienzo de una vieja película B"; "Por toda la ciudad hay focos que iluminan el firmamento. Es como el logo de la Twentieth Century Fox. Idéntico. Calcado"), enseñanzas de vida ("Día por noche. Day for night. Filmar de día para que parezca noche. Pero se nota, siempre se nota. Eso es lo malo de los trucos, de mentir") e intertextos que servirán de punto de partida para la escritura ("Deambulando por la orilla oscura" y "Los muertos vivientes", los primeros cuentos que escribió Fuguet, están inspirados en películas como *La ley de la calle* [1983] y *Los guerreros* [1979]).

Del cine Fuguet también tomará una variedad de estructuras narrativas. Si "Más estrellas que en el cielo", publicado originalmente en *Se habla español*, tiene la forma de un guion cinematográfico, hay un cuento –"Cincuenta minutos"– que se sustenta en los diálogos de una película y, a la inversa, así como hay películas que inspiran ciertos textos, también hay cuentos como "Dos horas", que sirven de base a cortos cinematográficos. Están, a manera de condensación de todo un universo narrativo, los textos que respiran cine en todas sus líneas; "Cinéfilos" (2012) es quizás el mayor ejemplo en esta línea.

El maridaje entre cine y literatura hace natural que, a la hora de armar su genealogía literaria, los dos escritores convocados por

Fuguet como precursores, Andrés Caicedo y Manuel Puig, sean precisamente quienes más lejos han llevado en América Latina –junto a Guillermo Cabrera Infante– el encuentro entre estas dos artes. Puig es fundamental, sobre todo a la hora de pensar en los cuentos de Fuguet en los que el narrador desaparece completamente.

Es cierto que la cultura cinematográfica que respira Fuguet es, en su gran mayoría, norteamericana. Lo mismo pasa con el cúmulo de referencias a formas musicales, prendas de vestir, artistas, etcétera. Parafraseando una frase extraída del prólogo de *McOndo* –una de las más certeras–, habría que decir que Estados Unidos ha colonizado el subconsciente del escritor y de sus personajes. Alberto Fuguet, sin embargo, no es una anomalía sino un síntoma del proceso por el cual la sociedad chilena –y por extensión la latinoamericana– de fines del siglo pasado adoptó a Estados Unidos como modelo de imitación y apropiación. Más que representar a una sociedad verdaderamente globalizada, Fuguet expuso los sueños, ansiedades y límites de una generación norteamericanizada. Por las páginas de Fuguet deambulan jóvenes que usan la cultura de Estados Unidos como una *lingua franca*, que sueñan con ser parte de la fiesta del imperio pero que descubren, tarde o temprano, que su destino es quedarse en la periferia. Así ocurre en "Más estrellas que en el cielo", donde los protagonistas, unos chilenos que se han quedado en Estados Unidos con el sueño de triunfar en el mundo del cine, terminan confundidos con choferes de limusina de algún actor famoso.

La prosa de Alberto Fuguet siempre ha tenido algo urgente, visceral. Sus narradores se han mostrado cercanos a los personajes, adaptando su punto de vista, incorporando su lenguaje; un modelo inicial fue el primer Vargas Llosa, el de *La ciudad y los perros*. Pero Mario Vargas Llosa es un autor al que siempre vuelve: la influencia de su novela corta *Los cachorros* se aprecia en el cuento más reciente de Fuguet, "Cinéfilos": "Antes iban al cine, íbamos mucho al cine", se lee en el relato; "al cine que se proyectaba en salas, a esos cines viejos, con las plateas altas cerradas por falta de público. Estamos hablando de hace años, de hace décadas ya, sí, de más que sí, puta cómo pasa el tiempo, tantas películas que hemos visto y tragado y apenas recordamos los afiches, una escena quizás, el cine donde la vieron". El narrador coral de *Los cachorros* ("todavía llevaban pantalón corto ese año, aún no fumábamos, entre todos los deportes preferían el fútbol y estábamos aprendiendo a correr olas, a zambullirnos desde el segundo trampolín del Terrazas, y eran traviesos, lampiños, curiosos, muy ágiles, voraces") le sirve a Fuguet de modelo para este cuento en el que la narración oscila entre un "yo" y el "nosotros" de una pareja a lo largo del tiempo, desde la mirada de afuera (" iban") a la de adentro (" íbamos").

Los cuentos y novelas de Fuguet están construidos a partir del ritmo, de un oído y un lenguaje que se mueven cómodamente tanto entre los coloquialismos chilenos como en palabras sacadas del inglés, algunas naturalizadas como parte del español de la región y otras propias del vocabulario de Fuguet: "Y le gustó, fue emocionante, como en los viejos tiempos cuando andaba en la onda thrash, rock satánico, cosas de cabro chico, escandalizar con la pinta, joder, lanzarles pollos a los viejos para ver si así cachan"; "Los motts le tenían los tabiques anestesiados, de puro wired la tiró para quedarse con la pista vacía y bailar para reventar". Es una prosa que escucha a la calle y se planta decididamente en contra de una escritura literaria; está más cercana a Richard Price o Bret Easton Ellis o Manuel Puig que a la norma culta de un José Donoso o la misma Diamela Eltit.

Para algunos críticos, Fuguet ha representado un modelo de escritura antiliteraria; por supuesto, se trata de una mirada muy restringida de lo que puede ser y hacer la literatura. La paradoja es que la fuerza de la voz y la mirada de Fuguet, la flexibilidad de sus registros, han impuesto su estilo como uno de los más reconocibles e influyentes de la literatura chilena. Fuguet escribía como si no hubiera querido hacer "literatura"; al hacerlo, se convirtió en literatura.

Los protagonistas de los cuentos y novelas de Fuguet son hombres ("Pelando a Rocío" es una excepción). Suelen ser adolescentes o jóvenes con una relación conflictiva con el mundo adulto, que incluso prefieren perderse, escapar, antes que asumir ciertas responsabilidades; son consumistas de cultura pero, a la vez, no muy buenos ciudadanos de la democracia neoliberal. Las relaciones que entablan entre ellos son intensas y excluyentes: las mujeres no forman parte de la ecuación. De hecho, esa amistad entre hombres, si bien no se explicita como homosexual –muchos personajes de Fuguet son incluso asexuales–, de tanto en tanto llega a la tensión homosocial, como en los amigos de la novela *Por favor, rebobinar* o en el cuento "La verdad o las consecuencias". Un paréntesis sobre este último: hay una versión posterior más conocida de este relato, llamada "Road Story", publicada en el libro *Cortos* y también adaptada a novela gráfica, en la que Fuguet cambia la pareja de amigos hombres por una formada por un hombre y una mujer; ese cambio hace que se pierda la tensión sexual. De manera más obvia, está la relación de la pareja de amantes del cine en "Cinéfilos". Hay un pacto en esa relación entre dos hombres: "Acompañarse durante unos años entre sus relaciones con mujeres hasta que se estabilizaran en una supuesta madurez o enmendaran sus rumbos". Ese pacto no escrito es una excusa para estar juntos: "Ambos, sin querer, supongo, estábamos buscando tener un amigo cinéfilo, un hermano-de-celuloide, alguien con quien compartir esta adicción que no era secreta, pero al no tener con quien conversarlo, al no tener un cómplice con quien administrar esa hambre, se volvía secreta, obscena, culposa". ¿Y qué es lo que es secreto, obsceno, culposo? ¿La adicción al cine cuando no se la comparte o la relación intensa entre dos hombres adultos más allá de sus parejas?

Hay algo que no se dice del todo en la obra de Alberto Fuguet. Pero, ¿hay que decirlo todo? Sus escritos representan un magnífico trabajo con la perspectiva, el punto de vista, y generan cierta ambigüedad productiva a partir del juego entre lo que se menciona y lo que se esconde, entre lo que los protagonistas eligen revelar y aquello que no pueden porque no quieren o no saben, entre lo que los narradores conjeturan y lo que ocultan acerca de los demás.

Se me ocurrió armar esta antología después de leer *Tránsitos* (2013), el libro de ensayos de Fuguet que se lee como una antología de su no-ficción. Quería hacer algo similar con su ficción. Poco después, descubrí que era difícil escoger fragmentos de las novelas, que un primer capítulo de *Por favor, rebobinar* o *Mala onda* no darían cuenta del proyecto narrativo detrás de estos libros. Terminé enfocándome en los cuentos y relatos, la zona menos conocida de la obra de Fuguet. Era necesaria una revisión, ya a veinticinco años de que se publicaran los primeros cuentos. Decidí que fuera una antología "arbitraria", porque quería incluir algunas secciones de *Las películas de mi vida*, que siempre leí como cuentos, y una variedad de textos inéditos (entre ellos "Nosotros", el capítulo inicial de una secuela a *Mala onda* que nunca terminó de arrancar).

Esta antología muestra la versatilidad de un escritor capaz de moverse sin problemas en todas las distancias. Las novelas de Alberto Fuguet son parte del canon de la literatura chilena y latinoamericana contemporánea; sus cuentos también deberían serlo.

Edmundo Paz Soldán

La verdad o las consecuencias

Pablo siente que todo esto es un paréntesis. Los paréntesis son como boomerangs, cree. Incluso se parecen. Entran a tu vida de improviso y seccionan tu pasado de tu presente con un golpe seco y certero. El shock te deja mal, en una especie de terreno baldío que no es de nadie y tampoco es tuyo. Quedas a la deriva, atento y aterrado, inmóvil. En vez de actuar, esperas. Esperas que el boomerang se devuelva y cierre lo que le costó tan poco abrir. En el fondo, vives esperando una señal que te sirva de excusa.

Pablo siente que este tiempo muerto se está alargando más de lo conveniente. Se está acostumbrando.

Eso es lo que más le asusta. Mira el cielo y siente que es tan grande que se tiene que agachar. Acá todo es exagerado, inmenso, y el sol lo quema y lo seca incluso cuando está a la sombra.

Esta es una tierra para gente que no se asusta, piensa, que no le teme a geografías y pasiones que excedan la escala humana. Pablo siente que no debería estar aquí, pero tampoco se le ocurre otro lugar mejor. Si uno va a vivir entre paréntesis, lo menos es que haya espacio, piensa.

Lo primero que hizo Pablo cuando se acercó a la ribera sur del Gran Cañón fue vomitar. Pablo no tiene claro si fue la altura, la atmósfera demasiado limpia, la emoción o el espectáculo de esa vista que se abre y se pierde. Cuando piensa en el Gran Cañón, Pablo piensa en vértigo. Cuando piensa en su matrimonio, también.

Pablo se sube al auto que arrendó y enciende el motor. De la radio sale música tex-mex de una estación que está al otro lado de la frontera. Tocan algo de Selena. Sin auto, en USA no eres nadie, piensa. Por suerte no está mal de plata. Eso es lo peor que te puede pasar: perderlo todo y además no tener un peso. Claro que Pablo no lo ha perdido todo. Sólo la parte que más le duele. La parte por la que apostó.

El viento sopla horizontal y avanza lento como la legión extranjera. Pablo se detiene en la berma del camino. El pavimento se pierde en un espejismo que ya no lo engaña. El viento no acarrea ruido; a lo más, arena. Tucson está cerca. Pablo piensa detenerse un par de días ahí. Quiere alojarse en el legendario Congress. Pablo siente que los hoteles son lugares especiales. Está cómodo en ellos. Pablo odia los moteles chilenos porque los asocia con sexo rápido, con tener que rendir, con infidelidad y reviente.

Pablo reconoce que Estados Unidos ha colonizado su inconsciente. Recorriendo el Oeste, la ruta 66, Pablo siente que ha estado en lugares que le parecen familiares. Anduvo en Greyhound y quedó decepcionado. Demasiados perdedores. Sólo en Estados Unidos uno se puede perder tanto. Pablo prefiere manejar. En un bus, uno es pasivo, no controla su destino. Manejando, uno está obligado a mirar y se siente parte; absorbe la libertad y los límites. Nota cuando la bencina se acaba, cuando el cuerpo deja de rendir, cuando el cuentamillas avanza y no se devuelve.

Pablo no ha tenido contacto humano real en mucho tiempo. Incluso las bombas de bencina son self-service, por lo que calcula que no ha pronunciado más de quinientas palabras en tres semanas. Pablo ama los mapas. Nada le provoca más satisfacción que parar en un rest-area y sacar uno de la guantera y comenzar a estudiarlo, inventando rutas, sumando millas, apostando por sitios desconocidos. Pablo estudió cartografía en una universidad privada que nadie conoce o respeta. Aún no se titula. Sí hizo la práctica. Pablo no entiende por qué trabaja en otra cosa. Tampoco por qué trabaja con su padre.

Pablo detesta los cassettes y se limita a escuchar las radios locales. Se niega a encender el aire acondicionado y viaja con las ventanas abiertas. En las bombas de bencina compra Gatorade. Por lo general come burritos congelados que calienta en el microondas.

Pablo ha estado manejando en círculos, entrando y saliendo de un estado a otro, dejándose llevar por los nombres de los pueblos: Bisbee, Tombstone, Mora, Yuma, Kayenta. Por eso ha decidido regresar a Tucson. Tú-zon, como dicen que se pronuncia. Too-sawn.

En Tucson, Pablo arrendó el auto que ahora conduce por la 1-10, rumbo al sur. El auto tenía cero kilómetro y olor a plástico. Ahora está impregnado a transpiración. A empanada, piensa, lo que es bueno porque le recuerda a su país natal. Pablo no se ha bañado en días y su propio hedor lo embriaga y lo mantiene despierto, alerta, vivo.

Pablo lleva diez días con la misma polera gris con cuello en V que compró en una tienda de ropa usada en el barrio universitario. Eso fue lo que vio de Tucson: The University of Arizona y demasiados jóvenes que, a pesar de no tener tanta diferencia de edad con él, lo hicieron sentirse terminalmente viejo. Pablo se alejó de Tucson rápido, descartándola antes de conocerla de verdad. No le dio oportunidad. De alguna manera, eso fue lo que hizo con Elsa. Y con él.

–¿Dónde estás?

–En un restorán. En Gallup.

–¿Pero en qué país?

–En USA. Nuevo México, huevón.

–Nos tincaba que te habías ido para allá. Acá están todos apestados contigo, Pablo. La cagaste. Eres muy imbécil, te digo.

–Si me vas a insultar, te cuelgo.

–Qué has hecho, entonces.

–Recorrer.

–¿Te has agarrado alguna mina?

–No.

–¿Andas solo?

–Sí.

–¿No te da lata?

Pablo habla con Toño, su hermano menor, el que todavía vive con sus padres. Pablo es el del medio, lo que no facilita las cosas. Tres hombres y no arman ni uno, piensa.

–¿Y el papá?

–Él siempre te defiende, típico. Te sigue depositando tu sueldo. Rodolfo está furia. Te quiere echar. Dice que por tu culpa se estropeó un envío de chirimoyas.

–Iban a Philadelphia. Junto con las paltas hass.

–No sé, huevón. No pesco.

–Eso lo tengo claro. ¿Tú crees que me fascina estar todo el día rodeado de frutas por la chucha? ¿Crees que es muy agradable tener que ir todos los días a la Vega?

–Te pagan más que lo que te mereces, Pablo. Sacas la vuelta todo el día.

–Lo que más odio es el olor a fruta podrida. El olor de la calle Salas.

–No cacho.

–Vos te abanicas con todo.

–Mira quién habla. Todos aquí dicen que estás loco. Rodolfo dice que te va a pegar. Que eres un pendejo.

En las paredes del restorán cuelgan fotos en blanco y negro de vaqueros y forajidos. Pablo nota que en su mesa ya está su chili-con-carne.

–Estuve en la Biósfera II. Está cerca de un pueblo llamado Oráculo. Parece un mall de fibra de vidrio transparente.

–¿Qué es?

–Un experimento, Toño. Un millonario construyó algo como el arca de Noé. Está lleno de plantas y animales y el oxígeno entra por un tubo. Incluso posee un mar. Con olas.

–Parece que una vez vi algo en el Discovery.

–Dos tipos vivieron dos años dentro de esa burbuja, alimentándose con las frutas. Ya no hay nadie encerrado allá adentro.

–Mejor.

–Oye, Toño, ¿tú crees que uno podría vivir ahí, encerrado en una burbuja?

–Yo no, pero tú sí, Pablo. Siempre has vivido encerrado. Estás loco. Deberías volver. Las estás cagando. Elsa te recibiría de vuelta.

–¿Elsa?

–Tu esposa.

–Sé quién es.

–Elsa estuvo con la mamá. Creo que le contó hartas cosas.

–¿Está enojada?

–Dijo que ya que te fuiste de la casa, le da lo mismo que te viraras del país. Dice que te falta mucho.

–Eso es cierto.

–Se siente estafada.

–Yo también.

–Piensa vender el departamento.

–Que deposite lo que me corresponde en mi cuenta. Así puedo seguir viajando.

–Huyendo.

–Viajando.

–Eres el condoro de la familia.

–En todas las familias hay uno.

Pablo piensa que a veces piensa demasiado. Y a menudo siente que no siente nada, que todo le resbala. Pablo piensa que su vida no es como quiso que fuera. La gente tiende a posponer aquellos aspectos que más le cuestan. Quizás ahí estuvo su error: Pablo nunca planeó nada y ahora está pagando el costo de haber vivido siempre en el presente. El problema es que su presente es igual a su pasado, y si algo no cede, el futuro no se ve muy promisorio. Pablo se alegra que nadie pueda saber lo que piensa. La daría vergüenza ajena. No sabría cómo justificarse. No sabría por dónde empezar.

Pablo mira cómo el brillo de las aspas del ventilador se refleja en el espejo. El sol se cuela por las persianas y cae arriba de su cuerpo en lonjas simétricas. La ventana da a la estación del tren y a los cerros que rodean Tucson. Su cama es un catre de bronce. La pieza es espaciosa, con alfombras nativas en el suelo y sillas de madera. El escritorio de caoba tiene una biblia empastada en cuero rojo en uno de sus cajones. El teléfono es negro y tiene dial, como los de antes. También hay una cómoda, una tina como en la famosa canción y una vieja radio. No hay tele; sólo su imaginación, sus recuerdos y sus carencias.

Pablo intenta dormir pero tiene demasiado sueño. No puede leer nada que no sea revistas o diarios. Un ejemplar del *Tucson Weekly* acumula polvo sobre el parquet. Su capacidad de concentración es nula. Pablo se acuerda de una frase que una vez leyó en una pared que daba a la Plaza Ñuñoa: toda la infelicidad del hombre radica en una sola cosa: que es incapaz de quedarse quieto en su pieza. Algo así. Pablo piensa que su cruz es que no puede salir.

Pablo trata de no respirar y contempla su cuerpo. A veces siente que la persona que habita ese cuerpo no tiene nada que ver con él. Ya no es el de antes. Su cuerpo ha cambiado. Pablo hunde su estómago y observa sus costillas. Se fija cómo su cuello y sus brazos están bronceados y el resto no. Esta pieza es una gran pieza, piensa. Podría quedarme quieto en esta pieza. Si uno es capaz de conquistar la soledad, es capaz de conquistarlo todo. De eso es lo que uno huye, eso es lo que uno teme. Pablo siente que ya no le teme tanto. Más horror le produce estar en una pieza con alguien. Con alguien como Elsa que, con sólo dormir, lo ocupaba todo. Incluso su conciencia.

El Hotel Congress es un lugar donde vale la pena quedarse. Posee dos pisos y en el primero no hay habitaciones. Es de ladrillo y está en la vieja parte del downtown. El Congress es oscuro y tiene un aire art-decó. Las paredes están pintadas con motivos indios. El hotel data de comienzos de siglo y sigue más o menos igual porque Tucson no es una ciudad de turistas, sólo de universitarios.

Pablo ha pasado una semana encerrado en el Congress. Se ha cortado el pelo en la peluquería de abajo y se afeitó la barba pero se dejó un bigote y un chivo en la pera. Pablo cree que no tiene edad para ese look pero sabe que es aquí o nunca. El alma del Congress es un gran lobby donde se puede leer y mirar a la gente que llega o se va. El Cup Café es el restorán donde desayuna, almuerza y come. El Club Congress es el mejor club de Tucson. Se repleta todas las noches de estudiantes. No se puede dormir hasta las 2 a.m. Por eso el Congress es barato, piensa Pablo. Sólo aloja gente que no tiene apuro o le gusta el rock. Ambas cosas van juntas, cree.

En el segundo piso existe un pequeño living privado, con una gran tele vieja (sin cable) y sillones gastados. El Congress es un hotel mixto porque posee un par de piezas compartidas, con camarotes y baño común, que están asociadas a la sociedad internacional de albergues juveniles. Por eso en la sala hay una repisa con novelas que la gente deja atrás (casi todas en alemán) y folletería diversa que promociona sitios turísticos cercanos. Pablo a veces se instala a mirar tele. Una noche, después del programa de Conan O'Brien, unos chicos neozelandeses que estaban de paso cambiaron el canal y sintonizaron el canal cultural de la universidad. Por esas cosas del destino, esas cosas que cuesta creer, la estación exhibía un programa de la BBC sobre viajes. Una pareja multiétnica recorre el mundo con mochila y cámara High-8. El país de esa noche era Chile. Mostraron Valparaíso, esas casas raras de Ritoque, Punta Arenas. Entrevistaron a hijos de desaparecidos, a gente posmo. Después apareció el cantante Pablo Herrera y, con uno de sus dulzones temas de fondo, habló del romanticismo chilensis. Imágenes del Parque Forestal y de gente atracando en las calles. El animador dijo que en Chile la gente se besa al aire libre. Es porque todos viven con sus viejos o en sus casas están sus cónyuges oficiales, piensa Pablo, pero su tocayo tiene otra teoría: "Si en Chile no tienes pareja, no vales. Todos tus éxitos son nada. Eres un marginado al que no le queda otra que irse". Pablo se fue a su habitación, pero no pudo dormir. No quería soñar con Elsa.

Pablo está excitado pero niega tocarse. Pablo lleva dos meses sin acostarse con una mujer ni masturbarse. Es un desafío extraño y lo hace sentirse bien aunque a veces cree que va a flaquear o a estallar.

Pablo ama esta pieza del Congress. Podría instalarse a vivir aquí. Ya conoce a la gente que deambula por el hotel. Un viejo vaquero con botas de cocodrilo, una escritora del este de Europa que toma cervezas con un huevo crudo dentro y que escribe a máquina. Pablo puede escuchar el tecleo desde su pieza. Son vecinos. El ruido se cuela por las paredes. La escritora luce una trenza canosa y escucha pausadas canciones de Johnny Cash que lo deprimen.

Los mochileros que alojan en las piezas de los camarotes son casi siempre europeos y no están más de una noche. Los escasos japoneses son pequeños y compran artesanía. Se van a acostar temprano.

Hace dos días que vaga por los pasillos un tipo latino de más o menos su edad. De anteojos redonditos y el pelo casi al rape. Ve el canal en español. Pablo lo sorprendió mirando a Don Francisco. Podría apostar que estaba llorando pero no le consta.

Pablo se dio cuenta de que algo andaba mal entre Elsa y él una noche en que Elsa estaba donde su hermana y él terminó en el cine con un grupo de gente que no conocía muy bien. La película era una comedia nada de cómica, aunque aquellos con que estaba se rieron de buena gana. Esto le llamó la atención: eso de no ser capaz de reír. Le pareció sintomático.

Entre la gente con que fue al cine estaba Fabio. Pablo considera a Fabio entre sus escasos amigos. Fabio nunca anda solo y esa vez la elegida era una intensa arquitecta recién recibida que no paró de criticar el uso del espacio del pub donde luego se fueron a instalar. Había otra gente más, pero Pablo los ha borrado de su recuerdo. Como esa pareja que anunció que iba a tener un hijo.

Es probable que estuviera Coné, porque Coné siempre está donde está Fabio. Pablo odia ese tipo de local y no entiende cómo vuelve a caer. Después que llegaron los tragos y una tabla con quesos y uvas, la gente trató de sofocar el silencio con temas varios.

Pablo cree que él fue el que comenzó el tema, pero no le consta. Sí sabe que la que esparció la tesis sobre la mesa fue la arquitecta. A la larga, dijo, el mundo de uno se define a partir de círculos concéntricos. Los que están más cerca de uno son los íntimos y ahí están los amigos más cercanos e imprescindibles. Son lazos viscerales que no se cuestionan. Después, en el segundo círculo, están los amigos. La arquitecta dijo que los amigos son aquellos con los que uno engancha, a los que les cuenta cosas, los que uno sabe que están de tu lado aunque uno los vea tarde, mal y nunca. En el círculo externo, en tanto, están todos los conocidos, que no es lo mismo que gente que uno conoce. Es gente con que se tiene contacto, almuerza o ve en fiestas o en el trabajo. Es gente que te cae simpática. Fabio preguntó en qué parte se ubicaban los padres, los hermanos, los hijos y la pareja. La arquitecta dijo que la familia estaba en otro nivel, aunque la pareja, al no ser sanguínea, necesariamente debía estar en el círculo íntimo. Pablo recuerda que en ese instante Coné abrazó a Fabio y todos se rieron. Fabio lo empujó lejos y luego le golpeó la espalda afectuosamente. Coné empezó a nombrar a la gente que sentía cercana. Fabio era un íntimo y a Elsa la consideró una amiga. A Pablo, Coné lo puso en la categoría de conocido. Esto golpeó a Pablo.

Fabio, que por lo general entendía que existían espacios que había que respetar, le preguntó a Pablo por su lista. Pablo lo quedó mirando pasmado y trató de pensar. En su mente comenzó a hacer listas y a tabular. En ese momento percibió que algo terrible acababa de ocurrir. Pablo sintió que había entrado en un terreno peligroso. Pablo se dio cuenta de que, por mucho que lo intentara, todos caían en el círculo de los conocidos. Partiendo por Fabio. Pero eso no era nada. Pablo captó que Elsa también caía en esa categoría y sintió que sus uñas se trizaron. La arquitecta lo instó a nombrar su lista. Pablo enmudeció y se quedó así hasta que todos se levantaron. Pablo no contribuyó a pagar la cuenta.

Afuera, el frío precordillerano de la parte alta de Santiago lo heló. El humo que salía de su boca le bloqueó la vista. Pablo llegó a su auto y el parabrisas estaba totalmente congelado. Encendió el defrost, pero el grueso hielo no cedía. Por un instante, lo único que existía en el mundo era el ruido del ventilador.

Pablo pensó en esa pareja que iba a tener un hijo. Después concluyó que no era casualidad que Elsa estuviera con su hermana y no con él. Pablo sintió que odiaba eso de estar solo en una mesa de gente emparejada. Pablo miró el parabrisas: trozos de hielo se deslizaban hacia el capó. Pablo cree que fue en medio de ese deshielo cuando el boomerang le golpeó la nuca y el paréntesis se abrió.

Pablo volvió a ver al tipo latino dos veces. La primera fue al frente del hotel, por la calle Congress. El tipo latino le tiró una bicicleta mountain a una chica americana que lucía una camisa de franela de hombre. Ella le gritó de vuelta y empujó la bicicleta a la calle. Un auto tuvo que frenar. El tipo latino le gritó fuck you! con un marcado acento y arrastró la bicicleta dentro del lobby. La chica americana se fue contra él. El latino le pegó un combo en el estómago y después le golpeó la cara. La chica comenzó a sangrar por la nariz.

La segunda vez fue en el Club Congress. Era noche de reggae. Pablo tomó bastante Corona y mezcal. Comenzó a mirar a una chica levemente anoréxica de la universidad que siempre acudía al club. A Pablo no le gusta mucho bailar, pero cuando ella lo sacó, no pudo negarse. Pablo no bailaba en mucho tiempo. Y no estaba cerca de una mujer en siglos. Con Elsa dejaron de tocarse meses antes de que él se instalara en el Hotel Los Españoles. La americana estaba borracha y el latino, que bailaba solo a su lado, también.

Cuando el calor se hizo insoportable, Pablo invitó a la chica a tomar aire. Ella le dijo que se llamaba Nicki y que estudiaba literatura inglesa. Pablo le dijo que él estudió lo mismo, pero sólo duró un año; después se cambió a cartografía. Nicki le dijo que ella no tenía sentido de la orientación, por lo que Pablo le indicó el norte. Nicki lo besó con lengua y lo rozó con su helada botella de Dos Equis. Nicki olía a humo y a CK. Tenía un aro en el ombligo. Ella intentó sacarle su argolla de matrimonio, pero estaba tan apretada que no pudo. Nicki le dijo que subieran a su pieza. Pablo se puso nervioso. No le gustó que ella fuera tan insistente, no tolera que las mujeres tomen la iniciativa. Pablo le dijo que volvieran a bailar. Nicki le dijo que se fuera a la mierda.

Pablo estaba soñando con Elsa cuando lo despertaron los disparos. Primero uno contra la pared. Después, otro quebró un espejo. Los gritos comenzaron de inmediato, por los pasillos. Gente hablando en español, en alemán. Otro disparo pasó por la ventana y los vidrios cayeron sobre un auto. Pablo creyó que alguien estaba en su pieza. Aterrado, se tapó con la almohada. Los disparos siguieron, todos contra la pared que estaba detrás de su cama. Entonces comenzaron los golpes en la puerta. Pablo recién ahí se dio cuenta de que no era en su pieza sino al lado. Open up!, open up! Pablo saltó de la cama, en bóxers. Abrió la puerta. El pasillo olía a pólvora y estaba lleno de gente en ropa de noche. El mexicano a cargo del hotel subió corriendo y casi lo pisa. Con una llave abrió la puerta del lado. Pablo vio a la escritora europea tendida en el suelo, rodeada de sangre, con una pistola en la mano y sus sesos deslizándose sobre un afiche que decía John Dillinger: Wanted Dead or Alive. Pablo sintió una mano fría en su hombro. Era el latino.

–Che, qué quilombo.

Entonces el latino comenzó a llorar y cayó sobre Pablo, pegándole como si él tuviera la culpa.

Pablo mira por la ventana y ve cómo el tren pasa por entremedio de un interminable lago salado que no tiene agua, sólo sal. La sal agarra formas entretenidas. Como monos de nieve.

Pablo va a bordo del Sunset Express de Amtrack. El destino final del tren es Miami. Pablo lo tomó hace unas horas. Venía atrasado de Los Ángeles. Pablo viaja en salón. El tren no está muy lleno y es increíblemente limpio y acogedor. Pablo cree que ya están abandonando Arizona. Mira el mapa. El tren se detiene en pocas partes. Pablo está dudando si bajarse en San Antonio, Texas, y ver El Alamo, o seguir hasta Nueva Orleans.

Pablo piensa que el suicidio de anoche no fue casualidad. Cree que algo se quebró en él, pero no sabe qué. Una vez que el argentino logró recuperarse, Pablo se encerró en su pieza. Supo que debía arrancar de Tucson cuando antes. No podía seguir ahí. Bajó al lobby, escuchó algunos de los chismes de las mucamas mexicanas y averiguó que el tren al este pasaba cerca del mediodía. El hotel olía a sangre. Pablo no podía respirar. Pablo llamó a Elsa por teléfono.

Contestó un tipo. Colgó.

El tren se detiene en Deming, Nuevo México. Pablo se baja un segundo en el andén. No hay ventas. Ni pan de huevo ni frutas ni pasteles. Esto no es México sino Nuevo México, piensa. Dos ancianos se bajan con dificultad. Un tipo con sombrero de vaquero se sube en la clase más económica.

El tren parte. Pablo decide caminar hasta el viewing car, el carro para mirar, que es todo de vidrio. Pablo se instala en un sillón y estira las piernas. El desierto tiene la particularidad de anular todo pensamiento. Pablo, sin querer, se duerme.

–La policía dice que se mató con la última bala que le quedaba.

Pablo despierta y ve al argentino-latino a su lado.

–Adrián Pereyra. Con ye. ¿Vos?

–Pablo. Con b larga.

–¿Sos de Chile?

–Por lo general.

El tren avanza paralelo a la frontera, casi rozándola. Está la línea férrea, una reja, un acantilado y una miseria de río que a este lado se llama Grande y al otro, Bravo. Jeeps del Border Patrol patrullan las riberas. Al otro lado, no hay reja. Hay cerros secos cubiertos de chozas. En uno de los cerros hay una cruz. A lo largo de todo el río hay miles de personas mirando cómo el tren pasa. Están esperando que oscurezca.

El tren está ingresando a El Paso, pero El Paso está detrás de unas paredes y lo único que se ve es Ciudad Juárez. Los ancianos del tren se asoman por la ventana y miran aterrorizados el espectáculo del Tercer Mundo acechando a tan pocos metros. El Paso puede ser una de las ciudades más raras del mundo. Es como si Santiago fuera dos países, piensa Pablo. A un lado del Mapocho, Estados Unidos. Al otro, México. La Vega es Ciudad Juárez y Providencia es USA. Pero ese contraste queda corto. Esto es mucho más.

–Bajémonos.

–¿Qué?

–¿Tenés apuro? Podemos cruzar al otro lado. Es sólo un puente. Cruzás en dos minutos.

–El otro tren pasa en dos días más.

–¿Y? Hacemos hora.

Pablo apaga la radio porque ya no sintoniza nada. Revisa la hora en el tablero del Geo arrendado en el Budget de El Paso. Una de la mañana con doce minutos. No tiene sueño. Adrián está atrás, durmiendo. Ronca. Pablo odia a la gente que ronca. Le da vergüenza ajena. Tanta que no se atreve a decirle que deje de hacerlo. Elsa, por suerte, nunca roncó.

A Pablo le cuesta creer que no está en Texas y que haya regresado a Nuevo México. Lo que más lo asombra es percatarse que lleva tantos días con Adrián Pereyra a cuestas.

Pablo y Adrián se bajaron del tren en forma intempestiva y dejaron sus escasas pertenencias en la custodia de la estación. Caminaron cinco cuadras por una calle infecta y llegaron al borde mismo de Estados Unidos. Estaba anocheciendo y por el Río Grande bajaba una brisa sospechosa. Al frente, Ciudad Juárez se atestaba de luces. Cruzaron el puente Paso del Norte luego de pagar 25 centavos de dólar. Cuando llegaron al otro lado, Pablo sintió que estaba en otro mundo. Los olores eran otros y algo le daba miedo. Estados Unidos le parecía muy distante.

Adrián caminaba rápido y parecía conocer la ciudad. Le dijo que salieran del circuito para gringos y se perdieran en el barrio malo. A Pablo no le gustaba esto de perder el control y ser dirigido. Tampoco confiaba en Adrián. Le parecía impredecible. Pablo detesta todo lo que llega de improviso.

Terminaron en un bar estrecho que tenía varios salones. En uno, una tipa bailaba totalmente desnuda un tema de Yuri y se introducía una botella de Corona en su zorra mal depilada. En otro, un grupo de hombres jugaban pool. Adrián pidió tequila con limones. Exigió Cuervo Dorado, añejo.

–No ando con mucha guita. ¿Pagás vos?

El cambio era muy favorable.

–¿Y el gusano?

–El tequila no viene con gusano. Es el mezcal.

–¿No es lo mismo?

–Mirá, el tequila es un mezcal pero un mezcal no siempre es un tequila. Mezcal es el genérico, ¿entendés?

–No.

–El tequila sólo se hace en Tequila. En Jalisco. El mezcal se embotella en cualquier parte.

–Como el pisco y el aguardiente.

–Exacto.

–¿El gusano es por el cactus?

–Ni el tequila ni el mezcal se hacen de cactus sino de agave. Ojalá azul.

–¿Y cómo sabes tanto?

–Tomando se aprende.

En muy poco tiempo, estaban borrachos. Seriamente intoxicados. Adrián trató de contarle su vida. Pablo se limitó a escuchar.

–¿Conocés Rosario?

–¿Debería?

Adrián vivió un tiempo en Chile y se quedó pegado en el Valle de Elqui. Recorrió Sudamérica. Seis meses de vagabundeo. En Bolivia, en un pueblo llamado Tarija, conoció a Stephanie, una gringa de Massachusetts, que estaba mochileando.

–Nos fuimos a Paraguay juntos. Era una piba, pero no sabés cómo era en la cama. Tiene veinte años pero la mina sabe lo que quiere, lo que es raro, ¿no?

–Muy raro.

–Me fui a vivir con ella. Pero todo se jodió. Me quedé al pedo. Cero. Sin casa ni orgullo.

–¿Qué hacía en Tucson?

–Estudiaba en la universidad. Antropología.

–¿Y tú?

–Lavaba platos. Yo creo que ahí estaba el problema.

–¿Los lavabas mal?

–A ella le daba vergüenza. Y eso no puede ser. No podés querer a alguien que no admirás.

Adrián, como buen argentino, no tenía problemas ni con su inconsciente ni con sus emociones. Pablo miró la mesa. Dos botellas de Cuervo vacías. Se sentía horrible, mareado, mal. Adrián se puso a lagrimear y trató de abrazarlo. Pablo odia que lo toquen y no tolera que un hombre llore.

–Mejor nos vamos.

–Pidamos otra más. Aún no te cuento lo peor.

–Quizás, pero no me voy a quedar acá. Volvamos a la civilización.

Pablo ayudó a Adrián a levantarse y salieron a la calle de tierra. Pablo no tenía idea de dónde estaba y no deseaba preguntar para no revelarse como turista. Adrián se colgó de su cuello. Pablo lo empujó lejos.

–Sabés que la muy hija de puta se quedó con mi campera. Las mujeres siempre te joden.

Por fin llegaron a una calle pavimentada y después de dar vueltas en vano, tropezándose con ellos mismos, encontraron la avenida que daba al puente.

–Si no se sufre, Pablo, no se aprende.

–Ya he aprendido suficiente.

En una tienda para turistas Adrián compró otra botella de Cuervo, pero esta vez blanco. Pablo lamentó haberse bajado del tren.

–Deja de tomar.

–Sí, mami.

En una esquina, frente a una taquería que emanaba aceite y chile, Adrián comenzó a mear, mojando con su chorro un afiche del candidato del PRI y todos sus pantalones. Pablo decidió abandonarlo y comenzó a marchar rumbo a El Paso. Adrián corrió y casi le pega. Era fuerte.

–Uno no abandona a los amigos cuando están mal.

–Sí, pero tú no eres mi amigo.

Pablo tomó otro trago y siguió caminando. Adrián lo siguió como un perro. Cruzaron el puente y cuando llegaron al otro lado tuvieron que ingresar a la oficina de inmigración. El guardia dijo que no podía dejarlos ingresar. Que si fueran americanos sí, pero argentinos borrachos era como mucho. Pablo no supo qué hacer. Salió de la oficina, agarró a Adrián, cruzó el puente, lanzó el resto del tequila al río y volvió a Chihuahua. En un café que no estaba ni a diez metros de la frontera, rodeado de mariachis cantores, sentó a Adrián en una silla, le dio una bofetada, pidió una jarra de café y le dijo:

–A ver, ¿qué te pasó en Tucson? ¿Qué fue lo que te hizo que te dejó tan mal?

Terminaron durmiendo en la misma pieza de un hotel llamando Gardner, que era aun más antiguo que el Congress pero sin la onda.

La estación de tren de El Paso estaba cerrada, por lo que no pudieron sacar sus bolsos. Adrián hizo tilt y Pablo tuvo que meterlo a la fuerza dentro de un taxi. El Gardner resultó estar sólo a diez cuadras de la frontera. Eran las 5 a.m., hora de Texas, y el hotel también era albergue y estaba copado de europeos. Pablo no deseaba dormir con Adrián, pero no había otra posibilidad.

Indeciso, Pablo aceptó la pieza. Lanzó a Adrián sobre una cama y después de meditarlo un resto, decidió no sacarle los zapatos. Pablo se desvistió a medias y se metió en la otra a pesar del calor.

Adrián comenzó a roncar. Y a tirarse pedos que parecían bombas. Pablo lo odió. Se prometió nunca volver a verlo.

Durmieron toda la mañana. Pablo despertó a media tarde. Se duchó, le dejó una nota y fue a la estación a retirar los bolsos. En una licorería compró Anacin y se tomó cinco tabletas con una botella de Gatorade. Debajo del Hotel Gardner había un restorán que daba lástima. Pablo pidió enchiladas grasosas y miró el noticiario de Univisión en la tele. Pablo necesitaba estar solo. No quería ver a Adrián. Subió a la pieza y antes de abrirla se imaginó que ya no estaba, que se había ido.

Pablo abrió la puerta y lo vio tendido en el suelo, rodeado de sangre. Estaba en polera y calzoncillos y ambas prendas estaban cuajadas de rojo. Adrián se veía pálido y no se movía. Pablo pensó en Tucson, en el Congress, en la escritora. Miró la cama: estaba roja, con vómitos sobre la almohada. Pablo se acercó y comprobó que estaba vivo. Le habló pero Adrián sólo emitía quejidos. De su boca le salía sangre. Pablo tomó el teléfono y marcó 911.

El mall está en las afueras, pasado la inmensa base militar de Fort Bliss, en la parte de El Paso que parece California. Pablo llegó al mall en el Geo que arrendó. El ataque de Adrián lo hizo cambiar de planes, le anuló su huida a Montana.

Adrián sufrió un ataque de cirrosis hepática. Se le reventó una várice del esófago o algo así. El esfuerzo del vómito lo hizo estallar. Perdió mucha sangre. El doctor le dijo que le salvó la vida. Pudo haberse desangrado. A Pablo no le gusta la idea de andar salvando vidas pero qué iba a hacer. Tuvieron que hacerle una transfusión.

Le formularon preguntas sobre el tipo de sangre, enfermedades pasadas, alergias. Pablo no pudo responder. Pablo revisó el bolso de Adrián para ver si encontraba algún seguro o papel importante. Entre sus cosas se topó con un revólver. Pablo no se atrevió a comprobar si tenía balas. Cuando lo interrogaron sobre el seguro, Pablo cedió a regañadientes su Visa.

Pablo termina su soft-taco y sale del mall al auto. Comienza a manejar rumbo al centro. Adrián lleva cuatro días hospitalizado. Pablo trata de imaginarse a Adrián y Stephanie gritándose en Tucson. Los golpes, los celos, las traiciones, el tipo con que ella se metió, los insultos. La escena le parece muy latina. Pablo siente que a su vida le hace falta ese tipo de emociones encendidas. Pablo piensa en el revólver.

–Adrián, ¿eso qué hiciste allá en Juárez fue a propósito?

–¿Qué? ¿Tomar así? Tú también tomaste.

–No tengo cirrosis.

–No traté de matarme. No soy tan lúcido. Mi idea es matarme de a poco. Espero lograrlo a los ochenta.

–¿Has tomado mucho? No sé, ¿de pendejo?

–No sólo he tomado.

–A qué te refieres.

–Digamos que no soy un trigo muy limpio. ¿Vos?

–Intento serlo.

–¿Nunca has hecho algo de lo cual te arrepentiste?

–Todos, ¿no?

–Unos más que otros, Pablo.

–Bueno, mira... Te voy a contar algo...

–Contá.

–Se supone que es un secreto.

–Está bien.

–Embaracé a una chica. Hace años… Tenía quince. Yo diecisiete. No me atreví a decírselo a mis viejos. Fabio me prestó plata. Pero no la acompañé, la dejé sola.

–¿Eso es todo?

–Pude haber hecho más, Adrián. Pude apoyarla. La dejé sola. Claro que yo no sabía mucho, me asusté…

–A todos nos ha pasado más o menos lo mismo.

–¿Sí?

Pablo y Adrián están en la cumbre de una duna que parece azúcar. Alrededor de ellos no hay más que dunas blancas que refractan con sus granos la luz blanca del sol. Están en White Sands National Memorial. Llevan un par de horas caminando por las dunas. Hace calor pero está seco.

–¿Has estado preso?

–No por lo que pensás.

–¿Has matado a alguien?

–No te voy a robar. Puedes estar tranquilo.

–¿Y el revólver?

–Dejá el revólver tranquilo. Es para protegerme.

–¿De qué?

–De cosas.

–¿Dónde lo conseguiste?

–South Tucson. Con los mexicanos.

Pablo le cree a Adrián. Eso le parece extraño. Hace mucho tiempo que no sentía que alguien le decía exactamente toda la verdad. Adrián lo asusta pero también lo tranquiliza. Le da confianza.

–¿Qué hacía Elsa?

–Hace. No se murió.

–¿Qué hace Elsa? ¿En qué labura?

–Da lo mismo. Detesto que la gente pregunte por las profesiones de las personas. "¿Y tú qué haces?" Qué les importa lo que uno haga. Y si no hace nada, ¿qué implica eso? ¿Que uno no es nadie?

–Un poco.

–Sabes que no.

–Y, un poco. Tenés que ver.

–Yo exporto frutas. El negocio de mi viejo.

–¿Uvas?

–Chile es más que uvas.

–¿Y Elsa?

–Es ejecutiva en un banco. Ejecutiva de cuentas.

–¿Te manejaba tu cuenta?

–No. Después que comenzamos a andar juntos, me cambié de ejecutiva.

–¿No confiabas en ella? ¿Te afanaba?

–No, no queríamos mezclar las cosas.

–Eso es al pedo, che. Hay que mezclar las cosas. Como cuando uno fifa, ¿viste? Que todo se embrolle.

–Podemos cambiar de tema.

–¿No te gusta hablar de sexo?

–No contigo.

–Yo sé mucho de sexo.

–¿Y?

–Te podría ayudar.

–No ando buscando ayuda, Adrián.

–Vos me ayudaste, me hiciste una gran gauchada.

–No fue a propósito. Ocurrió. ¿Qué iba a hacer?

–Sos un gran tipo, a pesar de todo.

–Qué significa a pesar de todo.

–Eso: a pesar de todo.

Pablo pone segunda. El camino serpentea entre pinos. En medio del desierto, surgen estas montañas. Pronto será de noche.

–¿Por qué no tuvieron pibes? ¿Por lo que te pasó?

–Me asustó darme cuenta de que iba a transformarme en un padre muy parecido al mío.

–¿Por eso?

–Entre otras cosas.

–¿Y ella?

–Ella fue la que me dijo eso: eres como tu padre, Pablo.

–Che, qué feo.

–Sí.

–Zafaste a tiempo.

–Quizás pude esperar. Ver si se arreglaban las cosas.

–Yo tengo dos pibes.

–¿Estás casado?

–No hay que casarse para tener nenes, Pablo. No aprendiste tu lección.

–¿Y dónde están?

–Uno está en Tucumán. El otro, no sé. En Buenos Aires, creo.

–¿Madres distintas?

–Uno nunca aprende.

–¿Y tu padre, Adrián?

–Lo maté. Por defensa propia, digamos.

Pablo mira el letrero que acaba de iluminar con sus luces altas. El pueblo siguiente está a quince millas. Pero el subsiguiente, al que desea llegar, está bastante más allá. Ochenta millas más, por el desierto. El reloj del tablero ahora marca 3:26. Adrián sigue durmiendo. Está débil.

Pablo decide jugársela. En una hora y media más podrán llegar a Truth or Consequences. La verdad o las consecuencias. Qué nombre más extraño para un pueblo. La verdad o las consecuencias. El dilema de siempre, a menos de ochenta millas.

Pablo señaliza y toma el desvío. El pueblo está bajo un cerro y la luna refleja el Río Grande que está en sus primeras etapas, lejos de la frontera. Truth or Consequences sólo posee un semáforo, pero no hay ningún auto circulando. Pablo llega al final del pueblo; hay un par de bombas de bencina. Se detiene en una y baja. Conversa con un tipo indígena al que le falta un ojo. Pablo se entera de algunas cosas. Anota la dirección que le recomendó.

–Adrián, despierta. Llegamos. Adrián se incorpora.

–¿Dónde estamos?

–La verdad o las consecuencias.

–La verdad, claro. No hay dónde perderse. No seas boludo.

Pablo despierta con el sol en la cara. Está transpirando. Dentro de la barraca de metal el calor es global, paralizante. Pablo salta del camarote superior y ve que Adrián continúa durmiendo. En el camarote de enfrente un tipo muy flaco y muy rubio apesta a calcetines sucios.

Pablo se pone sus jeans y sale al aire libre. El frío es montañoso y el viento le corta la cara. El hostal se llama Riverbend y da al río y está sobre unas napas subterráneas de aguas calientes. Pablo huele el tocino y el humo del fuego. El hostal tiene varias barracas de metal y una inmensa teepee, que es una carpa de indios pintada a todo color. Al lado del río, hay una gran terraza techada llena de tinas y tinajas de madera envueltas en vapor.

Pablo baja al río. El paisaje le recuerda el Cajón del Maipo. Y Siete Tazas. Siete Tazas le gustaba a Elsa.

Pablo siente que todo esto es demasiado adolescente y le decepciona comprobar cómo Adrián se lo compra todo. A Pablo le molesta no poder integrarse.

The Riverbend Hostel es un oasis vaquero, un lugar de culto entre europeos carentes de espacio vital. El hostal tiene caballos y canoas y viejos cowboys a cargo, además de indios navajo y hopi. A un par de millas de distancia, los dueños tienen un sitio en las montañas donde hay una kiva y, a la puesta de sol, todos participaron en una ceremonia india. Esto se lo contó Adrián.

Pablo calcula que hay unos veinticinco europeos, todos rubios. La mayoría son hombres. Hay noruegos, alemanes, suecos, daneses y suizos. También hay un par de chicas holandesas que se ríen por cualquier cosa. Los noruegos son tres y se parecen a los A-Ha. Andan con pantalones de cuero y botas. Los daneses tienen barba y el pelo a lo rasta. Son todos muy jóvenes, universitarios, y hablan el inglés como lo pronuncian en MTV Europe.

Pablo abre una cerveza y se sienta al lado de la fogata, que tiene asientos a su alrededor. El fuego se ve azul. Unos suecos insertan marshmallows en unos palos y los colocan en las llamas. Un tipo de anteojos guitarrea un tema de Dylan. *How does it feel to be you on your own, with no direction home...* Pablo siente que el tipo de la guitarra no tiene idea lo que se siente estar así.

Pablo se aburre y camina hasta la terraza que humea por el vapor. El cielo está saturado de estrellas. Adrián está desnudo y estila agua. A pesar de lo raquítico que lo dejó el ataque, posee una gran panza que es atravesada por una cicatriz de alguna vieja operación. Adrián está terminando de enrollar un pito junto a una de las holandesas que también está desnuda y carga unos pechos demasiado grandes y resbalosos.

Dentro de las tinas hay una docena de tipos y tipas sin ropa. Uno se levanta y cambia el cassette a algo semejante a Morphine. Son muy delgados y lampiños y cuesta diferenciar un chico de una chica. Adrián vuelve a ingresar a una tina junto a la holandesa. Adrián le dice a Pablo que se integre. Pablo le da las gracias y sale a deambular por el pueblo.

La luz que permanece en la atmósfera tiene un tinte violeta. Pablo está a punto de desnudarse, pero se da cuenta de que una suiza lo mira fijo. Pablo se deja sus calzoncillos e ingresa a la tina. Una de las piernas de la suiza le roza, de casualidad, su pene. Ella se ríe y le dice sorry. Adrián está en la del lado. Las tinas son más hondas de lo que Pablo pensaba. Son como piscinas de niños. No hay música progresiva. De hecho, el único ruido es el agua que burbujea.

–Preguntáme qué es lo que relativamente me salva.

–¿Qué es lo que relativamente te salva, Adrián Pereyra?

–Te lo digo, pero no se lo puedes contar a nadie.

–Se lo voy a decir a cada uno de los A-Ha. Y en noruego.

–Me da lo mismo lo que piensan los demás.

–Como quieras entonces.

–Eso. Ese es el secreto. Si es que hay un secreto. Es no bancarte a los demás. Es olvidarse de ellos. Y de uno, che. No hay que preocuparse de lo que uno mismo vaya a pensar de uno.

La suiza no ha dejado de mirar a Pablo e intenta comprender la conversación.

–Am I missing something? –dice.

–Just trying to change the world –le responde Pablo.

La suiza se levanta y se encarga de que Pablo y Adrián se fijen bien en su cuerpo. Después sale y se tapa con una toalla. Entre el vapor, Pablo alcanza a divisar las estrellas.

–Estoy un poco mareado.

–Siento que floto.

–Así hay que vivir, Pablo. Flotando.

–No, hay que tener los pies en la tierra. Flotar es muy fácil...

–Si no te la jugás es porque tenés temor.

–¿Temor?

–Temor. Lo que nos une, che.

Uno de los vaqueros toca una campana y pone una olla de porotos sobre la fogata. Huele a barbacoa.

–¿Adrián?

–¿Qué?

–Averigüé por qué este pueblo se llama como se llama. Antes no se llamaba así. Hubo un plebiscito y decidieron cambiarle el nombre.

Fue por un concurso de la televisión. Le pusieron el nombre del programa. Partieron de nuevo.

–¿Por qué no hacés lo mismo?

–¿Cambiarme de nombre?

–Partir de nuevo.

Desde el cerro cae una brisa que arde y diluye todo el vapor antes de que emerja del agua. Pablo mira las constelaciones y busca infructuosamente la cruz del sur. Pablo cree que un grupo de estrellas forman una figura que se parece a un boomerang.

–Creo que me voy a quedar, Pablo.

–¿Aquí? ¿A vivir?

–Unos días. Después nos vamos a ir con Helga a Nueva Orleans. Mi pasaje es válido por dos meses más.

–¿Helga?

–La holandesa.

–¿Te has acostado con ella?

–No, pero lo hicimos parados. A la orilla del río. Sobre una piedra. No sabés lo que fue. Es divina. Vos la has visto.

–Se supone que estás enfermo, Adrián.

–No tanto.

–¿Y Stephanie?

–¿Qué?

–¿Qué pasa con ella?

–Eso se acabó.

–Te recuperas rápido, veo.

–Si lo estuviera, ¿crees que haría las cosas que hago? El que se recuperó fue vos. Lo tuyo era puro miedo.

Pablo se queda en silencio. Por un instante no piensa, sólo experimenta algo que no le interesa descifrar. Pablo se sumerge en el líquido caldeado. Mientras baja, abre los ojos pero sólo ve la efervescencia del agua agitada. Pablo continúa la inmersión; no se detiene hasta tocar fondo. Lo que menos siente es miedo. Pablo cree que podría acostumbrarse a vivir así: enfrentando la verdad, asumiendo las consecuencias.

Deambulando por la orilla oscura
(Basado en una historia real)

Guardó el cuchillo ensangrentado en su bota y estiró sus viejos Levi's hasta dejarlos lisos y tirantes. Del bolsillo interior de su chaqueta de cuero extrajo un pito y lo encendió con indiferencia, como si nada le importara realmente, como si todo fuera una vieja película que ya no le interesaba volver a ver. Aspiró el porro, sintió cómo el humo le picaba los ojos y lo saboreó tranquilo, cero apuro, bien. *It's hard to give a shit these days*, pensó, citando mentalmente a Lou Reed. Se rio un poco, todo parecía tan inútil. Después lanzó un escupitajo rojizo al suelo que se quedó flotando en el cemento. Le pareció raro, pero ni tanto. Arriba, las nubes negras pasaban rajadas.

Hora de partir.

Con un rápido movimiento flectó sus brazos hacia atrás, casi rajando su desteñida polera Guns N' Roses, e inició una lenta caminata por el callejón hasta llegar a la puerta de entrada. A medida que avanzaba sobre el pavimento, rodeado de cientos de ojos sin caras que le registraban cada paso, pensó que era justamente alguien como él lo que esos tipos llenos de colores necesitaban: un héroe, un huevón dispuesto a todo, un Rusty James chileno.

Al acercarse a las puertas de vidrio automáticas, el Macana pudo ver por una fracción de segundo su reflejo antes de que se abrieran. Se veía aun más fuerte, aun más seguro, como si lo siguiera una horda de ultraviolentos y él fuera el líder indiscutido. Su pinta de guerrero de pandilla americana, con ese aro chacal en forma de calavera, esas muñequeras, ese pañuelo de vaquero que le tapa la mitad de su desordenada melena que cuelga sin ánimo, lo hace verse bien, casi perfecto, con ese tipo de belleza que sólo surge después de una pelea, después de tensar cada músculo y juguetear con cada reflejo.

–El Macana es el mejor, el más bonito.
–Es un reventado.
–Legal que lo sea, ¿o no?
–El compadre se las trae.

Al entrar al Apumanque sintió la mirada de todos y se dio cuenta de que se veía igual a los de las películas que emulaba. Soltó otra sonrisa bajo el neón rosado y siguió caminando orgulloso, sabio, certero. Un chicle aplastado lo hizo recordar la escena anterior, igual a un video de Slayer o peor: la sangre del Yuko saliendo caliente, sorpresiva, con humo. Y le gustó, fue emocionante, como en los viejos tiempos, cuando andaba en la onda thrash, rock satánico, cosas de cabro chico, escandalizar con la pinta, joder, lanzarles pollos a los viejos para ver si así cachaban. Pero ahora que era mayor, trece años vividos a fondo, a todo dar, el rollo era otro. Todo le estaba resultando. Ahora sólo faltaba un detalle.

Desde la escalera automática divisó el típico aviso de Benetton en tres dimensiones: todos perfectos, combinados, adultos-jóvenes gastando sus tarjetas de crédito, viejas acarreando guaguas con jardineras Osh Kosh. Si tuviera una bomba lacrimógena, la lanzaría arriba de todos, tal como esa madrugada eterna en la Billboard cuando ya estaba aburrido de jalar en el baño, los motts le tenían los tabiques anestesiados, de puro wired la tiró para quedarse con la pista vacía y bailar hasta reventar. Odiaba el Apumanque, quizás por eso iba tanto. Todos esos parásitos que vegetaban en el Andy's, puras papas fritas y pinchazos, comida rápida, taquilla pura, amistad en polvo, esa onda. Sábado tras sábado, el lugar de reunión, ver y que te vean. Lleno de lolitas disfrazadas de cantantes pop, de esas minas que nunca atinan, que calientan el agua pero no se toman el té, de esos gallos que se hacen los machos pero que piden permiso para llegar tarde.

El Macana siguió subiendo hasta llegar al último nivel donde los autos están estacionados. Se percató de lo oscuro que estaba, de lo neblinosa que se había puesto la tarde. No podía relacionar las cosas. Estaba seguro de que el duelo fue de día, recién, en colores: el polerón púrpura, la sangre roja, pegajosa y coreana del Yuko, quizás un foco que iluminaba todo el callejón desde arriba. Los destellos del cuchillo, el vapor, el ruido del acero de su bota, disparos a lo lejos. Estaba débil, lo sabía; vulnerable, eso era peligroso: podían atraparlo de nuevo.

–Ya no es el mismo...

–Ya nadie es el mismo, huevón.

–Lo cagaron.

–Esa clínica le lavó el cerebro.

–Lo dejaron lerdo.

Sintió que lo seguían. Apresuró su paso: *Welcome to the jungle, it gets worse here every day.* Debían ser los guardias de azul. Seguro que sí. Imaginó cómo, poco a poco, iba a extenderse el pánico a través de todo el Apumanque. Las viejas correrían a ver el espectáculo, ansiosas de saber si el herido era suyo o de alguna conocida. El efecto de esas anfetas le había distorsionado todo, tal como quería, sentir un poco de intensidad real, pero ahora le estaba llegando el bajón, el sueño, le hacía falta un poco de jale que se conseguía el Chalo en ese bar de General Holley. Recorrió todo el estacionamiento y no encontró nada, ningún lugar: todo cubierto, cercado. Típico.

Lo acechaban. Debía cambiar de táctica. Y rápido. Urgente. Probablemente lo tenían rodeado: eso estaba claro. No descansarían hasta destruirlo. Como al Chico de la Moto. Lo importante es saber dónde ir, pensó, no que te sigan unos cuantos cuicos que no son capaces de apreciar a un Drugo de verdad. Es típico, nunca se dan cuenta, los dejan al margen, como al Jimbo y a Cal, recordó, o los encierran, los tratan de locos, los dejan de querer, los obligan a juntarse en bandas de ratas huérfanas, errantes.

–Los Drugos sin el Macana son la nada.

–Seguro.

–Dicen que necesitaron cuatro para amarrarlo con la camisa de fuerza.

El casi centenar de compadres, con sus respectivas groupies, que se habían congelado en el callejón trasero de puro pánico, ya habían reaccionado. Hubo gritos, llantos, tipos que salieron soplados a buscar ayuda, otros que se subieron a las micros por si llegaban los tiras o los pacos. Las minas trataron de curar al Yuko, que yacía herido y sangrando, aterrorizado como nunca antes.

–No te dije que estaba loco, onda trastornado.

–Fueron las pepas, estoy segura.

–El Karate Kid no supo defenderse: se le hizo.

–De mais.

–Estos coreanos son pura boca, te dije.

El Macana empezó a deambular nervioso por el estacionamiento, dando vueltas y vueltas, casi corriendo. Tambaleaba de un lado a otro. Le era difícil saltar sobre los capós como antes: perdía el equilibrio, se le nublaba la vista, escuchaba tambores y saxos. Tiró al suelo su chapita no future y la aplastó, dejándola lisa y reluciente. No encontraba ningún sitio, ningún escape.

Agotado, comenzó a descender por la rampa de los autos. La parte de atrás del centro comercial parecía sacada de *Blade Runner:*

puro cemento, murallas altas, vidrio mojado. Silencio total. Ningún espectador, ningún amigo.

–Parece un zombi.
–Se ve viejo: como de diecisiete.
–Está acabado.

Abajo, al final de la curva que bajaba, dos guardias con los ojos fijos en el Macana. No le era desconocido ese tipo de mirada. A lo largo de sus años –se crece rápido cuando no se tiene adonde ir– la había visto varias veces: inspectores, médicos, psiquiatras, jueces, policías. Un guardián-en-el-centeno, agente de Pinochet, levantó su walkie-talkie. El Macana saltó por sobre la delgada muralla y comenzó a correr hacia arriba por la angosta faja de cemento. A medida que el paredón crecía en altura, la pendiente se agudizaba. Abajo, el callejón vacío, oscuro.

Ya no había mucho que hacer. La muralla por donde arrancaba llegó a su fin. Los cadáveres jóvenes también se pudren, pensó, pero ya no había nada que hacer y el asunto le parecía emocionante, entretenido. Pegó un salto y voló varios segundos hasta estallar en el pavimento trizado. El cuchillo rebotó lejos, cayendo bajo el único farol que funcionaba.

Más estrellas que en el cielo

Escena uno, toma uno. Cafetería Denny's. Interior/Noche. Gran Plano General (gpg)

Es de noche y la luz que nos rodea fluctúa entre un púrpura Agfa y un índigo Fuji. Hay algo irreal en el cielo, casi como si todo fuera una puesta en escena y la noche fuera americana. De alguna manera lo es. Americana, digo. Día por noche. Day for night. Filmar de día para que parezca noche. Pero se nota, siempre se nota. Eso es lo malo de los trucos, de mentir. La luna no proyecta sombras así, el mar nunca refleja tanta luz. O quizás. Esta noche es una prueba. La luna está llena, amarilla Kodak, con acné y pus, y yo veo sombras. Mis sombras. Las veo por todas partes. Me siguen para todos lados.

Durante la ceremonia llovió, pero ahora el cielo está despejado y tiene más estrellas que las que brillan en la tierra. Por toda la ciudad hay focos que iluminan el firmamento. Es como el logo de la Twentieth Century Fox. Idéntico. Calcado. Un inmenso valle cae y se abre más abajo de esta colina. Todo huele a jacarandas y magnolias y jazmín, creo, algo intenso y tropical y exótico, como bailar con una chica sudada que estuvo estrujando mangos.

Miro a través del inmenso cristal: el tráfico está detenido, pero pulsa y respira y hasta se multiplica.

Elei, Los Ángeles, California. Welcome.
Para español, marque 2.

ESCENA DOS, TOMA TRES. CAFETERÍA DENNY'S. INTERIOR/NOCHE. PLANO GENERAL (PG)

Estamos en un Denny's con pretensiones estéticas. Edward Hopper meets David Hockney con un twist de Tim Burton para darle sabor. Los dos estamos apoyados en esta barra, sentados sobre unos barstools de cromo. Denny's es un family coffee shop, vestigio de la época en que aún había familias. Las fotos de los platos que ofrecen están impresas en unos menús de plástico pegoteados con el sirope de los panqueques. Mucha whipped cream, patatas fritas, racimos de perejil, vasos de hielo con agua.

En los Denny's no sirven alcohol sino café. Café a la american-white-trash. Jugo de paraguas decaf. Nada de Starbucks, skim milk capuccinos, espresso con fucking panna. Nada de sofisticación europeizante, please. Denny's es Denny's, no importa que sea el Denny's de la demasiado-in, todo-pasando, mira-quién-chucha- está-ahí Sunset Strip.

Aquí ofrecen desayuno Gran Slam las 24 horas del day. Denny's, además, es el único antro barato en toda la colina. Talk is cheap, love is not. Lo tengo más que claro.

–Can I have a refill? –le pide Gregory a la mesera, una chica morena-canela, crespa, caderuda, excesiva, con un uniforme verde que le queda apretado. La chica limpia el trizado mesón de formica color margarina diet mientras silba algo que suena muy Gloria Estefan.

El inglés de Gregorio, alias Gregory, AKA Greg de la Calle, es muy british school, colegio privado, corbata a rayas. Gregory lo ha perfeccionado estancándose en la saturada "Nueba Yol". El inglés de Gregory of the Street es muy PBS, canal cultural, Charlie Rose, la belleza de pensar. Su español, en cambio, ha caído al nivel de Univisión. Yo soy más "yo quiero Taco Bell". Cute accent, pero acento al fin y al cabo.

–¿Quieres más café, brode?

–No –le digo–. Paso.

Acá en el Norte siempre me preguntan: where are you from, man? ¿De dónde eres? Buena pregunta: ¿de dónde soy? Nunca preguntan: ¿Qué haces? Nada, realmente. Nada que me guste.

Rosie Pérez rellena los azucareros. Parece no escuchar. Miro sus zapatos. Son como de enfermera. Planos. Crema. Michael Caine en *Vestida para matar.* Exactos. ¿Qué le pasó a De Palma? ¿En qué momento pisó el palito? ¿En qué momento lo pisé yo? Putas, cómo quise a ese hombre, cómo eyaculaba con sus planos-secuencias. Cuando llegué a los States hablaba como Tony Montana, me acuerdo. *Scarface.* Pacino. "Who do I trust? Me!" Not anymore, carnal. Si me preguntan cuál es mi película favorita de Brian De Palma respondería, sin pensarlo, sin pestañear, *Blow Out: Estallido mortal.* Cine Las Condes, 22 horas, mi cumpleaños, Viviana Oporto a mi lado. Pero eso fue a long time ago, en un país lejano called home.

Mi casa no es tu casa.

–Can I get another refill? –insiste el latero de Gregory.

–Las veces que tú quieras, honey –le responde Penélope Cruz–. All you can drink. ¿Quieres un poco de half and half?

–Thanks –le responde molesto, seco, duro-de-matar. Coloco el tocino debajo de los dos huevos y, con un trozo de tostada, intento armar una cara que sonría, pero el mono me queda triste, dubitativo, colesteroso.

–¿Cómo supo, macho?

–¿Cómo supo qué?

–En Nueva York siempre me preguntan si soy francés, italiano. A lo más español. ¿Te parezco hispano? ¿Tú crees que estos rasgos son de latino?

–Banana Republic.

–Cuidado. No olvides con quién estás hablado. No porque cambie de país cambiaré de estatus.

–Uno es lo que es –le digo sin creérmelo. Luego pienso: uno es lo que termina siendo.

–Banana Republic –repite Gregory–. ¿Te crees muy divertido? You think you're funny?

–Antes era más. Este país me quitó el humor.

–Just for the record: me visto ahí, no vengo de una.

–Relax, buddy. Calma.

Sorbo un poco del café. Está tibio, muerto. Miro los inmensos letreros de Sunset. KROQ, Classic Rock. Absolut Hollywood. Salma Hayek usa Revlon.

–No soy un inmigrante cualquiera. No estoy aquí por hambre.

–¿Estás seguro?

ESCENA TRES, TOMA DOS. CAFETERÍA DENNY'S. INTERIOR/NOCHE. PLANO AMERICANO (PA)

Las limusinas en fila forman una suerte de tren que atocha todo Sunset. Sunset Boulevard. The Sunset Strip. Veo los restoranes hinchados de celebridades, los clubes, los focos de la televisión. Veo, más allá, fuera de foco, la disquería Tower, el Hotel Château Marmont, el Whisky-a-Go-Go. Fuera de cuadro, en la playa mediterránea de estacionamiento, hay un Jaguar convertible key-lime-pie, un Bentley acero, mi destartalado Mustang cubierto con el polvo on-the-road del viaje y tres limusinas eternas con los vidrios polarizados.

Son las cuatro de la mañana y hay limusinas en todas partes.

Ingresa un panameño a vender la edición extra del *Hollywood Reporter*. Ya sé quiénes ganaron, le digo al Rubén Blades. Estuve ahí. Detrás del escenario, brode, tomando fotos. Cerca, you know, pero no lo suficiente.

Mi frac lo arrendé en Rent-a-Tux, un local armenio de Los Feliz.

The Happys. Barrio viejo supuestamente cool y hip y fucking design. Lo devolveré más tarde, cuando amanezca y maneje de vuelta a Atlanta. Dos días de camino. Hay mucho continente entre California y Georgia. De pronto, me dan ganas de desviarme a Mississippi, Louisiana. Volver a esos parajes, a esas casas en las que una vez dormí. Toda esa gente, todos esos rotarios, ¿estarán vivos? Gregory, por suerte, se quedará acá. Por un tiempo. Quiere darle una oportunidad a la ciudad, puesto que Nueva York, hasta ahora, no le ha brindado ninguna. Él no piensa eso, pero esa es, al menos, su decisión. La decisión de Gregorio.

El frac no me sienta como le sentó esta noche a Lázaro Santander. Lázaro Santander fue compañero nuestro en la escuela. Amigo-conocido-enemigo. Lázaro perdió el Oscar al mejor documental corto. Lázaro tuvo que pagarse el pasaje desde Santiago. La Academia le consiguió un solo asiento, en platea alta, por lo que tuvo que ir alone. Tampoco tenía con quién ir. Aun así, es el primero de nosotros en lograr algo semejante. El primero y, lo más probable, el único.

Gregory compró su frac en una liquidación en Manhattan. Es, me informa, de un diseñador muy trendy. Gregory dice que es una inversión, que el tuxedo lo podrá usar más adelante cuando le toque asistir a galas y festivales. Gregory me dice que uno no puede intentar vivir un tiempo en Los Ángeles y no tener frac.

–Me siento disfrazado –le confieso.

–Es porque no te lo crees, Frigerio. No te quieres lo suficiente.

–No me quiero lo suficiente. Interesante. Estás mirando mucho a Oprah, veo.

–¿Puedo seguir? Te estoy tratando de ayudar, de darte un consejo y…

–Sigue.

–Sientes que no mereces andar de frac por la vida.

–De frac por la vida. Buena frase.

–Tú, brode, le temes al éxito. You got loser spelled out all over your face.

–I'm a loser, baby, así que por qué no me matas.

–Así es, Alex. Y esa, perdona si te duele, es la gran diferencia entre vos y Lázaro Oscar-nominated Santander.

–¿Y entre tú y él? ¿Se puede saber?

Gregory bebe un poco de agua. Una gota cae sobre su tela negra y se queda ahí, como una chinita transparente.

–Se nota que nunca antes usaste un frac.

–¿Tú sí?

–Mentalmente. Desde chico.

Escena cuatro, toma cuatro. Cafetería Denny's.
Interior/Noche. Plano Medio (pm)

–Si algún día te ganaras el Oscar, macho, ¿qué dirías?

–¿Cómo?

El pelo de Gregory está peinado hacia atrás. Sus entradas entran mucho más allá de lo que él se da cuenta.

–¿En qué pensabas?

–En ellas –y las señalo.

Al otro lado de la barra hay dos chicas menudas, muy animé, japanimation, Shonen-Knife, con carteritas de plástico y cámaras digitales. Nos miran. Cuchichean como calcetineras. Al lado, sentadas, succionando malteadas, descansan tres gringas, menores de edad, PG-13, material Aaron Spelling, *90210*. Nos miran fijo. No están nada mal. Nada de mal.

–Yo no nombraría Chile –sentencia Gregory–. Ni cagando.

¿Yo qué diría? ¿A quién le agradecería? ¿Me pondría a llorar?

"Quisiera rendir tributo a todos los grandes cinematógrafos hispanos que han iluminado las historias de Hollywood con otro filtro. Este Oscar también es de Néstor Almendros, Gabriel Figueroa, Juan Ruiz-Anchía, Reynaldo Villalobos, John Alonzo, Rodrigo Prieto y Emmanuel Lubezki."

Las Sailor Moon, me fijo, comienzan a fotografiarnos.

–Deben creer que somos famosos, macho. Hice bien en peinarme con gel.

Una de las Beverly Hills le susurra algo a la otra y luego me muestra su lengua teñida de azul.

–Si me ganara uno, macho –insiste Gregory–, me subiría a mi limo y una de estas chicas sashimi, que estaría como loca, mojada, me bajaría el cierre y comenzaría a chuparme tanto el cabezón como mi primer Oscar. ¿Qué tal, macho? Linda idea, ¿no?

–Linda idea. Eres todo un romántico.

Escena cinco, toma dos. Cafetería Denny's. Interior/Noche. Primer Plano (pp)

El corto de Lázaro es sobre Víctor Jara. Capturó en digital (ampliado a 35 mm) a todos los que lo conocieron. Se centró en un tipo marginal, que nació la misma semana que asesinaron a Jara. La familia del tipo lo bautizó Víctor Jara Carrasco. Santander se contactó con Eduardo "Venas Sangrantes" Galeano y este le hizo la narración en off. Pocas películas-políticamente-correctas-extranjeras han sido nominadas en esa categoría. Eso es indesmentible. Lázaro Santander se anotó un gol de media cancha.

El documental corto que ganó fue de un kosovo-americano de Berkeley. Lázaro participó en una mesa redonda en la sede de la Academia a la que asistió poca gente. Nosotros fuimos. Luego almorzamos con él en un bistró de la playa de Santa Mónica. Lázaro nos puso al día rápido: se juntó con productores, hizo mucho network, intercambió e-mails. Lázaro tiene serias posibilidades de que le financien un guion. Gregory insiste en llamarlo *Querida, secuestré a los niños,* pero se le hizo, se quedó callado, no se atrevió. La historia es de dos chicos, hijos de un militar, que descubren, de adolescentes, que sus padres fueron activistas asesinados durante la Operación Cóndor, alias Guerra Sucia.

–Mírale las gomas a la gringuita, macho. Vas a tener que serle infiel a tu cubana. Esto viene duro. Durísimo.

Gregory estudió cine en la Escuela de Cine de la calle Macul conmigo y el resto del grupo. Junto a Lázaro y al Teo filmamos *Matiné, vermouth y noche,* un corto que participó en La Habana y en uno de los primeros festivales de Valdivia. Gregory y Lázaro completaron uno gore que llegó a Avoriaz. Gregory luego se fue a NYU a seguir estudiando cine. Tuvo seminarios intensivos con Spike Lee y Milos Forman, y hasta se fue de copas con Oliver Stone. Ahora vive en Brooklyn, Williamsburg. Es corresponsal para un par de publicaciones sudamericanas on-line. Trabaja en Kim's, un videoclub alternativo. Asiste a cursos. Escribe guiones malos en Final Draft que luego nadie lee. Acepta los envíos de su familia que aparecen en su cuenta Citibank.

Yo me fui a Miami, el verdadero Miami, cero South Beach, cero glamour tropical. Partí donde Don Francisco, nuestro héroe nacional, nuestro producto de exportación no tradicional. Conseguí, a través de una mina amiga de mi hermana, una pega relativamente fácil: productor de segmentos. En un mes gané más que todos mis compañeros en Chile. Pero nada es gratis. Cuando uno se vende, paga. Soporté dos años. Luego me ofrecieron editar notas para CNN en Español. Dije que no. Pero luego dije que sí.

Uno se acostumbra a una cierta vida. Uno comienza a temerle a la pobreza de la clase media que no siempre tiene lo que alcanza. Yo quería gadgets, cámaras digitales, los nuevos DVD. Me fui a Atlanta. Ahí estoy, bien, no me quejo.

Sí, me quejo, pero para callado.

A veces, tarde en la noche, chateo con chilenos que no conozco. Leo *La Tercera* on-line, escucho a Iván Valenzuela en la Cooperativa vía Real Audio, sigo la telenovela por escrito. Me gusta estar al día, sentir que nunca salí, que soy uno de ellos.

Lázaro se quedó en Chile. Hizo más cortos, documentales, puteó con la publicidad. Filmó *Víctor Dos*. Fue nominado a un Oscar.

Por los parlantes de Denny's suena música disco: *That's the way, a-ha, a-ha, I like it...*

–Esta noche es como disco –le comento a Gregory antes de sorber mi agua con demasiado hielo.

El agua ahora tiene gin. El gin de la botella azul que se robó de una de las tantas fiestas a las que no pudimos entrar. Lázaro nos dijo que iba a tratar de ponernos en la lista de la fiesta de Miramax en Spago's. No fue así. Gregory luego intentó colarnos a la de *Vanity Fair.* Fuimos expulsados por un guardia del hotel Mondrian. Drew Barrymore nos quedó mirando, atónita, apenada.

–Sí, macho, muy boogie nights, muy last dance.

–¿Se puede tomar gin acá?

–It's Oscar night. Todo se puede, todo se debe.

Escena seis, toma uno. Cafetería Denny's. Interior/Noche. Primerísimo Primer Plano (ppp)

Jennifer López nos recoge los platos.

–¿Desean algo más?

Su mirada delata sueño, pero también algo de coquetería. A lo mejor es mi imaginación.

–Some more coffee will be nice –le dice Gregory, irónico.

Un anciano se sienta junto a nosotros. Le tiembla la mano. Huele a quesillo. Es muy blanco, transparente. Usa botas de vaquero.

–Yo deseo un jugo de arándano –le digo a la mujer.

–¿De qué?

–Cranberry.

El anciano saca un libro de historietas pornográficas. Antes de que alcance a ordenar algo, Cristina Aguilera le sirve un café y un bol con avena. Por los parlantes ahora suena Tom Petty:

I don't wanna end up
In a room all alone
Don't wanna end up someone
that I don't even know.

–Gran frase –comento.

–¿Qué?

–Nada.

Tom Petty está a cargo del soundtrack de este viaje. Lo escucho aquí, lo escuchamos en París, Texas, en Tulsa y en Kansas City, en el Seven Eleven de Winslow, Arizona; lo escuchamos cruzando el Monument Valley de John Ford. Tom Petty en todas partes.

–*I'm tired of screwin' up, tired of going down* –recito al son de la música.

–No tienes voz, Frigerio.

–Pero tengo razón. En lugares como estos, uno entiende mejor ciertas letras, ciertos libros.

–Puede ser.

–Estados Unidos es el único país del mundo que no produce arte. Todo lo que sale de USA son documentales. Aquí no vale la pena inventar. Los Ángeles no es una ciudad, es un puto set.

–Kim Basinger salía en el video, ¿no?

–*Tired of myself, tired of this town.*

–¿Ya te quieres ir de Elei?

–No –le digo–. A veces me quiero ir del país.

–¿De este país?

–Sí, huevón. No quiero terminar botado como este pobre viejo.

Ambos miramos al anciano. Restos de avena se acumulan en la manga de su camisa.

–Nosotros en cuarenta años más.

Recuerdo el final de *Fat City*, de John Huston. Stacey Keach le pregunta a Jeff Bridges si cree si el decrépito anciano que los atiende alguna vez fue joven. Bridges, que tiene como veinte años, le dice no.

–¿Viste *Fat City*?

–¿Qué?

–*Fat City. Ciudad dorada.* Estaba en la escuela, en video. La tenía el Carlos Flores. Jeff Bridges y Stacey Keach, al final. En el café. Juntos pero solos. No tienen nada que decirse y sin embargo ahí están, acompañándose.

–No.

–Vela. Conrad Hall, fotógrafo. Filmada en Stockton, California. Pocas veces un sitio tan feo ha sudado tanta onda.

–Te dije que no. ¿Por qué todo lo relacionas con el cine?

–Puta, porque en el cine siempre hay un final, incluso cuando son abiertos.

–Ya, chao. No sé para qué me junto contigo.

Tomo mi café. Observo al viejo; su mirada parece no tener fin. Sus manos tiritan. No tiene a nadie en el mundo. Y yo: ¿tengo a alguien? ¿Por qué, incluso cuando estoy con Yamila, siento que estoy solo? ¿O acaso la soledad tiene más que ver con no estar en el sitio correcto que estar con la mujer correcta? Is she the one? Why doesn't it feel like it? ¿Por qué es más fácil estar solo en Chile que acompañado en Miami, en Atlanta, en fucking L.A.?

–Una vez más, te equivocas –me interrumpe el hijo de puta de Gregorio.

–Una vez más. Puede ser. ¿Y?

–Las oportunidades están acá, Alex.

Pienso en Lázaro, en las oportunidades que obtuvo quedándose, en todo lo que dejé.

–Ni intentes regresar, macho –me dice–. No por ahora. No vas a terminar como ese viejo.

–Nunca se sabe.

–Vamos a regresar, pero con plata, con fama. ¿Tú crees que me voy a quedar aquí forever? Estás más loco. De viejo, regreso. No quiero ser enterrado acá, ni cagando.

–Entonces estás cagado. No eres de acá, no eres de allá.

–Soy de acá. Soy del mundo, Frigerio. The world is mine.

–Si realmente te sintieras de acá, te daría lo mismo morirte aquí. Por eso los mexicanos son mexicanos y siguen hablando español. Todos los otros salieron odiando su país.

–Si yo fuera mexicano odiaría México. ¿Cómo no vas odiar un país que no te dejó ser lo que querías ser? Puta, si el país no es capaz de alimentarte, que se vaya a la concha de su madre. Chile es como la criptonita. Te acercas a esa mierda y pierdes todas tus fuerzas. Te destroza. Puta el país como las huevas.

–Vos nunca te has muerto de hambre.

–Culturalmente, sí,

–Yo, por desgracia, o por suerte, no sé, me quedo.

–¿Sí?

Hace unos días renové contrato con la Turner, conseguí green card. Yamila quiere que compremos una casa. Juntamos el down, el banco nos aprobó el préstamo.

–Me quedo, sí. Por ahora. Ella es de acá, qué quieres que haga. Donde manda capitán, no manda marinero.

–Ella es portorriqueña, huevón. No es de acá.

–Es de acá. Me quedo. Nos quedamos.

Las princesas Mononoke comparten un plato de waffles. Las tres ángeles de Charlie nos siguen mirando. Una de ellas nos guiña un ojo. Los dos le respondemos.

–Viene para acá, macho. Mira cómo se le mueven.

Su T-shirt dice "Lost in Place". Masca chicle. Se toca el pelo.

–Can I, like, ask you guys something?

–Sure –le dice Gregory–. What's your name?

–Kelly.

–Nice name.

–Are you guys like driving somebody famous?

Gregory no le responde. Le quita la mirada. Se funde.

Yo, no sé por qué, observo la cuchara del viejo. Tirita. Salta. Ondula.

–¿Si somos los choferes de alguien famoso?

–Yeah.

La chica insiste: ustedes manejan esas limusinas, ¿no? ¿Quién está adentro? Who's inside? ¿Brad Pitt? ¿George Clooney? ¿Es posible conocerlos? Estaríamos dispuestas a cualquier cosa, aclara. Cualquier cosa. Anything. Everything.

La otra amiga se acerca.

–No –le responde Gregory–. We are with the Chilean delegation.

–The what?

–La delegación chilena –interrumpo–. Lázaro Santander, best film in foreign language. Does it ring a bell?

–No –le responde Kelly–. Was he on TV?

–With Susan Sarandon.

–I love her –exclama Farrah.

–I'm Lázaro Santander –le dice Gregory–. I directed the movie.

–A short movie –agrego–. A short documentary.

–Wow! Nice to meet you. Hi. This here is Heather. And over there, that's Jackie.

Shakira se acerca. Nos mira. Nos rellena los cafés. No me sirve el jugo de arándano. Pienso en Chile, en lo lejos que está, en la criptonita, en la calle Seminario, en la escuela de Macul, en la inmensa e insípida Atlanta, en Yamila mirando televisión, en esos plátanos que fríe cuando está melancólica, en el aire acondicionado que suena y no deja dormir. Pienso que ser fotógrafo no es lo mismo que tomar fotos. Pienso que, a veces, sin querer, surgen historias de la nada y uno se olvida de filmarlas.

Tomo el café: mediocre, aguado, terminal.

Un salvadoreño/hondureño bajito comienza a trapear el piso. Las japonesitas ya no están.

Pienso en el verdadero Lázaro Santander, el que se quedó en Santiago mientras nosotros partimos huyendo. ¿Dónde estará ahora? ¿Con quién habrá conversado esta noche? ¿Qué direcciones electrónicas tendrá que nosotros nunca lograremos tener?

Me levanto y camino hacia el teléfono. Lo marco.

–Hello, honey –le digo antes de que ella me responda.

–Ay, mi amor. ¿Dónde tú estás?

–Cerca –le digo sin pensar y capto que, a pesar de todo, es verdad.

Afuera está comenzando a aclarar. Ya no hay más estrellas en el cielo, me fijo. Tampoco limusinas. Sólo buses, un par de taxis, esos camiones que reparten pan, que reparten leche.

Fin.

The end.

Los muertos vivos

El único descartuchado del grupo era el Drago. Los otros Goonies lo odiaban por eso, encontraban que se creía la raja, superior, siempre haciéndose el duro con sus típicas poleras sin mangas y su pelo a lo Top Gun.

Justo después de volver del veraneo, pensaron ir a uno de esos saunas que había cerca de Los Cobres de Vitacura para celebrar los quince del Bambam, el mayor del grupo, pero se les hizo. No se la creyeron, en especial después de ver a los Durán agarrar tan fácil. Así que mientras tanto las *Playboy* y *Penthouse* del Rocky, los videos porno del papá del Pipe, papel confort, quién se va cortado primero, quién lanza el chorro más lejos.

Los Goonies –Drago, Polo, Pipe, Bambam y Rocky, el más chico, trece no más– habían pasado el verano en Tongoy, buena onda pero pocas minas, en la casa del Polo. Como su vieja tenía un nuevo amante, un milico con un buen puesto, la raja. Les daban plata para que no jodieran, para salir toda la noche.

Los Durán-Durán –el Pipe los bautizó así por sus peinados– arrendaban la casa del lado para puro reventarse hasta morir. Máximo desorden, la fascinación misma, porque ahí todo podía pasar y, de hecho, pasaba. Dejaban las cortinas abiertas y se veía todo. Eran como seis o siete, nunca quedó claro, tenían una van como en los réclames, y ene pitos, trago y edad, más de dieciocho, ya en la universidad, privada por supuesto, a punto de ser echados. Los Durán, como todos los de su legión, rugbistas lesionados, cadetes arrepentidos, tipos con ticket de temporada, eran pesados, con esa pesadez que cargan los elegidos. Y cultivaban su imagen de chicos buenos-peromalos a la perfección. En especial el Conejo, el líder, taquilla pura, onda heavy para las pepas, todo pasando, loco, se jalaba sus líneas en los baños de los bares y después les quebraba los vidrios a los autos de las minas que no se dejaban comer.

Los Goonies, como tenían plata pero nada más, contrataron a los Durán un par de veces para que los sacaran a pasear por Tongoy, para que los llevaran a chulear a Coquimbo, a carretear por Morrillos y La Herradura. Los Durán les bolseaban pisco, vodka, Viceroys, uno que otro completo, churros, de todo. Como pago, los dejaban escuchando la radio en la camioneta mientras ellos entraban a bailar o se echaban su cacha a oscuras en la arena.

Marzo era una lata, las clases súper pronto, primero medio, pero todavía quedaba una semana. Ir a Provi, ver una película, comprar el uniforme en Peval.

A todos les gustaban Los Muertos Vivos, al Pipe más que a nadie. Los cinco tenían sus cassettes, compraban la *Rockstock* todas las semanas porque traía las letras y tenían posters de ellos en las puertas de los clósets o pegados en los techos. Todos querían a Los Muertos Vivos, era que no. Admiración real, identificación pura. El Tiví, el vocalista, proleta made in Renca, estaba en otra y atinaba bien, se agarraba para el hueveo a la prensa que no cachaba ni una, hacía lo que le daba la gana, lo pasaba de miedo y le daba patadas de taekwondo a quien se le pusiera delante.

Drago decía que los Vivos eran importantes porque les gustaban a las minas, pero también a los compadres, y eso –según su hermano que tenía compact-discs y estaba suscrito a la *Spin* y todo eso– era la fórmula perfecta para medir calidad. Así fue con los Beatles, contaba. Claro, había grupos mejores, pero estaban lejos, inalcanzables.

En Chile, directo desde el underground y las poblaciones, Los Muertos Vivos, "sobrevivientes de una generación perdida", como escribió uno de esos críticos posmo que no saben nada de nada, asustaban. Sabían cantar lo que todos intuían y distorsionaban ene. Y no sólo acá, sino en Argentina, en Perú, hasta en países como Paraguay, donde los Vivos estaban prohibidos, censurados, aun más que en Chile, donde la tele los odiaba por su canción "Te degollaron pero fuiste a la fiesta igual". Todos cachaban que estaban contra Pinocho y sus matones, pero hasta ellos mismos tenían que reconocer que eran grosos. Como el viejo del Laucha –otro Durán–, que fue jefe de un comando secreto, seco para los enfrentamientos. Ni él podía sustraerse al fenómeno de los Vivos. Sí, ya eran leyenda. Hasta decían que eran del Frente. El estrellato, la consagración misma, les llegó un año antes, cuando la alcaldesa culeada le dio la gaviota al Tiví y el huevón, puta el huevón simpático, se la pasó por la raja, le dio un beso con lengua a la vieja y la Quinta se vino abajo y el grupo entero tuvo que pasar a la clandestinidad. Bambam no cachaba mucho de política, ninguno de los cinco en verdad, ni valía la pena, igual un asco, sólo que por más prohibidos que estuvieran los Vivos, más los escuchaban y seguían con devoción, tal como millones de otros drogos y lanas, cuicos y surfistas, intelectuales y místicos. Algo los unía, era superior a sus diferencias. Eran Los Muertos Vivos. La máxima prohibición, la curiosidad más urgente.

Bambam lo sabía y eso era lo que le atrapaba la imaginación, lo que enervaba a sus padres. Los rumores, lo que se decía, que los habían matado, desaparecido, que sonaban por la radio Moscú, panfletos anunciando recitales clandestinos, canciones inéditas.

La voz corría. Todos hablaban: los Vivos iban a cantar. Y los Goonies no se lo iban a perder. Ni cagando. Ya estaba bueno. Desde chicos: no se metan, nada que ver, estamos bien, mañana mejor. O se acuestan temprano o los matamos. Si los Vivos volvían a aparecer, allí había que estar. Costara lo que costara.

Ya llevaban como tres días en Santiago y realmente era la nada. La peor ciudad del mundo, el peor país, puras ovejas lateadas caminando por suburbia, subiendo y bajando escaleras automáticas, tomando helado de pistacho, masticando papas fritas con ketchup.

La única salvación era jugar a los games y escuchar a los Vivos a través de un walkman.

El Drago fue a parar el dedo a los Delta y se gastó un bolsillo lleno de fichas. Ahí se encontró con el Conejo, súper apernado a un Space Invaders. Medio en otra el Conejo, sonriendo solo, cagado de la risa, le preguntó si iban a ir a ver a Los Muertos Vivos, que seguro iba a estar a todo dar, compadre, pero Drago le dijo que no, no tenían entradas ni pase, ni siquiera sabían bien dónde lo pensaban realizar.

Ahí el Conejo se chantó, le puso orden a su melena, se sacó sus John Lennon oscuros y oye, compadre Goonie, no podís ser así, igual van, seguro que van. Los corresponsales extranjeros van a estar filmándolo todo, va a ser medio ni que acto, la manga de locos del MIR y del Frente, los humanistas prometen abastecer con toda la chilombiana que logren cosechar.

El Drago escuchaba atento, más que interesado. Nunca había visto a los Vivos, sólo por la radio, a través de la Moscú, de la Cooperativa antes de que la cerraran.

El Conejo: ¿te acordái del Vaca? Bueno, la huevá es que terminó con la Sofía, esa cuica con que andaba en la playa; ahora atina con esta Nanny, una loca más reventada que él, medio izquierdosa, pero en buena, escucha a Led Zepellin y todo, nunca lana ni Canto Nuevo. La comadre esta resulta que trabaja para una radio clandestina que tienen unos curas holandeses de no sé qué población y la mina –que es fea pero buena pa'l pico y hasta escribe con seudónimo para la *Rockstock*– cacha todo el mote y nos consiguió ene entradas, pase libre, ella es de las pocas que sabe dónde lo van a hacer, porque si los pacos averiguan queda la mansa zorra, todos presos, seguro que echan a todos los Vivos del país o los fusilan ahí mismo y después dicen que fue un mitin, así que cálmate, Drago, que no panda el cúnico, tú y los Goonies van, no van a quedarse parqueados y perderse el evento del año. Este pechito invita, no te preocupes, el sábado tipo ocho los pasamos a buscar a la casa del Pipe, cero problema, vos no más callado, no hablís mucho, que tu padre es facho, huevón, y con ese tipo de gente nunca se sabe.

Ahí están, ansiosos, medio asustados, mirando unos videos de MTV que se consiguió el Rocky, esperando que los Durán los recojan, dudando si acaso los huevones no les tomaron el pelo y los dejaron plantados.

Por fin aparecen; ya se estaba haciendo tarde.

Todos arriba de la van, las cuatro hileras de bote en bote: la Nanny, la mina de la radio, con un sombrero con velo muy charcha, está al lado del Vaca que no pesca. Una tal Solange, con el pelo rapado y anteojos lilas, vegeta. El Laucha trata de leer un cómic pero no puede, se marea, está en mala.

Un par de semáforos, la carretera, desvíos, calles raras, oscuras.

El Jaguar atina con la Sara, la misma de Tongoy, la de la tanga y los ojos verdes. Taquillando para variar, el Laucha, que siempre está solo y por eso cuenta tanto chiste, canta con cero entonación uno de los mejores temas del Tiví. Rocky trata de imitarlo, pero no le resulta, incluso da vergüenza ajena; se nota que está cambiando la voz. Mejor pongamos a los B-52, "Song for a Future Generation", dice el Lobo, que es retro-progre: los Muertos me están hinchando su poco.

El Conejo aspira su pito, se lo pasa al Gato, que reparte una botella de pisco, pisco de 40 con un poco de ácido del que siempre se consigue. Nadie se da cuenta, ni cachan, y el Pipe toma hasta llenar su boca y hace buches y deja sus encías como anestesiadas.

Atrás, el Conejo y el Gato, que se dejó patillas y barba al estilo rockabilly, onda Stray Cats/Elvis Costello, comprimen a una mina. Media mina, pedazo de mujer. Les presento a Marushka, una amiga, dice el Conejo. Saluda a los Goonies, que la tienen chica, como la del Luis Miguel, pero igual... Son calentones los cabros, galla, como a ti te gustan. Si se portan bien, huevones, capaz que después la Maru les haga una francesa o algo.

La famosa Marushka está pasada a gel, el pelo lleno de estrellitas. Le da feroces besos a cada Goonie: en la mejilla al Polo, en la nariz al Rocky, en la oreja al Bambam, casi en los labios al Drago, en la boca, con lengua y saliva, al Pipe.

¿Hay más pisco, Conejo? Sube la radio, Gato, que no escucho ni pico.

Hasta aquí llegamos, no más. Ahora a caminar. Y callados los huevones, que si nos pillan, directo al sótano.

Casas de adobe chatas, basurales con olor a cadáver, sitios eriazos, fogatas. La sombra de un campanario oscurece aun más la calle de adoquín. La van tapada con cajas de cartón. No hay ni luna y los rascacielos se ven tan lejos que ni protegen.

Vamos.

La Marushka le toma la mano al Rocky y le agarra el paquete detrás de un paredón rayado con consignas contra los sapos del barrio. Después lo mira y lo deja.

El viento arrastra panfletos mientras el grupo camina en silencio. El Conejo deja caer una botella. Todos piensan que es el fin.

No fue fácil entrar. La Nanny y su velo, con la calma necesaria de los que saben de guerrilla y subversión, los llevó hasta la iglesia vieja, de ladrillo negro, sin Cristo, una gran nave cuya cúpula cayó durante el último terremoto, matando a toda la concurrencia.

Los Goonies entraron en silencio al destartalado lugar, lleno de ratas y tarros oxidados. Arriba, las nubes avanzaban. Todos en fila india, uno detrás de otro, siguieron a la Nanny, que abrió la puerta de un confesionario y descendió.

Tal como en una película mala, había pasadizos, una escalera caracol que descendía y descendía rumbo a la tierra helada, mazmorras húmedas con musgo y crucifijos abandonados. Una vez abajo, un pasillo eterno que llevaba a uno central, más iluminado, con viejos afiches de los años de la revolución, de poetas ingenuos y cordones industriales. Todos marchaban rápido, al son de sus latidos. Los tacos de la Marushka retumbando como las balaceras del amanecer. Poco a poco se escuchaba la música, los ritmos de unos grupos argentinos que habían sobrevivido a lo de allá, que cantaban temas también prohibidos y que seguro estaban de teloneros.

El pasillo terminaba en una gran bóveda, un planetario escondido lleno de luces púrpura, verde y granate, detrás del humo y de las miles de personas. Un ser con pinta de canceroso, sin pelo y con mucho hueso, les cortó las entradas y ya estaban dentro, empapados con la transpiración ajena, perdidos entre los miles de tipos que, de una forma u otra, se habían comunicado entre sí, armando la red, logrando ingresar por uno de los tantos accesos secretos que los llevaron, por alcantarillados y rieles muertos, a este anfiteatro subterráneo, un viejo estanque de agua borrado de los mapas de la alcaldía.

La música de los argentinos retumba sobre el techo y una gruesa trenza de fanáticos salta y baila, cantando cada letra, respondiendo a cada talla, gritando "y va a caer, y va a caer" entre tema y tema.

Los Muertos Vivos aún no aparecen y hay rumores de que fueron interceptados, que hay sapos entre el público. Los Durán desaparecen entre la masa, bailando, buscando minas que en noches como esta son aún más fáciles y gratis.

Espectacular la Marushka, no hay nada que hacerle. Medio chula, chulaza, pero rica, carnal, le sobra la carne, le cuelga. Toda de negro, malla Newton-John apretadísima, que se le mete hasta adentro, blusa de raso que le aprieta las tetas, aros que brillan y provocan.

Los Muertos ya están en escena, apenas se escuchan por los gritos unos riffs que parten la guitarra, un saxo más loco que la cresta y los cinco Goonies bailando, cantando las letras, espías en el baño, gorilas en mi mano, los cinco con sus 501 viejos, roñosos, con la típica franja de género de color intercalada entre las costuras que les cosió la abuela, la madre o la empleada con tal de taquillar.

El Tiví grita contra el viejo, que se muera el culeado, tira el bajo al suelo, se raja la polera camuflaje y canta que da pena, que da risa, que emociona. La Marushka se traga una píldora, masca chicle, hace un globo, se agacha para ajustar sus trilladísimas botas blancas con flecos que cuelgan como corbatas usadas.

Los cinco la miran, cuartean, se dejan llevar por el ritmo; el ruido no los deja entender lo que piensan. En el baño mojado hay gente que está tirando: minas arrodilladas, tipos sentados sobre el wáter.

La Marushka fuma un pucho, el Bambam la huevea, el Pipe la mira atento, el Polo la puntea, el Drago jura que está enamorado.

El Conejo mira de lejos, entre el humo y los láser. Se ríe solo. Recuerda un recital de los Soda: *...al menos sé que huyo porque amo.* Se ríe de nuevo.

La Marushka, sudada, con las axilas llenas de rizos masajeados con Etiquet, el gel escurriéndose por sus mejillas, arrastrando el polvo, la base, el brillo con sabor a damasco. Baila sola, asumida, casi cayéndose, un balanceo sensual y barato, divertido.

Los riffs de los Muertos retumban. El Tiví, ronco, casi sin voz, arrastra sus letras por el escenario, insultando a los rubios, a los tiras, a los viejos: *De qué mierda alegái, vos sólo te pajeái, el día que esta huevá se acabe, ahí te quiero ver: arrancando de tus culpas como los milicos que hoy insultas.*

Debe ser fabuloso, debe ser terrible estar allá arriba, piensa el

Conejo, que sigue mirando a la Marushka, solo, entre un grupo de gordas que se saben todas las letras y usan chapitas pro Vicaría. Que todos te adoren, que procesen todo lo que dices, que traten de tocarte, decirte que te entienden, que piensen y odien igual que tú. El Conejo sabe que sus temas no sirven, que les falta algo que él no tiene. La Marushka, que no sabe nada, se lo dijo una vez, de pasada, mientras se lavaba en un bidé.

Deben ser diez mil, siguen llegando, por todos los pasadizos secretos que todos juran nunca revelar. El Tiví y el resto de los Muertos aún no se cansan: *Nunca hables, cállate, cuidado; ahora tú me dejas y yo callado...* Debe ser fabuloso, debe ser terrible, piensa, y aspira un huiro mojado que circula de mano en mano. Todos desean alcanzarlo. Como estar en un roquerío con el mar furioso que trata de azotarte, de mojarte, de salpicarte para que te des cuenta aunque sea sólo por una vez.

El Rocky jura que tiene un bajo en sus manos y hace piruetas alrededor de la Marushka, que sigue sudando como una llave abierta. Sus pantalones se le pegan, se le mojan alrededor del cierre. El Polo tiene la camisa totalmente abierta y trata de lucir lo que no tiene. Se acerca matando, como en los videos, ojos entrecerrados. Ella le responde con caricias en la espalda, dedos y uñas postizas que resbalan por una piscina de fluidos. Da media vuelta, se arregla una bota, se estruja el pelo y comienza a puntear al Bambam, rozándole lo que nunca le han rozado.

Drago está fuera de órbita, a su lado, muy cerca, como un satélite obseso, sin ninguna coordinación, desarmándose entero, agarrándola por atrás, apretando sus muslos inmensos, jugando con esas esponjas delanteras, demasiada sobredosis esta noche, se ríe solo, ya no aguanta tanta mirada, tanta talla y doble sentido, tanto infierno inútil.

El Pipe, típico, no atina, no entiende, funciona sin permiso, su cuerpo salta y brinca, no analiza nada, no vale la pena, mejor, si se arriesga y pierde, pierde pero no muere y se arrodilla, casi afilándose el suelo, besos en esas pantorrillas sobredimensionadas, duras, sube lento, suave, nada más rico, un beso largo con una lengua que le hace cosquillas en las amígdalas y lo llena con un sabor a pisco, a tabaco y a machas recién abiertas.

Ese miedo que me despierta en las noches..., cantan y los cinco ya ni aguantan, que la huevá se acabe pronto, es tortura, todo en tres dimensiones, cuatro, borroso, cómico, los tímpanos clavan, el suelo rebota, la Marushka, puta que está buena, huevón, ideal, se lo come todo, se nota, gira y salta, vuelve a girar, los busca, a mí, no, al Rocky, el Pipe es muy chico, el Drago jura que sí pero no, no lo elijái, a mí, yo tengo lo que necesitái, sé hacerte feliz, cacho lo que querís, eso está claro, no con él, conmigo, no me caguís, no me dejís a un lado, mirando, el Polo no tiene ni una chance, Bambam se jura estupendo, pero no, no pasa nada, no se lo va a llevar, ven a mí, no me huevís, a mí, a ti que te miro, a ti loca, no te lo lleves, cambia, es importante, a mí, llévame a mí, yo sé más, yo sé mucho más que él.

Así, como rápido, sin anuncio, rajado, a escondidas, lo peor, ocultándose, rompiendo lo establecido, lo que juraban irrompible: todos enemigos, rivales, yo no puedo ser libre sin vos. Es mía, compadre, corta el hueveo, perdiste, asúmelo, unos ganamos y la mayoría pierde, acéptalo, mira no más cómo me mira, me quiere, se nota, está que revienta, me lo pide a gritos, sólo un poco, un poco más, hagas lo que hagas nunca vas a saber y ese es mi triunfo, lo que nunca me vai a perdonar, amigo.

El recital termina, el Tiví ya no entiende nada y todos corren hacia las salidas, suben escaleras oxidadas, se tropiezan entre ellos, salen como pueden. Los Goonies no se mueven, están atentos, alerta, esperando cualquier indicio, un guiño de ojo, cuál de los cinco o capaz que los cinco a la vez.

Aparecen los Durán hechos sopa, en otra, no pueden estar más reventados. Hay que virarse, rápido, que los tiras ya se enteraron, dicen que van a lanzar lacrimógeno por los alcantarillados para ahogarnos a todos.

La Marushka inicia la huida. Vamos, dice, que esta huevá se va a poner peluda. Avanzan: los Durán, una mina medio punk, medias rosadas y botas negras, abrazada al Jaguar, la Sara con sus ojos verdes todos rojos, el Gato riéndose como imbécil. Los Goonies atrás, pegados a la pared como afiches. La Maru se aleja, menea el culo, pa' ti, pa' mí, pa' ti, pa' mí. El Conejo la abraza, la detiene, se la atraca con firmeza.

La calle tiene aire fresco a pesar de todo. Ya no está tan oscura, llena de micros iluminadas, de colectivos vacíos que dan vueltas y vueltas. Avanzan por los adoquines hasta que encuentran el montón de cajas vacías y debajo la van, sana y salva. Casi todos los Durán se suben. Tocan la bocina, encienden la radio: Luca Prodán, Sumo. Apoyados en un kiosco, el Conejo atina con la Marushka.

Es un callejón chico, sin nadie, sólo un viejo salón de pool que brilla verde al final de la otra cuadra. La bocina sigue sonando, la música se mantiene igual. La Marushka tiene sus piernas alrededor del Conejo, la malla abajo. Él poco entiende, se nota, pero la goza igual; la lame entera mientras la puntea como buen conejo que es. Ella le mete la mano bajo sus jeans y lo aprieta.

Los cinco Goonies se acercan para ver mejor. Cuartear. Encienden cigarrillos. Callados. El Conejo acaba, se queda quieto, con sueño. Ella sigue jadeando para sí sola. Se apartan, se sube el cierre, los mira y les guiña un ojo. Él les sonríe con sus dientes de conejo.

La Marushka se sube la malla, pero le cuesta.

Un foco le ilumina sus oscuros y mordisqueados pezones.

El Conejo se sube a la van por la ventana, a lo Dukes de Hazzard. Ella se les acerca, les da un pato sin brillo de damasco a cada uno, le agarra el paquete al Pipe. Cuando sean más grandes, les dice. Cuando crezcan. Se sube y parten.

Los Goonies caminan lento, aburridos, hasta llegar a la avenida. Supongo que aún somos amigos, opina el Polo. Seguro, responden.

El Drago los mira y se ríe. Se queda pensando. Dan unos pasos lentos hasta llegar a la esquina. Una micro se acerca. El Pipe la hace parar.

Perdido

En un país de desaparecidos, desaparecer es fácil. El esfuerzo se concentra en los muertos. Los vivos, entonces, podemos esfumarnos rápido, así. No se dan ni cuenta, ni siquiera te buscan. Si te he visto no me acuerdo. La gente de por allá, además, tiene mala memoria. No se acuerdan. O no quieren acordarse.

Una vez, una profe me dijo que estaba perdido. Le dije: para perderse, primero te tienes que encontrar.

Luego pensé: ¿y si es al revés?

Llevo quince años borrado. Abandoné todo y me abandoné. Tenía una prueba y no la di. Mi novia estaba de cumpleaños, pero no aparecí. Me subí a un bus que iba a Los Vilos. No lo tenía planeado. Sólo pasó. Pasó lo que tenía que pasar. Ya no había marcha atrás.

Al principio, me sentí culpable; luego, perseguido.

¿Me andarán buscando? ¿Me encontrarán? ¿Y si me topo con alguien?

Nunca me topé con nadie.

El mundo, dicen, es un pañuelo. No es cierto. La gente que dice eso no conoce el mundo. El mundo es ancho y, sobre todo, ajeno. Puedes vagar y vagar y a nadie le importa.

Ahora soy un adulto. Algo así. Ahora tengo pelo en la espalda y a veces el cierre no me cierra. He estado en muchas partes, he hecho cosas que jamás pensé hacer. Pero uno sobrevive. Uno se acostumbra. Nada es tan terrible. Nada.

He estado en muchas partes. ¿Han estado alguna vez en Tumbes? ¿En el puerto de Buenaventura? ¿En San Pedro Sula? ¿Han estado alguna vez en Memphis, Tennessee?

Seguí, como un cachorro, a una cajera de un K-Mart hasta de El Centro, California, un pueblo que huele a fertilizante. El comienzo de la relación fue mejor que el final. Después trabajé en los casinos de Laughlin, Nevada, frente al río Colorado. Viví con una mujer llamada Francis y un tipo llamado Frank en una casa al otro lado, en Bullhead City, pero nunca nos veíamos. Nos dejábamos notas. Los dos tenían mala ortografía.

Una vez, en una en cafetería de Tulsa, Oklahoma, una mujer me dijo que le recordaba a su hijo que nunca regresó. ¿Por qué crees que se fue? Le dije que no sabía, pero quizás sí.

O quizás no.

Terminé, sin querer, enseñando inglés a niños hispanos en Galveston. La bandera de Chile es casi igual a la de Texas. Una de las niñas murió en mis brazos. Se cayó del columpio. La empujé demasiado alto y voló. Voló como dos minutos por el húmedo cielo del Golfo. Yo no quise herirla y, sin embargo, lo hice. ¿Qué puedes hacer al respecto?

¿Qué puedes hacer?

¿Han estado en Mérida, Yucatán? En verano hay 48 grados, y los domingos cierran el centro de la ciudad para que la gente baile. A veces me consigo una muchacha y bailo.

El año pasado decidí googlearme. Quizás me estaban buscando. No me encontré. Sólo encontré a un tipo que se llama igual que yo que vive en Barquisimeto, Venezuela, y tiene un laboratorio dental. El tipo que se llama igual que yo tiene tres hijos y cree en Dios.

A veces sueño que vivo en Barquisimeto, que tengo tres hijos, que creo en Dios. A veces sueño que me encuentran.

IMDB

(Algunas de las películas de la vida de Beltrán Soler)

Dumbo (Dumbo, usa, 1941, 64 m.) Dirigida por Ben Sharpsteen
Largometraje animado de los estudios Disney
Vista en 1968, Inglewood, California

Vi *Dumbo* en un cine, sentado, en una butaca más bien grande, no en el asiento trasero de un auto. Mi mamá me llevó a ver la historia del elefante con orejas de paila, a un inmenso teatro de la calle Sepúlveda, una mañana que llovía. Nunca había visto tanto niño en un mismo sitio, niños recién bajados de los aviones, niños de todos los continentes, de todos los colores, todos juntos en el cine con sus madres viendo *Dumbo.*

No la vi entera, eso sí, porque hubo un momento en que me quise salir. Lo que más me alteró, aterró, paralizó, fue la escena en que a Dumbo le quitan a su madre y él la visita luego en su jaula. Ella lo acurruca en la trompa y suena una canción, que es como de cuna, "Baby Mine", y los dos lloran, sus inmensos ojos se llenan de agua, y se nota que se aman tanto, que se necesitan, que tienen un lazo inquebrantable, que no aguanté y me puse a llorar de miedo, me puse a berrear de pánico porque la idea de que me quitaran a mi madre, o que ella me abandonara en ese cine, o en Inglewood, o en algún otro lugar me pareció intolerable. ¿Y si algún día se muere?

¿Cómo uno puede vivir sin su madre? ¿Sin que esté al lado tuyo cada segundo de la vida? La secuencia me resultó insoportablemente triste y me asustó de manera tan severa que me largué a llorar sin más.

Lo bueno, lo milagroso, fue que mi madre me calmó, me aseguró que no sólo no se iba a ir sino que nunca se iba a morir.

Vi *Dumbo* en el momento más propicio: cuando uno le hace dibujos a su madre y le regala flores que sacó del jardín y le jura que cuando grande se va a casar con ella, algo que luego te sacan en cara. Más de diez años después, en Santiago de Chile, cuando no teníamos casa ni familia ni hogar, cuando yo pasaba las tardes y algunas noches en la única habitación limpia de nuestra casona clausurada, llegué al departamento de mis abuelos, donde estábamos de allegados, y mi madre me estaba esperando en la cocina, en la entrada de la pieza, que era la pieza de servicio.

–Hueles a pisco, a cigarrillos –me dijo–. No me digas que ahora fumas y tomas.

–No –le dije–, no deseo ser como ustedes.

Mi madre fumaba mucho, siempre tenía un cigarrillo en la boca. Su auto siempre olía a tabaco y a pastillas de menta.

–En cambio a mí me encantaría ser como tú o tu hermana.

Mis dedos olían al metal de la barra de la micro, pero también a Federica: colonia Coral, cigarrillos Viceroy, jabón Lux, pisco Capel, Frambuesa Andina, madera encerada, las camisetas de algodón de Caffarena, toallas Siempre Libre, el cuero de su bolsón, el plástico de los forros de su cuaderno que nunca abría, sus cítricas gomas de borrar, chicle Dos en Uno de menta.

–¿Te acuerdas de que antes te querías casar conmigo? –me dijo mi madre.

–No –le mentí.

–¿No te acuerdas de que me decías "mi novia", que sólo deseabas estar junto a mí y contarme cada una de las cosas que hacías o descubrías? Eso me lo decías en español, una de las pocas cosas que me decías en español. Ahora no me cuentas nada en ninguno de los dos idiomas.

Mi madre me seguía mirando con sus ojos pardos que, dependiendo de la luz, delataban la tristeza y la resignación que intentaba esconder cuando sonreía. Noté que sabía lo que estaba pensando y me avergoncé.

–Mamá, era chico.

La luz del tubo fluorescente me hacía doler los ojos, irritados.

–Ahora ni me avisas a qué hora llegas.

La miré: ya no se veía como cuando me llevó a ver *Dumbo.* Ya no tenía la cara de una niña, pero le faltaba muchísimo para ser una señora. ¿Por qué habría querido casarme con ella? ¿Todos los niños piensan eso?

–A veces tú tampoco llegas y tampoco me cuentas nada.

–No es lo mismo –me respondió mirando el suelo.

–Claro que no. Lo lógico es que yo me porte mal, que me comporte como un adolescente, no tú.

–¿Quién te dijo que la vida es lógica, Beltrán?

Ella encendió un cigarrillo. Me miró fijo, con algo de enojo, pero más que nada con cansancio.

–¿Entonces?

–¿Qué?

–¿Cómo se llama tu chica?

–Se llama Federica Montt; la conoces.

Se demoró en procesar la información. A veces uno puede darse cuenta de lo que la gente piensa y lo que ella pensó no fue bueno.

–Ha cambiado mucho esa chica; una pena.

–Nosotros también hemos cambiado mucho, mamá; una pena.

–Sí. Todo ha sido una pena. Si fuera por mí, te aseguro, sería todo más alegre. ¿Por qué no habría de querer que fuera así?

Pensé en tomarle la mano pero me arrepentí. Ella a su vez intentó acariciarme pero decidió tocar un paño de cocina.

–¿Y cómo se llama él?

–Juan Antonio Mancini.
–¿Está casado?
–Sí.

Oliver (*Oliver!*, Gran Bretaña, 1968, 153 m.) Dirigida por Carol Reed
Con Mark Lester, Ron Moody, Oliver Reed, Jack Wild
Vista en 1968, Inglewood, California

De esta tengo un par de imágenes grabadas, pero son escenas que han sido tan mostradas que dudo que mis recuerdos surjan a partir de lo que vi ese año 1969 en un drive-in con mis padres. La canción principal, "Consider Yourself", aún hoy me llena de una extraña melancolía y, en vez de traerme recuerdos de la California de fines de los sesenta, me remite de inmediato al Chile posgolpe, a cuando retornamos o, para decirlo de otro modo, a cuando me dejaron abandonado en un país bajo toque de queda donde, a veces, en medio de la noche, se escuchaban ráfagas de metralletas que alegraban a mi abuela, que comentaba:

–Otro upeliento que cae, ojalá los maten a todos. *Consider yourself at home... consider yourself part of the family...* En Chile –en un principio al menos– nunca me consideré "en casa" ni menos "parte de la familia". Una vez instalado, ese oscuro invierno del 74, arrancado de cuajo de todo lo que era mío, de todo lo que me era propio, del sol y el aire acondicionado de California, el fantasma del huerfanito Oliver me persiguió sin tregua. De pronto me vi instalado en Santiago sin idioma, sin amigos, sin sentido, a la espera de que mis padres retornaran de California donde habían partido, de improviso, a " liquidarlo todo". Nos quedamos mi hermana y yo y nuestra misión era clara y precisa: adaptarnos sí o sí, y aprender español.

La célebre canción "Consider Yourself" no dejó de sonar ese año 74 y no me dejó nunca tranquilo, pues a algún viejo reportero se le ocurrió usarla, en su versión orquestada, como la cortina del noticiario de una radio de ultraderecha. Creo que era la Agricultura o la Minería, una de ellas. Mi abuela Guillermina la escuchaba, sin falta y a cada rato, en la inmensa radio Grundig del costurero del segundo piso. *Consider yourself part of us!*, todas las mañanas, y luego en la tarde, y la voz de Pinochet, y los comentarios de Carmen Puelma y el cura Hasbún, y los bandos, los informes y los decretos con fuerza de ley.

Ese año, en un colegio alemán que estaba cerca de donde vivían mis abuelos, por el barrio Salvador-Condell, donde nos pusieron de oyentes, durante los últimos meses del 74, me sentí Oliver Twist. El colegio no era más que una vieja casona de tres pisos, con mansarda, y a pesar de ser un colegio privado, para gente con ciertos medios, la verdad es que era muy pobre, o me parecía muy pobre, porque no tenía ni casino ni gimnasio, sala de cine, auditorio, biblioteca: todo lo que formaba parte de mi colegio fiscal de Encino.

El primer día me obligaron a formarme en fila en el patio de atrás. Todos mis compañeros vestían unas cotonas color madera. Me pasaron una taza de loza, aún mojada, y tuve que estirar la mano para que una señora mayor, que revolvía una olla humeante con un espeso líquido oscuro, me llenara la taza hasta el borde. Entonces, en vez de decir "quiero más" como en *Oliver!*, tuve la mala idea de decir "No, gracias; yo no tomo esto", yo no tomo esta cosa, esta asquerosa leche en polvo, este Fortesán con leche en polvo y agua hirviendo, esta leche para pobres, esta mierda para chilenos subdesarrollados que no tienen tele a color y no saben lo que son los M&M. No dije eso, pero sí lo pensé; sólo dije "No, gracias; yo no tomo esto", y luego agregué "I don't like it", y la profesora, una alemana nazi, pinochetista, la Tante Renata o la Tante Margarethe, me lanzó sin aviso una bofetada tan llena de furia que me aterró:

–Te lo tomas, cabro de mierda; no estamos en Estados Unidos, estamos en Chile.

Lo curioso es que no derramé nada, sólo me quedé ahí, como Mark Lester, pero yo, para más remate, no era rubio como Oliver ni como mi primo Milo, que era idéntico a Mark Lester. Así que abrí la boca y dejé caer las gotas de sangre sobre la viscosa nata que se formó arriba del tazón y luego, frente a la Tante, bebí la desabrida y horrorosa leche que nos había regalado el nuevo gobierno militar.

Qué bello es vivir (*It's a Wonderful Life*, USA, 1946, 129 m.)
Dirigida por Frank Capra
Con James Stewart, Donna Reed, Lionel Barrymore, Beulah Bondi
Vista en 1969, Encino, California

En 1968, camino a San Francisco, mi madre hizo que mi padre se saliera del freeway y se detuviera en el valle de San Fernando, justo al otro lado de Hollywood. La razón era clara: sintió que ese sitio podría ser un buen lugar para vivir. Estaba en lo cierto. Eso fue un año antes de que llegáramos a Encino. El verdadero motivo por el cual mi madre quiso bajarse de la carretera, sin embargo, fue que el valle de San Fernando tiene una cierta semejanza con Chile: el sol sale por la cordillera y se pone en el mar. Y está toda esa fruta, todo ese desierto cerca, los valles con vino, y tanta calle, tanto pueblo, con nombre español. En esa época en el valle se respiraba un aire nuevo, menos industrial. Era algo así como un experimento sociológico: el suburbio como ciudad autónoma, el mall como templo, el adolescente como rey.

–Juan, baja la velocidad, este lugar se ve acogedor.

Ese lugar era Encino. Mi madre ya intuía que no íbamos a regresar más a Chile. Quizás, con suerte, de vacaciones, de vez en cuando, y ya eso se veía complicado. La promesa de retornar se iba diluyendo de a poco y, ante eso, lo importante era asentarse, armar una vida y comprar una casa. La casa no se compró de inmediato, pero fue la misma casa en construcción que eligieron esa tarde: un bungalow color verde palta, con tres dormitorios y un family room (o den) en la tranquila calle Babbitt, en la parte menos elegante, al norte de Ventura Boulevard. Encino, en esa época al menos, era un barrio –una comuna, en rigor– compuesta en un noventa por ciento por gente con dinero, una clase media muy acomodada y una clase alta poco ostentosa. Casi todos, incluso aquellos que vivían con lo justo, como nuestros vecinos, estaban de una u otra manera ligados a la industria del cine y la televisión. Esto no era casualidad. Encino estaba localizado suficientemente cerca y, a la vez, privilegiadamente lejos de los dos centros de producción cinematográfica de Los Ángeles: Hollywood, al otro lado de los cerros, y Burbank (sede de la Warner, la Columbia, la Disney y la NBC) en el mismo valle.

Pero Encino no sólo estaba cerca del cine sino que fue fundada sobre cimientos inconfundiblemente cinematográficos. Antes de que Encino fuera Encino, y Ventura se llenara de Luckys y Ralphs, mucho antes de que existieran los colegios y el Sepúlveda Dam Recreation Area y todas las casas, Encino fue el inmenso patio trasero de la RKO, el sitio donde se filmaban las escenas de guerra entre indios y vaqueros, donde se reconstruyó el París medieval o el Chicago de Al Capone.

Todo esto lo supe en el colegio, en el Magnolia Street School, en el curso de Miss Petula Squires, que era una profesora muy moderna, que mi padre encontraba guapa, y la verdad es que lo era, todos los chicos del curso estábamos embobados con ella. A diferencia del resto de las profesoras, que eran más bien viejas, Miss Squires era joven, soltera, usaba botas altas, vivía cerca de nosotros en un condominio con piscina en la calle Balboa y manejaba un Carmengia rojo. Lewis Blumenthal (que era un gordo intolerable y que, al final, sería apodado Brother Louie, como el personaje del tema soul de los Stories) llegó un lunes, que era el día de show and tell (el día de la semana en que uno se paraba frente al curso y mostraba algo personal, algo que tenía una cierta historia) con unas cabezas de flechas que encontró en la cancha de Little League, al lado del velódromo, y nos dijo que eran reliquias indias, de la época de fray Junípero Serra, que es el fraile jesuita que estableció misiones por toda California. Miss Squires revisó las cabezas de flechas, mandó al odioso Lewis a sentarse y decidió explicarnos la verdadera historia de Encino.

Así nos enteramos de que éramos descendientes de la RKO y nos mostró, en una copia de 16 milímetros, que vimos en el auditorio del colegio, *It's a Wonderful Life*.

Éramos un tanto chicos para entenderla. Nos pareció eterna y exasperantemente en blanco y negro. A lo largo de los años, la he visto muchas veces (una de las pocas películas que he vuelto a ver) y, a medida que lo he ido entendiendo, a medida que he ido captando que nada conmueve tanto como un filme sobre el valor de la familia cuando uno no tiene una familia y empieza a dudar seriamente si alguna vez la tendrá, soy incapaz de separar el gran clásico familiar de Capra de Encino. No porque la haya visto allí o porque yo asocie Encino con familia, sino porque Bedford Falls, el ficticio pueblo de la película, es Encino. Las encinas de la calle Main de Bedford Falls son las encinas de Encino. *It's a Wonderful Life* se filmó en ese back-lot, aprovechando los árboles que existían. Tanto le gustó Encino a Frank Capra que terminó viviendo ahí, en los cerros, sobre Ventura.

Años después, en una clase de historia en el McArthur English School, me explicaron que Santiago fue fundada por el conquistador español Pedro de Valdivia, y pensé que tuve mucha suerte de haber vivido mis primeros años en un sitio colonizado por Frank Capra y James Stewart, y no por un grupo de españoles malolientes y resentidos que se escaparon de su tierra natal para ir a asesinar nativos y robarles su oro al otro lado del mundo.

La aventura del Poseidón (*The Poseidon Adventure*, USA, 1972, 117 m.)
Dirigida por Ronald Neame
Con Gene Hackman, Ernest Borgnine, Shelley Winters, Eric Shea
Vista en 1972, Encino, California

Esta bien puede estar entre las películas más importantes de mi vida. Es lejos la película que más he visto. Me la repetí varias veces, me la sabía tan de memoria que, cuando llegó la hora de filmarla en el garage de Drew Wasserman, los parlamentos me salieron sin esfuerzo alguno, aunque tampoco importó tanto, porque la versión que hicimos era muda.

The Poseidon Adventure fue calificada como PG o GP como se estilaba entonces, para mayores de trece, aunque perfectamente podías ingresar, nadie te decía nada si aún no habías cumplido esa edad. Cero parientes, cero guardián, sólo tenías que comprar tu popcorn, poner cara de grande, yo me las sé todas, no hay nada que vaya a aparecer en esta pantalla que yo no haya visto antes, nena, nada que yo no haya hecho. Esa fue la mayor de las sorpresas; la verdad es que yo no estaba preparado para lo que vi. Cuando apareció la película en la pantalla quedé paralizado: lo soez del lenguaje, la voluptuosidad de la exprostituta (Stella Stevens) con su vestido azul semitransparente, toda la sangre y la tragedia, toda la muerte (mueren casi todos, partiendo por las estrellas) que surge una vez que la ola gigante, un tsunami, provocada por un terremoto, da vuelta el barco justo la noche de Año Nuevo.

Hay dos sacerdotes, uno joven, otro viejo, y ambos se enfrentan. Hay que tomar una decisión. El joven es Gene Hackman, que de inmediato me pareció de fiar. Este sacerdote es poco convencional y le falta fe, se rebela ante el destino, no entiende cómo Dios puede provocarle tanto sufrimiento a un grupo de inocentes. El sacerdote viejo, en cambio, acepta lo que le toca. Cuando todos están atrapados en el salón de baile, el sacerdote viejo decide quedarse abajo, con los heridos, consolándolos. No escala el árbol de Pascua. Gene Hackman es de armas tomar y obliga a las chicas a sacarse la ropa. No pueden escalar con vestidos ni tacos. Pamela Sue Martin queda en shorts rojos de terciopelo mientras que Stella Stevens se saca el vestido e intenta escapar por las entrañas humeantes del barco, tapada sólo con la camisa de su marido Mike, que era Ernest Borgnine. Cuando el grupo llega arriba, el barco se mueve, algo cede y entra agua al salón. Todos los que no siguieron a Hackman se ahogan, incluido el sacerdote viejo. Por años me sentí como Eric Shea, el chico de diez años que sobrevive a la tragedia, que alcanza la mañana siguiente (la pegajosa canción de Maureen McGovern no paró de sonar ese año).

Vi *The Poseidon Adventure* por recomendación de Drew Wasserman. Prácticamente nos obligó a verla. Y nosotros le hacíamos caso a Drew porque, entre otras cosas, de toda la gente de Encino, nadie estaba más ligado al cine que Drew Wasserman. Su madre era peluquera en la NBC y trabajaba en shows de variedades como *Laugh-In* o el de Dean Martin. El padrastro de Drew, a quien Drew detestaba, aunque no más que a su verdadero padre, era maquillador de la Warner.

–He's a fucking loser.

El verdadero padre de Drew era un maquillador de cintas de terror, de películas que necesitaban efectos especiales sobre las caras de sus actores. Drew admitía que, a pesar de ser un hijo de puta (en esa época yo no podía concebir que un hijo tratara a su padre así), el tipo tenía talento. Era uno los maquilladores de las películas de la saga de *El planeta de los simios* y, quizás por eso mismo, Drew nunca vio alguna de las cinco partes. Y si las vio, nunca nos habló del tema, no se deleitó relatándonos cada secuencia y, a medida que fuimos creciendo, tampoco nos refocilamos con los detalles sexuales. Nada en la casa de Drew indicaba que su padre tenía un lazo tan cercano con los simios más famosos del mundo: ningún afiche, ninguna foto, ni siquiera una máscara de látex cubierta de pelos.

A diferencia de otras cintas para mayores (en especial aquellas que eran clasificadas con una R y que jamás podríamos ver, como *El Padrino* o *Willard)*, Drew no nos relató *The Poseidon Adventure*.

–Esta la tienen que ver por sí mismos, no hay palabras para describir lo que se siente –nos dijo.

Siempre estaré agradecido de que fuera capaz de quedarse callado; entendió que uno sólo tiene una oportunidad para disfrutar las cosas por primera vez. Para Drew todo era cine: su vida era el cine, fuera del cine su vida no tenía mucho sentido. Quizás por eso intentaba recrear sus películas favoritas antes de que se escaparan. Antes del video y de esto que ahora llaman DVD. La películas se mantenían vivas de dos modos: contándoselas a otros y, en el caso de Drew, recreándolas. Su padrastro le regaló luces y tenía la mejor cámara Super 8 disponible en el mercado, pero Drew no estaba realmente interesado en filmar "sinopsis", sino en recrear películas. Lo pasaba mejor inventando las maquetas, consiguiéndose el vestuario, ingeniándoselas para lograr los efectos especiales.

Para *The Poseidon Adventure* reclutó a todo el barrio. Drew tiñó con anilina el agua de la tina de su madre y ahí colocó un modelo del Queen Mary que compró en Toys "R" Us. Filmó a un amigo ahogándose en una piscina, la que llenó de tazas y vasos y copas de champaña de plástico que flotaban. Patrick tuvo el rol de Hackman, a mí me dio el rol de Borgnine, mi hermana era Pamela Sue Martin, Leslie Melnick hizo el rol de la puta y se vistió con una camisa del padre de Drew y, al mojarse, todos quedamos impactados con lo duro, grande y notorio de sus pezones.

Donde Drew se lució fue al crear la ola que destroza el salón de baile. Frente a su casa, en la entrada de autos, construyó una plataforma de madera de unos seis por cuatro metros; en una de las puntas colocó dos gatas hidráulicas. Llenó la plataforma con tres mesas, sillas, adornos, un árbol de Navidad, comida, vasos y todos los chicos del barrio con sus mejores trajes. Arriba del garage, Drew amarró seis tarros de basura, formando algo así como un muro de tarros. Luego los llenó de agua con una manguera larga que se consiguió. Al tirar de la cuerda, los tarros caerían al unísono, derramando desde el techo una cantidad formidable de agua que caería pareja, como una ola. Dos amigos de Drew se dedicaron a levantar las gatas. Drew lo filmó todo: nosotros comiendo, bailando, celebrando el Año Nuevo, luego caras de temor, de terror, sentir que el suelo se estaba moviendo no como en un temblor sino que se estaba levantando; los vasos comenzaron a deslizarse, luego los platos, las sillas, nosotros, y justo entonces sentí los tarros caer y, al segundo, una inmensa ola nos cubrió y tiró al suelo.

–Corte –dijo Drew–. Se imprime.

Cuando el destino nos alcance (Soylent Green, USA, 1973, 97 m.)
Dirigida por Richard Fleischer
Con Charlton Heston, Leigh Taylor-Young, Edward G. Robinson
Vista en 1973, Tarzana, California

Del avión bajamos por una escalera resbalosa por la densa niebla que lo cubría todo. Más que un país tercermundista, la escena parecía el comienzo de una vieja película B. La pista olía a frazadas húmedas y a vino barato. El aeropuerto de Santiago era poco menos que un hangar, mal terminado, extremadamente frágil y básico. Mi madre nos hizo abrigarnos antes de descender, pero el frío era superior al esperado. Era un frío que yo nunca había sentido; este era el frío de la pobreza y lo invadía todo.

Lo que más nos llamó la atención fue la cantidad de soldados que patrullaban el aeropuerto. Estaban en la pista, detrás de las columnas, al lado de la fila de Policía Internacional. Al bajarnos del bus que nos trajo desde el 707 me fijé que sujetaban metralletas.

–Mom, is there a war here? –preguntó mi hermana. Antes que ella le respondiera, le dije:

–Shut up, stupid, you wanna get killed?

La duda de Manuela me asaltó: si no había una guerra, ¿por qué tantas armas? En contraste con Venezuela, todo aquí era en blanco y negro. Al menos me parecía que era así; lo recuerdo así. Yo creo que, en efecto, era así. Los pocos canales de televisión, que comenzaban a transmitir a eso de las cuatro de la tarde, transmitían en el más contrastado black and white. Todo era antiguo, arcaico, de otra era.

¿Estaba en el Santiago de 1974 o en una ciudad enemiga durante la Segunda Guerra Mundial?

Mis abuelos estaban ahí esperándonos, detrás de una puerta de vidrio biselado donde apenas se podía distinguir las siluetas de las personas. Había mucha gente y se agolpaban ante el vidrio; parecía que ellos querían ingresar a la sala y escapar en el avión que estaba por partir. Cada vez que un pasajero salía, tras ser revisado minuciosamente por los agentes de la aduana, las puertas se abrían por un instante y la muchedumbre gritaba los nombres de las personas que esperaban.

Una vez afuera nos abrazó mucha gente que no conocíamos y de nuevo mi madre se puso a llorar. El Tata le miró la cicatriz a Manuela y me tomó la mano y, en inglés, nos dijo:

–Ustedes se van conmigo.

Caminamos unos metros entre la oscura niebla y nos acercamos a un antiquísimo taxi que parecía una carroza. Un señor de bigote comenzó a guardar nuestros bultos en el inmenso maletero; antes de subirnos, llegó corriendo una señora alta y canosa que resultó ser la tía Marta, hermana de mi abuelo.

–Tú no me conoces, pero yo estuve el día que tú naciste. Te conté los dedos de los pies y las manos para ver si estaban todos.

Mi madre se fue en otro auto, uno de forma muy extraña, de nombre Peugeot. Todos los autos en Santiago eran raros, con nombres impronunciables y formas ridículas. En la casa de los tatas me encontré con un auto minúsculo, redondo, naranja, de nombre Fiat 600, que no poseía ningún extra en su interior, apenas los asientos. Mi abuelo, quizás consciente de lo espartano del vehículo, me comentó después:

–Este es para que lo utilice tu madre; en Santiago yo me movilizo a pie o en micro, como la gente civilizada.

Las micros eran buses y había miles de ellas, cientos de miles quizás, de todas las formas y de todos los colores, dependiendo del recorrido. Todas, además, iban repletas, no cabía un pasajero más adentro, la gente incluso colgaba de las pisaderas, tanto adelante como atrás, y si alguien se caía, la micro seguía su viaje y no se preocupaba de si el tipo había sido atropellado o no.

La ciudad era fría y oscura, y las calles angostas estaban llenas de hoyos o pavimentadas con huevillos de piedra. Santiago estaba lejos del aeropuerto, nos demoramos mucho en llegar y, cuando lo hicimos, no podía creer la cantidad de peatones que circulaban a esas horas de la noche. En Encino, donde los únicos peatones eran los niños, las tranquilas calles se vaciaban cuando caía el sol y las regadoras de pasto se encendían. Aquí la gente cruzaba en medio del tráfico y en las esquinas había carros donde unas mujeres de blanco freían algo que después supe que se llamaban sopaipillas.

A pesar de lo oscuro, miles de niños con uniforme escolar, tal como en las películas inglesas, caminaban en manadas arrastrando pesados bolsos de cuero. La avenida por la cual ingresamos parecía bombardeada y tenía un inmenso hoyo del cual salían, como hormigas, obreros con cascos blancos.

–Es el metro –me dijo mi abuelo–. En un país sísmico deciden construir bajo tierra. Esperemos que los cálculos estén bien hechos.

En un semáforo, un adolescente moreno sin dientes gritaba *¡La Segunda!, ¡La Segunda!* El Tata abrió la ventana y compró el diario y me acuerdo de que el titular decía algo así como: "PINOCHET: AL QUE NO LE GUSTA LA MANO DURA, QUE SE VAYA".

Por la ventana del taxi vi un inmenso cine, altísimo, que decía "Cinerama". Era el afiche más grande que jamás hubiera visto. Tenía, al menos, seis o siete pisos de alto. De inmediato entendí que se trataba de *Soylent Green,* aunque el título era mucho más largo y no fui capaz de comprender qué significaba: *Cuando el destino nos alcance.*

–What does it mean? –le pregunté a mi abuelo.

–When your destiny finally reaches you.

La película ocurre en el Nueva York del 2022 (qué edad tendría para esa fecha, pensé) y la ciudad está devastada, abandonada a su suerte y sobrepoblada de gente que no tiene dónde dormir. Son millones y millones y duermen en las escaleras. Nueva York es como uno cree que es Calcuta y casi no se puede caminar, menos andar en auto. Todo está contaminado y siempre hace calor porque el planeta se recalentó. El protagonista era Charlton Heston, quien tiene un romance con una modelo, o algo así, que es Leigh Taylor-Young, que come mermelada a cucharadas y eso que la mermelada vale como diez mil dólares el frasco. Heston es un detective y busca a una persona que desapareció pero, poco a poco, descubre algo que ni él ni el público se imaginan.

Vi *Soylent Green* en los recién inaugurados Theeeeee Movies of Tarzana, en Ventura, que eran seis salas de cine bajo un mismo techo ("¡seis salas bajo un mismo techo!"). Lo bueno de ese cine era que era fácil entrar a las películas para mayores con la entrada para una de niños. Creo que nunca me ha impresionado más una película. Tanto, que en un instante me salí de la sala. Fue después de la escena de sexo: Heston y la modelo se duchan juntos y me acuerdo que tuve una erección inmediata. Ahí capté que esa cinta era para mayores (yo tenía nueve), no era algo que deberíamos ver, aunque a Patrick eso le daba lo mismo.

Lo que vi después me impresionó aun más: *Soylent Green* se refería a las barritas nutritivas energéticas. La gente se alimenta de Soylent Red, Soylent Yellow y Soylent Green. Se supone que Soylent es una fusión de lentejas y soya, pero al final Heston se entera de que el Soylent Green se fabrica con los seres humanos que sobran, aquellos que son recogidos al azar por unos camiones basureros y llevados a depósitos gubernamentales donde los cadáveres son procesados para convertirlos en alimento.

–Tata, aquí no se llevan a la gente, ¿no? Uno puede caminar sin tener miedo a desaparecer –le pregunté a mi abuelo, pensando en la película.

Yo no conocía Nueva York, pero el Santiago de 1974 se parecía al Manhattan decrépito del 2022.

–No –me dijo–. Aquí por suerte no pasa nada. Las cosas están muy tranquilas.

Hermano sol, hermana luna (Fratello sole, sorella luna,
Italia-Gran Bretaña, 1972, 122 m.)
Dirigida por Franco Zeffirelli
Con Graham Faulkner, Judi Bowker, Alec Guinness, Peter Firth
Vista en 1974, cine Oriente, Santiago de Chile

Santiago estaba plagado de militares y las señoras en la calle aplaudían cuando pasaban los camiones con los soldados apuntando sus metralletas hacia los edificios. Mi abuela contaba orgullosa que había donado su collar de perlas para ayudar a los militares a rehacer el país. Todos en Santiago hablaban de la reconstrucción nacional, aunque, mirando a mi alrededor, parecía que más bien lo estaban botando a patadas. Un día, en el centro, al acercarse el primer aniversario del golpe del 11 de septiembre, mi abuela compró un afiche de los miembros de la Junta y lo colocó a la entrada de la casa. Los integrantes de la Junta eran cuatro y había uno por cada rama, incluyendo a los carabineros, a los que les decían pacos, aunque a ellos no les gustaba que les dijeran así. Los pacos, me explicaron, eran muy amigos de las nanas, por lo que la Lina y las otras empleadas de la casa también querían mucho a la Junta. En Encino, todo el barrio odiaba a Nixon y decían que era un ladrón y un mentiroso; en Chile, parecía que todos amaban a Pinochet y consideraban que era un salvador. Pinochet usaba anteojos oscuros incluso cuando estaba nublado.

Lo mejor de Santiago era el centro; a las doce en punto, un cañón que estaba en el cerrito chico disparaba una bola que, la verdad, no sé dónde caía. Pero si uno estaba en el centro a esa hora y sentía el cañonazo, le daban ganas de tirarse al suelo. Los cristales de los edificios retumbaban como en un terremoto y las aterradas palomas de la Plaza de Armas emprendían vuelo en masa y tapaban el sol por un instante. Nos tomamos muchas fotos frente al palacio de La Moneda. El edificio, que no era muy grande ni tampoco bonito, nada comparado con la Casa Blanca, estaba totalmente quemado; había sido destrozado por los misiles que los aviones lanzaron desde lejos.

–Ninguno falló su blanco; es admirable la precisión de nuestros aviadores –nos comentó Raúl Sáenz Villalba, un pariente de mi abuela que había luchado contra los comunistas en una organización llamada Patria y Libertad y que luego fue premiado por sus actos al ser nombrado alcalde de la fascistoide y geriátrica comuna de Providencia. Cada vez que Sáenz Villalba escuchaba la canción "Libre" se le llenaban los ojos de lágrimas.

–Ustedes no saben lo que pasamos –se excusaba.

Cada familia y pariente que visitábamos nos contaba historias alucinantes de la época de la UP y de Allende, llenas de misterio y aventura y violencia y heroísmo. Una vez comenté que era una lástima que nos hubiéramos perdido eso, todo parecía mucho más entretenido entonces, como si el país hubiera estado en una extraña fiesta.

–Nunca vuelvas a decir una estupidez así –me dijo mi abuela en castellano. No le entendí lo que dijo pero el tono de su voz me aterró. Ese tono de aquella gente culta y civilizada que estaba dispuesta a hacer cualquier cosa o, al menos, tolerar cualquier cosa, con tal de no perder lo que sentía que le pertenecía.

Había tanto que ver en Santiago que ir al cine resultaba innecesario. En California, la vida era tan apacible que las películas te otorgaban todo aquello que no encontrabas en tu barrio. En Chile todo era tan intenso, tan absolutamente raro e inexplicable, que la gente iba al cine sólo cuando necesitaba relajarse y descansar. En Santiago, además, mi impresión era que los niños no elegían las películas que iban a ver. Los niños, en rigor, no podían elegir nada y siempre estaban rodeados de nanas y escondidos detrás de las inmensas rejas de las casas. Los niños chilenos, era indudable, eran mucho más niños que los de Encino.

Una tarde que llovía mi abuela nos llevó al cine. Fuimos a ver *Hermano sol, hermana luna*, que por suerte era en inglés, aunque abajo tenía esos molestosos subtítulos, tal como *Westworld*. La cinta era muy larga y era sobre un tipo, Francisco, que es un príncipe en la época antigua, la época en que los hombres andaban con mallas de ballet. Francisco al final se convierte en San Francisco y, por él, la ciudad de California se llama como se llama. Francisco se aburre de ser millonario, de ser príncipe, y en una plaza se saca toda la ropa y muestra el trasero y todos los niños en el cine nos reímos. Después Francisco se pone una túnica hecha de saco de papa y recorre Italia o Francia o un país así y se hace amigo de todos los animales y ayuda a los leprosos y se deja el pelo largo y le crece barba y, al final, termina pareciéndose a Carlos Soler.

Al lado del cine había un sitio llamado Villa Real donde ingresamos a tomar "onces", una costumbre muy rara que los chilenos practicaban para sentirse más civilizados de lo que realmente eran. La gente más sofisticada le decía a este rito "la hora del té", y la gran diferencia era que el té era con queque y las onces con Milo y pan con palta.

Mi abuela dijo que la película era comunista, que era raro que la hubieran dejado entrar, que una cosa es ayudar a los pobres y otra muy distinta regalar todo lo que uno tiene.

–Cómo uno va a pretender generar riqueza si no tienes nada para generarla –creo que dijo, o quizás esto lo estoy inventando; en esa época no entendía nada de lo que me decían y, sin embargo, a veces lo comprendía todo.

Manuela comentó que San Francisco se parecía a Tyrone Acosta por la barba y el pelo largo y recién ahí me di cuenta de que en Chile nadie usaba barba ni pelo largo. Le pregunté entonces a mi abuela acerca de Tyrone, si lo íbamos a ver, y me dijo:

–Tan inteligente ese chico y, a la vez, tan tonto; yo le advertí que no se metiera en problemas pero no me hizo caso.

No dijo nada más. En la familia nunca más se habló de él, casi como si Tyrone Acosta nunca hubiera existido.

Qué ejecutivo tan mono (The Barefoot Executive, USA, 1971, 96 m.)
Dirigida por Robert Butler
Con Kurt Russell, Joe Flynn, Wally Cox, John Ritter
Vista en 1971, Reseda, California, y en 1976, cine Huelén, Santiago de Chile

The Barefoot Executive se estrenó en Santiago en un cine llamado Huelén, una sala del centro ubicada en un subterráneo cuyas paredes estaban cubiertas con las figuras de Disney. Duró pocos días en cartelera, porque en Sudamérica las cintas de Disney que no eran animadas pasaban sin pena ni gloria. Hasta entonces sólo me había repetido dos películas (*The Poseidon Adventure,* cuatro veces; y el musical *Tom Sawyer,* tres).

Cuando vi el aviso de *Qué ejecutivo tan mono* y la caricatura del chimpancé y de Kurt Russell, de inmediato supe que tenía que verla. Russell era uno de mis actores favoritos por su saga de comedias Disney para adolescentes que, la verdad de las cosas, era más para niños que soñaban con ser teenagers y ser libres de una vez por todas. Russell interpretó el rol de Dexter Riley en, a lo menos, tres películas que para mí fueron clave: *The Computer Wore Tennis Shoes, The Strongest Man in the World* y, la mejor de todas, *Now You See Him, Now You Don't.*

Era verano, enero, y todo Santiago estaba de vacaciones, partiendo por mi hermana Manuela, que dividió todo su verano entre Reñaca, junto a la Sofía Basterrica, nuestro fallido camping en Pichidangui, y Cachagua, en la casa de Federica Montt. Yo no tenía amigos y aún no ingresaba a mi colegio definitivo, el McArthur

Institute, que estaba en la calle Seminario, cerca de la casa, donde no me hicieron ningún examen o test.

–Aquí te quedas, al menos es mixto y no es católico –opinó mi madre, que justo ese verano entró a trabajar.

O faltaba dinero o quería salir a la calle, porque, con la Betsabé y sus recetas, la presencia de mi madre no hacía falta, por lo que se consiguió el puesto de secretaria ejecutiva del gerente general de la Goodyear en Chile.

Mi madre no era experta en mecanografía pero era ciento por ciento bilingüe y tenía "buena presencia", que es un requisito que las empresas en Chile siempre exigen. El inoportuno y oportunista tío Enrique Lobos cumplió a medias su palabra y colocó a mi padre a cargo de una empresa de exportación de frutos del país. Mi padre entendía poco y nada de frutos, menos de cómo exportar o lidiar con las coimas y la falta de transparencia del mundo de la Vega. Le pasaban cheques a fecha y al llegar la fecha de pago mi padre se sorprendía de que no tuvieran fondos. Aun así, había esperanza y el país estaba creciendo. El patio de la casa estaba atestado de obreros que, a pala, cavaban un hoyo para una piscina. La idea era que la piscina hubiese estado lista para ese verano pero se inauguró en mayo, bajo una fuerte tormenta.

En la calle Doctor Ignacio Echaurren Arismendi había más niños de lo esperado, aunque la cantidad de ancianos que vivía en la cuadra era algo un tanto repugnante, excepto por la Chichi Irarrázaval, una viejita pituca que salía con Cognac, su perro dálmata, al almacén de la esquina a comprar aceite litreado. Cuando la Manuela vio a Cognac, sufrió convulsiones y no paró de llorar.

Un par de casas más allá vivía un tipo pecoso, como de mi edad, que era de Punta Arenas y tenía un pingüino que su padre, un marino, le había traído. El padre seguía en Punta Arenas y el chico vivía con su abuela. El pingüino se llamaba Petete, como un personaje que leía un libro en la tele, y ese verano pasaba dentro de una piscina inflada. Su dueño se llamaba Sebastián Germaine y me pareció que, ya que necesitaba un amigo, él podría ser un candidato ideal, por venir de otra parte, pero nunca supe cómo acercarme, mi acento me delataba, y la vez que le toqué el timbre para ver si quería hacer algo me dijo:

–No, yo sólo me junto con mi pingüino, pero gracias por preguntar.

Sebastián Germaine no salía de su caserón y, al parecer, no se aburría. Yo sí. Los libros de geología que me pasaba el Tata comenzaban a hastiarme. Una tarde de enero, desesperado, decidí ir al cine, aunque fuera solo. Necesitaba volver a ver *Qué ejecutivo tan mono.* Todavía no conocía bien Santiago y me aterraba tanto peatón, tanta micro, pero había ido muchas veces al centro, con el Tata, a buscar la correspondencia que le llegaba a su casilla del Correo Central de la Plaza de Armas. Sabía que la micro que pasaba por Salvador, en la esquina, continuaba directo al centro. Sin pensarlo le dije a la Betsabé, la empleada, que me iba a la casa del Sebastián a ver televisión y a jugar con el pingüino. Partí al centro con mi dinero bien escondido en el bolsillo, rumbo al cine Huelén. En la micro comenzó a sonar el tema número uno del año anterior: "Un millón de amigos", de Roberto Carlos. A mí, con uno me bastaba.

Qué ejecutivo tan mono fue la primera película que vi por mi cuenta y la experiencia fue tan intensa que a partir de entonces empecé a ir al cine solo, a veces por opción, la mayoría de las veces porque no tenía con quién. Estrictamente, esta encantadora comedia subversiva y antisistema no es una cinta de Dexter Riley, el gran personaje creado por Kurt Russell, aunque es del mismo período, del mismo estudio, del mismo director. Russell esta vez se llama Steven Stone y es algo así como primo hermano de Dexter Riley. Stone es un joven que maneja un escarabajo y trabaja en un canal de televisión repartiendo el correo. Steve está frustrado, siente que está dando vueltas en vano. Entonces sucede una de esas cosas que no siempre ocurren en la vida pero que en las películas sí pasan, porque si no pasaran no habría película. La novia de Russell le pide que haga de baby sitter, aunque no de un baby, sino de un mono. Un chimpancé domesticado llamado Raffles. Kurt Russell capta que el mono es un genio al momento de elegir los shows que más funcionan. Su olfato es sinónimo de rating. Russell, siguiendo los consejos del mono, empieza a entregar sus ideas y va escalando puestos hasta convertirse en un ejecutivo de programación.

El Huelén estaba prácticamente vacío. Nadie se rio cuando yo me reía, quizás los subtítulos no decían lo mismo. De pronto, en la parte más cómica de la película, un sentimiento de nostalgia completo y total se apoderó de mí. Me sentí de vuelta en el Valle, en el decadente y ajado cine Reseda, y la emoción, las emociones encontradas, el terror de hallarme en Santiago, tan lejos, con la certeza de que nunca iba a volver, me hicieron llorar como nunca había llorado en mi vida, como nunca lo he vuelto a hacer. Fue algo tan intenso, tan doloroso e inesperado, que pensé que no sería capaz de salir de ese estado y fue ahí cuando pensé que me iba a morir viendo *Qué ejecutivo tan mono* y no pude sino sonreír. Quizás había perdido mi vida, mi contexto, mi idioma, pero al menos tenía este refugio. El cine estaba a oscuras, en el cine casi todas las películas eran gringas, en el cine todo era en inglés, en el cine podía llorar y nadie se iba a dar cuenta.

Me volví a pie a mi casa, por el Parque Forestal y luego el Bustamante. En el camino, secándome las lágrimas, ensayé un plan para que me compraran un perro. Al pasar por la Plaza Bernarda Morín me topé con Petete, que deambulaba perdido por entre las plantas, buscando agua en forma desesperada. De inmediato supe que algo le había pasado a Sebastián, el tipo de quien nunca pude ser amigo. Sebastián había echado a andar el Peugeot 404 de su padre, que estaba de visita, durmiendo siesta, y no abrió la puerta de la cochera. Subió las ventanas y encendió la radio. Cuando llegué con el pingüino, había una vieja ambulancia del Hospital Salvador estacionada delante del caserón. Más tarde llegó una carroza con un ataúd. La Betsabé me dijo que no podíamos quedarnos con el pingüino, porque era hediondo y estaba maldito. No sabía qué hacer. Al día siguiente, mi padre me llevó al Parque O'Higgins, donde subrepticiamente dejamos a Petete dentro de la laguna.

Terror en la montaña rusa (*Rollercoaster*, USA, 1977, 119 m.)
Dirigida por James Goldstone
Con George Segal, Richard Widmark, Timothy Bottoms
Vista en 1978, cine Lido, Santiago de Chile

La tarde de mi cumpleaños número catorce la pasé flotando arriba de un colchón inflable. Zacarías Enisman me llamó para saludarme y me preguntó si pensaba hacer una fiesta.

–¿Con quién? –le dije–. Te olvidas que no soy exactamente el tipo más popular del colegio.

–Cierto: por algo te juntas conmigo.

Zacarías propuso que fuéramos al cine. Le dije que perfecto, que lo llamaba más tarde. Mi madre llegó de la oficina y, antes de encerrarse en su pieza a llorar, me dejó una polera tipo jugador de rugby de la tienda Palta que me quedó grande.

Betsabé estaba de vacaciones en el Cuzco, alojando en el convento de unas monjas amigas de su hermana carmelita. Manuela, para variar, no estaba en casa; se encontraba en Pucón con una de sus amigas del Saint Luke's. Como regalo de cumpleaños, me envió una foto de Federica Montt en un traje de baño entero color rojo, asoleándose en la arena volcánica del lago Villarrica; al lado suyo noté una pierna cubierta de pelos rubios y deduje que esa noche, 14 de febrero, Día de San Valentín, Federica tendría con quién salir.

Mi hermana se transformó en tiempo récord no sólo en chilena, sino en una fiel representante de la moral saintlukiana y no pude contar más con ella. Aquellos que se integran al mundo tienden a olvidarse del mundo del que vinieron. Manuela, además, le sacó partido a su pequeña pero notoria cicatriz. "Nadie nunca me va a olvidar", nos dijo una vez y tuvo razón. Sin la cicatriz, Manuela hubiera sido una chica más de la fiesta, otra niña bien proporcionada y agradable de mirar que el Saint Luke sabía fabricar en serie. La mordida del gran danés, en cambio, le dio a la cara de Manuela un sello particular e inolvidable donde adjetivos como "bonita", "amorosa" o "dije" resbalaban de su cuerpo. En el verano, cuando la piel se le bronceaba, su cicatriz cobraba aun más relieve y era justamente en esa época del año en que todos aquellos que la miraban por primera vez caían en trance con su belleza astillada.

El día de mi cumpleaños mi abuelo Teodoro pasó a saludarme y me regaló un globo terráqueo con una luz dentro que no pudimos enchufar, porque necesitaba un transformador y no nos atrevimos a desenchufar el refrigerador. Mi padre apareció, y como no sabía mucho qué decirle a mi abuelo, se miraron los zapatos un rato, comentaron los incendios forestales en la Novena Región y luego mi abuelo partió rumbo a su casa. Yo estaba angustiado de que saliera el tema de que mi padre había estado preso todo un día la semana anterior por unos cheques dolosos, pero por suerte ninguno de los dos hizo mención del mal rato, aunque me pareció claro que ambos no pudieron dejar de pensar en otra cosa.

Lo de la estafa y los cheques ("chirimoyos") no era culpa de mi padre, o no del todo, sino de sus socios, en especial del arribista de Alex Zampelli, que intentaba ocultar sus bajos orígenes viajando en primera y coleccionando objetos que luego no pudo pagar. Pero a la larga daba lo mismo: todo se estaba disolviendo de a poco y era cosa de tener paciencia. El desenlace estaba claro. Zampelli y los otros sobrevivirían, acaso los negocios de exportación también. Los que no íbamos a sobrevivir éramos nosotros. Mi padre, lo podía oler, ya no estaba en casa. Los avisos de Lan o de Braniff los marcaba con su lápiz Parker.

–Acuérdense de nunca vaciar esa piscina –comentó mi abuelo Teodoro antes de cerrar la puerta de entrada.

Del balcón me fijé cómo mi abuelo saludó a todos los vecinos y en ese instante se me ocurrió que ese era su barrio y que nosotros lo habíamos expulsado de su territorio.

–¿Es verdad que estás de cumpleaños? –me preguntó mi padre.

–Sí –le dije.

Sacó dinero de su billetera y me pasó algunos billetes.

–¿Esto es suficiente?

–¿Para qué? –le respondí.

–Para lo que quieres.

–No quiero nada.

–Uno siempre quiere algo, no me hinchís las huevas.

–Quiero ir a ver *Terror en la montaña rusa*, en el Lido, en el centro, con sensurround.

Mi padre miró su reloj y asintió.

–¿Puedo invitar a alguien?

–¿Quién?

–Zacarías Enisman.

–¿Tiene que ser él?

–No tengo otro amigo.

Mi padre me miró con desprecio y hasta algo de fatiga.

–¿Puedo?

–¿Qué?

–¿Invitarlo?

–Sí, pero que no hable mucho.

Luego partió a hacer una llamada telefónica al ex escritorio de mi abuelo, donde casi revienta mi globo terráqueo.

Zacarías salió de su departamento recién duchado; vestía una camisa celeste con todos los botones abotonados y pantalones de vestir. Antes de subirse, miró detenidamente el BMW e incluso se dio una vuelta entera, como si fuera un inspector municipal de la dirección del tránsito.

–¿Qué le pasó, tío? ¿Chocó o lo chocaron? Por las hendiduras, tiene que haber sido al estacionar.

Mi padre no le respondió.

En el cine, mientras mi padre iba al baño, Zacarías me dijo que estaba preocupado.

–Creo que está tomando tranquilizantes. Me fijé que tiene un frasco de Valium en la guantera. No debería manejar si anda dopado. Menos tomar alcohol. ¿Lo está viendo un médico? ¿Esas pastillas son recetadas?

Terror en la montaña rusa era sobre un detective divorciado con mal genio y una vida destrozada (George Segal) que, junto con llevarse bien con su hija adolescente, debe intentar detener o descubrir a un sicópata (Timothy Bottoms) que está colocando bombas en las montañas rusas más importantes del país. Los dueños de estos parques, y el gobierno, no desean causar alarma ni cerrar estos centros en plena temporada de verano. Cada vez que una secuencia transcurría arriba de una montaña rusa, el sonido sensurround comenzaba a hacer de las suyas. El efecto hacía que por momentos uno sintiera que estaba arriba del carro, y bajaba y subía y daba vueltas en 360 grados y tanto Zacarías como yo nos mareamos.

–¿Te acuerdas de Pacific Ocean Park? –me dijo mi padre–. En Santa Mónica, al lado del mar. Yo una vez te subí a la montaña rusa y no paraste de gritar.

Mi padre no dejó de mirar hacia atrás durante toda la función. Finalmente dijo:

–Espérenme aquí, o a la salida; ya vuelvo, tengo un problema.

Zacarías y yo nos dimos vuelta y nos percatamos de la silueta de una mujer de pelo largo que lo esperaba al final del pasillo. Cuando se encontraron él la besó en los labios y ella le acarició el pelo.

–¿Quién es? –me preguntó Zacarías.

–Mira –le dije mirando la pantalla–, eso es Magic Mountain; está como a media hora de donde yo vivía.

–Beltrán, ¿por qué tu padre se junta con una mujer en el cine? ¿La conoces?

Le dije que no había visto nada, que quizás estaba confundido. Zacarías se levantó de su butaca y caminó hacia la salida. Yo intenté seguir mirando la película, lo hice con todas mis fuerzas, pero no pude. Salí del cine antes de que terminara la película, antes de que atraparan a Timothy Bottoms. Zacarías los miraba a través del ventanal del cine.

–Esto no me parece nada de bien. Caminaron hasta el cine Rex, compraron algo en un quiosco, cigarrillos, creo, y luego se sentaron en el auto.

El centro estaba vacío por la hora y por ser verano. El BMW estaba estacionado a media cuadra del cine, en Huérfanos, pero yo no podía divisar nada.

–Salí, pasé al lado de ellos y no te voy a decir lo que vi.

–No me interesa –le respondí.

–Deberías, Beltrán. Tienes una hermana que cuidar. Si tu padre se va con ella, el que va a tener que hacerse cargo eres tú. Deberías hablar con tu madre... No, mejor con él... Si quieres te acompaño. Hazle ver que está cometiendo un error. Tu madre es una mujer extraordinaria... No entiendo cómo tu padre le puede ser infiel...

Agarré a Zacarías de la camisa y tiré de la tela con tanta fuerza que varios de sus botones saltaron sobre mi cara.

–Qué sabes tú, huevón imbécil. Nunca has besado, nunca has tirado, nunca te has casado. Quédate callado, huevón metiche. ¿Qué quieres que haga? ¿Que llame a los pacos? No hay nada que pueda hacer.

–Siempre hay algo que uno puede hacer –me dijo antes de salir del cine.

Yo lo seguí. Una brisa fresca bajó del cerro Santa Lucía y disipó el calor de la calle, impregnado de la grasa de las papas recién fritas.

–Aunque no lo creas, sé de lo que estoy hablando. Esta es tu oportunidad... Si no, vas a terminar como terminé yo. Hablemos con los dos. No creo que ella se sienta cómoda sabiendo que está poniendo en jaque un matrimonio.

–Huevón –le dije–. Deja de hablar como un grande. De dónde sacas esas palabras. Córtala. Tomémonos una micro y listo. Olvidemos todo esto.

Mi padre nos hizo señas con las luces, pero nos quedamos ahí mudos, paralizados. Escuchamos cómo una puerta se abría y vimos a mi padre caminar hacia nosotros. Sin que él se percatara, la mujer se bajó del auto y encendió un cigarrillo en actitud de espera. Aunque estaba oscuro pude darme cuenta de que era atractiva y de que, bajo su polera blanca sin mangas, no llevaba sostén.

–¿Ya terminó? –me preguntó mi padre.

–Sí –le dije–. Y estaba buena. Súper bueno el final.

–No –interrumpió Zacarías–. Digo... la película estaba buena, pero su actitud no nos dejó concentrarnos. Tuvimos que salirnos. ¿Sucede algo? Algo en que podamos ayudarlo. Se ve nervioso.

–¿Qué? –le preguntó mi padre.

Por la cara capté que prefirió imaginarse que Zacarías no existía y no le había dicho nada.

–Mira, Beltrán, yo tengo que... necesito arreglar un asunto con alguien de la oficina... tú sabes que las cosas ahí no han estado... ¿Por qué no se toman un taxi, pasas a dejar a tu amigo y te regresas...?

–Claro –le dije–. Ningún problema.

–Disculpe, tío, pero creo que no merecemos este trato. Somos jóvenes, pero no ciegos. ¿Por qué no nos presenta a la señorita...?

–Yo no tengo que presentarte a nadie, pendejo culiao.

–Disculpe, sé que es un tema delicado pero, ¿de verdad sabe lo que está haciendo? Mi impresión es que no. ¿Sabe cómo le puede afectar esto a su hijo? Esto de ver a su...

Mi padre agarró a Zacarías con las dos manos y lo elevó por los cielos. Zacarías penetró por el ventanal del cine Lido, justo donde había un afiche de *Terror en la montaña rusa*. El ventanal voló en cientos de miles de pedazos y el ensordecedor ruido del sensurround se escapó de la sala hacia la calle como si se tratara de una bomba. Por un instante me pareció que estaba nevando. Zacarías cayó al otro lado, sus dos brazos expulsando sangre a chorros, su pelo crespo cubierto de trocitos de vidrio que titilaban bajo la luz. Si ese afiche no hubiera estado en ese preciso lugar, es probable, como lo señaló el médico, que algún trozo lo hubiera degollado. Nunca supe cómo se llamaba la mujer con que estaba mi padre, sólo que ella era más bonita y más joven de lo que la había imaginado y que, gracias a ella, a la ayuda que le brindó, Zacarías pudo salvarse.

Al final, mi madre habló con el padre de Zacarías y no hubo demanda ni acusación. Mi padre pagó con creces el ventanal del cine Lido y todos los gastos de la Clínica Santa María. *Terror en la montaña rusa* fue la última película que vi con Zacarías Enisman. Fue la última, también, que vi con mi padre.

Julio comienza en julio (Chile, 1977, 120 m.)
Dirigida por Silvio Caiozzi
Con Juan Cristóbal Meza, Felipe Rabat, Schlomit Baytelman
Vista en: 1979, cine Continental, Santiago de Chile

Bastó que partiera mi padre para que yo comenzara a crecer. En menos de dos años me encumbré hasta llegar al metro ochenta y tres; no exactamente un basquetbolista, pero de todos modos uno de los tipos más altos del McArthur, un colegio sin duda de petisos. Lo otro que me sucedió fue que me inundé de testosterona; comencé a almacenar tanto líquido que me vi en la imperiosa necesidad de tener que expulsarlo cada seis horas. Tanto le di que se me pasó la mano y tuve que partir a la Clínica Alemana (por suerte tenía seguro escolar) a curarme el prepucio.

De tanto masturbarme me había hecho una pequeña herida. Parece que fue por una uña. En vez de abstenerme por un tiempo, intenté curarme con un poco de colonia Brut que dejó olvidada mi padre en su apuro por huir (también se le quedó una impresionante colección de pornografía sueca y alemana que encontré dentro de la oxidada caja de hielo Coleman). Doce horas después de aplicarme la colonia volví a mi pequeño vicio mientras veía *¿Qué pasa, Pussycat?* en la tele.

Al pasar los días, la herida se volvió más grande y al ardor de la carne viva, escondida entre los pliegues, se unió una infección. No toleraba siquiera el roce del calzoncillo. No podía caminar. Julio Facusse me acompañó a la clínica en un taxi, porque Facusse no se movilizaba en otra cosa. Yo estaba avergonzado a más no poder; por suerte el doctor, que no era tan viejo y seguro seguía masturbándose, me curó y prometió no decirle nada a mi madre, aunque me prohibió tocarme por tres semanas. Me dijo que me duchara con el pene envuelto en una bolsa plástica.

Julio Facusse llegó al colegio en primero medio, justo cuando Zacarías Enisman se fue. Facusse odiaba estudiar, le gustaban las cumbias, las cadenas de oro y los juegos Delta, y dejaba el nudo de su corbata del tamaño de una empanada dieciochera. Facusse tenía dinero y mal gusto de sobra (sus padres eran dueños de varias bombas de bencina en la Sexta Región) y poseía el don de hablar durante horas de sus experiencias sexuales sin que pareciera que estuviera ostentando. Facusse era un año y tanto mayor que el resto del curso y debía afeitarse todos los días; a la hora del té su rostro ya estaba oscuro. Tenía nariz de camello, la piel muy morena y unos insólitos ojos celestes que rápidamente llamaron la atención de Viviana Oporto y el resto de las chicas. A Facusse, sin embargo, no le interesaba pololear, ni tener que saludar a las madres, ni ver películas "de minas". A Julio le gustaba tirar con putas, empleadas, enfermeras y las amigas de su madre.

–Entre una polola del colegio, que no hace nada, y una buena paja, me quedo con esta manito solidaria.

Julio fue de la idea de ir a ver *Julio comienza en julio* no porque era chilena ni porque había obtenido el sello Cine UC que les daban a las películas de cine-arte que le gustaban a mi abuela, sino porque todos creíamos que era caliente.

–Ojalá que se me pare un par de veces durante la función –dijo en la puerta del cine, donde le pasó unos billetes al acomodador para que ingresara todo el grupo, que sumábamos unos ocho.

El título de *Julio comienza en julio* resumía en forma magistral el argumento de la película. Un chico está a punto de cumplir quince y su padre lo lleva –obligado– a perder la virginidad. No sabíamos qué más ocurriría, pero si ya ocurría eso, nos sentiríamos satisfechos. Todos teníamos quince y buena parte de nosotros éramos técnicamente vírgenes. No pudimos sustraernos de la campaña publicitaria, ni de la foto de Schlomit Baytelman en pelotas que salió en *La Tercera*, ni de la frase publicitaria que aparecía en el diario: "El mejor regalo para un hombre es una mujer".

Por la sinopsis captamos que la película era en blanco y negro (en rigor, era en sepia) y que estaba ambientada en la época antigua y todos eran huasos, lo que nos preocupó un tanto. Pero yo ya me había masturbado un par de veces pensando en Schlomit Baytelman y me imaginaba cómo sería perder la virginidad con ella. Lo único que me importaba era verla de una vez por todas.

Julito es un niño sin madre, que vive en una casona de campo a fines de siglo o comienzos, no sé, pero no hay luz ni tele ni nada. El padre de Julito es don Julio y desde que uno lo ve uno sabe que es un ser infame, un tipo que cree que puede hacer lo que quiera y el final lo deja claro; el final nos dejó a todos bastante impactados. Julito parte la película virgen, y no le va mal con la Schlomit Baytelman, que es puta, aunque no tiene la mala vibra que tenían las putas con las que había hablado junto a Facusse, pero que nunca me atreví a contratar.

La Marjorie, la enfermera del abuelo de Julio Facusse, se parecía un poco a la Baytelman. Por un par de barras de chocolate Trencito o un frasco de colonia Monix o un cassette de la Olivia Newton-John, Marjorie te corría la paja y a veces te la chupaba y te contaba historias de su vida en Cauquenes. A veces, y eso era lo malo, cuando hablaba de su pueblo y sus novios futbolistas se ponía a llorar y me sentía un poco mal, porque entendía que lo que nos hacía no lo hacía de caliente, como decía Julio, sino porque necesitaba compañía. Marjorie, que era de tez muy clara y no tendría más de veinte años, se negaba a acostarse con Julio o conmigo o con sus cuatro hermanos o con todo el resto de los amigos de Julio, porque era virgen y quería seguir siéndolo hasta que le propusieran matrimonio. Nunca supe si eso era cierto o no. Al momento de ser contratada por la mamá de Julio, esta le dejó bien claro que una de sus funciones era "aliviar" al anciano, que estaba encamado en una casita independiente al final del patio. "Viejo cachero y caliente", le gritaba la abuela, que vivía en otra pieza, y andaba siempre de negro, porque era viuda del padre de Julio y no toleraba a su consuegro.

La pieza de Marjorie estaba cubierta de afiches de jugadores de fútbol, y olía a pachulí y a sábanas viejas. La Marjorie nos hacía pasar de a uno. Esto era los sábados, pero a veces nos atendía los viernes. En la radio siempre sonaba *Concierto discotheque.* Llegábamos temprano a la casa de Facusse y nos instalábamos en el living a ver tele a color mientras comíamos bolitas de kubbe y hojitas de parra y nos tomábamos el whisky del padre. Ahí esperábamos el turno para ir a la pieza de Marjorie. "Hola, te traje algo", había que decirle. Ella andaba siempre con su uniforme blanco y se le traslucía su ropa interior. Te hacía desnudarte pero mientras lo hacías se daba vuelta. Luego te tendías en la cama y ella se sentaba en un piso al borde y te colocaba crema Lechuga, que siempre estaba muy helada. Mientras te "aliviaba" tarareaba las canciones que no entendía.

–Terminaste, lolito, qué pena; pero ahora te vas a sentir mejor –decía siempre y se lo decía a todos.

Nos limpiaba con unos pañuelos desechables como si fuéramos bebés.

–A ti se te para más rápido pero acabas antes que don Nezar –me dijo sin mirarme a los ojos.

No podíamos besarla ni tocarla, aunque ella, una vez, me dejó lamerle sus pezones porque deseaba que yo probara un brillo para los labios con sabor nuevo.

–¿Crees que le podría gustar a mi pololo? Allá en el sur todavía no llegan este tipo de cosas.

Le dije que sí, que si yo tuviera una polola con sabor a melón tuna me casaría de inmediato con ella.

Castillos de hielo (Ice Castles, USA, 1978, 108 m.)
Dirigida por Donald Wrye
Con Robby Benson, Lynn-Holly Johnson, Tom Skerritt
Vista en 1980, cine Las Condes, Santiago de Chile

A fines del otoño de 1980 regresamos a la casona de la calle Ignacio Echaurren Arismendi; aunque a partir de febrero, cuando a Federica se le ocurrió vaciar, limpiar, pintar y llenar de nuevo la piscina, yo no había dejado de ir. Una vez que terminamos de pintar, y nos besamos con las caras salpicadas de celeste, no nos separamos más excepto para ir al colegio, y a veces eso no era más que un paréntesis.

Federica tuvo que repetir primero medio en un colegio para chicas rebeldes de nombre McMillan, que era ostensiblemente más barato que el Saint Luke's. Yo pasé a tercero en el McArthur; el plan en mi colegio era ir en bus al norte, pero antes de que hicieran las reservas supe que con ellos no iría a ninguna parte.

–El próximo verano nos vamos juntos a San Pedro, a dedo –me prometió Federica.

Veía todos los días a Julio Facusse pero ya no nos hablábamos. El colegio era un trámite, no aprendía nada, sólo despertaba durante la clase de física. Lo único que me interesaba, la razón por la cual estudiaba, el motivo por el que algún día quería detener los sismos, era ella, Federica.

–Te tienen agarrado –me dijo un día Kenzo Nobutami–. Eres otro.

Le respondí que sí, que tenía toda la razón del mundo, era otro.

–Estás mal –insistió.

–Y todos ustedes están verdes de envidia.

Cuando Federica vio que ya no era suficiente tener una piscina y un césped desgajado por la maleza, resucitamos la pieza que alguna vez fue de mi hermana. El frío y la oscuridad estaban empezando a invadir nuestro jardín; necesitábamos un mejor refugio para poder estar juntos. La pieza de la Manuela era pequeña y era la que tenía más luz: daba al norte y al San Cristóbal. Una vez, al despertar de una larga siesta, le pregunté si no le daba culpa o nervios hacer el amor con la Virgen mirándonos, pero ella me dijo que, al revés, sentía que nos estaba bendiciendo. Federica se robó un colchón de la casa de su abuela; buena parte de los muebles de mi casa estaban almacenados en una bodega. Ella llenó la pieza con sus artefactos, postales y aroma.

A veces me costaba creer que de verdad podía estar con Federica, que no sólo anduviéramos juntos sino que, al parecer, estuviéramos enamorados. No se lo dije, no me lo dijo, pero estaba claro. Yo, desde luego, nunca había sentido nada igual. Si lo que yo sentía por Federica no era amor, entonces nunca quería enamorarme, porque físicamente estaba claro que sería incapaz de sentir y procesar y albergar tantas sensaciones como las que tenía dentro. No estaba dispuesto a arriesgarme a preguntarle si me amaba o no. Esas eran preguntas de telenovelas, de películas románticas que se filman para gente que no tiene romances. Daba lo mismo lo que sentíamos, lo importante era sentir. Eso era todo, con eso bastaba.

–Anda con vos porque le regalaste una casa; así quién no –me dijo una vez Julio Facusse, antes de que le pegara y le dejara la nariz sangrando.

La pieza, pensé, y la casa, vinieron después. Ella fue la que se acercó, ella fue la que me buscó, ella fue la que me besó primero.

–Tú me salvaste, Beltrán. Que nunca se te olvide.

Cuando la abuela de Federica murió, yo fui al funeral y ella no. Su madre se me acercó y me dijo:

–Están jugando con fuego. Aléjate de ella, que eres muy chico, no estás preparado, no sabes nada.

Federica iba cada vez menos a clases y prácticamente vivía en la pieza. El baño funcionaba pero el cálifont no tenía gas, la cocina era un témpano, las ratas corrían por las vigas y luego por el suelo.

–Eres como la protagonista de *La niña del caserón solitario* –le dije.

–¿Cómo termina?

–Nunca la vi. Pero recuerdo el afiche.

–Termina mal, ¿no? ¿La matan? Dime.

–No sé. Pero este lugar es para estar juntos, no para que vivas aquí.

–¿Quieres que me vaya?

–No, pero…

–Nada de peros conmigo.

No sé qué fue lo que motivó que mi madre decidiera retornar a la casa y reabrirla. Quizás eliminar "tu nidito de amor", como me dijo, con algo de celos, mi hermana después de que José Covarrubias la dejara por una estudiante de párvulos mayor que él. Mi madre no encaró el tema, sólo me dijo:

–Sé que estás yendo a esa casa y no me parece bien.

Yo le respondí:

–Sé lo que tú estás haciendo y tampoco me parece bien.

Luego me sentí mal, porque la estaba atacando con el discurso del resto de la gente que se escandalizaba o se hacían los escandalizados. Juan Antonio Mancini era un apoderado del Saint Luke's, al menos así mi madre no se sentía sola, a pesar de que en momentos importantes o imprevistos ella no podía contar con él.

Mi abuelo Teodoro contrató a una serie de maestros que pintaron la casa por dentro y por fuera, incluyendo los muros pintados por Federica. Se botaron paredes y las ventanas se agrandaron para que así ingresara aun más luz. Si bien se discutió la posibilidad de que mis abuelos se vinieran con nosotros, la verdad es que mi abuela estaba hasta la coronilla con sus alojados y lo único que quería era vernos partir. A mí no me gustaba mucho la idea pero sabía que era lógico, lo que correspondía. Era clave recuperar a mi hermana Manuela que, ahora sin novio oficial, se había vuelto incontrolable para la tía Chilaca, que ya no se sentía en edad para estar castigando a una chica que ni siquiera era su hija.

A Federica no le pareció bien "la evicción" e insultó a un maestro pintor, pero luego de tres infernales días en que no me contestó los llamados nos vimos en su casa y el rito de la reconciliación fue como partir de nuevo.

–Me gustaba nuestra pieza, pero más me gusta volver a tener una familia –le dije–. Igual vamos a poder vernos. Mi casa pasa sola, la tuya también.

–Esta mierda no es mi casa.

–Pero la mía sí. Estamos de vuelta y yo quiero que vayas todos los días si quieres. Eres, mal que mal, mi polola.

–¿Lo soy?

–Supongo.

–Digamos que tú eres mi pololo. ¿Te parece?

–Me parece.

Vimos *Castillos de hielo* en el cine Las Condes, en la función del viernes por la noche, con puros niñitos bien con aspecto saludable. Pasaron la sinopsis de *Gente como uno* y el nuevo comercial de Milo, donde Milo sale saltando en garrocha mientras un Estadio Maracaná a máxima capacidad lo vitorea.

La película, sobre una campeona de patinaje en el hielo que queda ciega y lucha contra la adversidad, me encantó. Federica incluso lloró y yo le tomé la mano.

–Parecemos gente normal –me dijo.

Yo no le respondí, pero me sentí como un corredor al final de la meta. Había llegado y ni siquiera estaba cansado.

–¿Viste? –le dije–. Con amor todo se puede.

–Ay, por favor, estás hablando como en la película.

Era septiembre, primavera, y en un par de días Pinochet iba a realizar un plebiscito para intentar legitimar su nueva Constitución.

A la salida del cine, Federica se topó con una amiga llamada Antonia, que andaba con un tipo con pinta de mateo y chaleco Lacoste azul, Gonzalo McClure. Se saludaron y ella le contó que venía llegando de Brasil, del viaje de estudios. Antonia le preguntó cómo estaba su relación con su madre.

–Me puse en buena con ella. ¿Qué iba a hacer? Tiene un novio que no es joven y tiene campo. Vivimos por aquí cerca. Esto huele a estabilidad.

Federica quiso celebrar su regreso a "la moral Las Condes" y nos fuimos al Juancho's, donde la conocían de antes. El local era oscuro y la música sonaba muy fuerte. Todos los que estaban ahí parecían cansados. Se notaba que ya llevaban años siendo adolescentes, no como yo que recién lo estaba saboreando.

–Paz, sírvete dos vodka tónics.

–Yo no tomo.

–Esta noche tomarás y quién sabe qué más –me dijo Federica antes de partir al baño, donde saludó a un tal Matías (así que este era el famoso Vicuña que perseguía mi hermana).

–¿Río estuvo bien?

–Mejor que esta mierda.

–Bueno, conversen. Ya vuelvo.

Debajo de su piel bronceada y esa onda que sólo son capaces de exudar aquellos que tienen onda, Matías Vicuña parecía un tipo asustado, incapaz de estar siquiera un minuto consigo mismo.

–Hola.

–Hola.

–¿Estás saliendo con la Fede?

–Sí.

El pelo de Matías era más bien largo, desordenado, y guardaba el sol de Río; sus ojos, idos por la droga, no lo dejaban ver con claridad.

–Es una gran tipa.

–Así es.

–Ten cuidado, eso sí.

–¿Crees que me puede hacer algo?

–No, creo que tú la puedes dañar sin darte cuenta.

El barman me pasó los dos tragos. Probé uno y me pareció fuerte y amargo.

–¿Querís algo? –me dijo, tocándose la nariz.

–¿Qué?

–Tú sabes.

–No, gracias. No le hago a esas cosas.

–Te pierdes algo bueno. Es gratis.

–No. En serio.

–Vale.

Vicuña partió al baño y yo me quedé mirando la pista de baile. Más allá, en la barra, una chica crespa con una polera con una foto de Barbra Streisand y un tipo abrazados se tomaba un trago al seco.

–¿Así que estás enamorado?

–¿Cómo?

Lo miré. Sudaba y, a la vez, parecía tener frío.

–¿Si te gusta? –me gritó.

–Sí. Las dos cosas. Me gusta y estoy enamorado.

–Guau.

–Sí. Ser joven tiene sus ventajas.

–¿Tú crees?

–Sí.

–Yo no. Pero da lo mismo. Bien por ti. Buena onda para ti. Para los dos.

–¿Lo estás diciendo en serio?

–Sí, huevón. Relax. Cero mala onda. Al menos, para ti.

–Gracias.

–De nada.

–Buena onda, entonces.

–Buena onda. Por ahora. ¿Seguro que no quieres una línea? Mira que tu novia fue amable y tuvo la gentileza de dejarnos un poco.

Prueba de aptitud

El año sobre el cual les quiero contar lo llené asistiendo a un preuniversitario para niños ricos a la deriva. Yo no era rico pero intuía que estaba a la deriva. Me sentía como ese cadete estrella que se tropezó en medio de la Parada Militar. ¿Se acuerdan de él? Dicen que era sobrino de Pinochet o pariente de la Lucía Hiriart, no sé. Nunca se conocieron bien los detalles. A este sobrino lo querían mucho, y lo regaloneaban con viajes a Disney y a Sudáfrica, pero todos esos mimos al final no le sirvieron de nada porque el tipo tropezó. Nada de metáforas aquí. Tropezó en plena elipse del Parque O'Higgins con TVN transmitiendo en directo desde Arica a Punta Arenas. Caer frente a todos es la peor manera de caer.

–Lo fondearon –me dijo Raimundo Baeza a la salida de la clase de Específica de Historia y Geografía–. Dejó en ridículo a la familia.

–¿Pero cómo?

–Eso. Se tuvo que ir del país. Cagó. ¿Qué crees, Ferrer? ¿Que lo premiaron?

Ese año asistí al preuniversitario todas las mañanas. No tenía amigos pero sí algo parecido a un grupo. Todos, claro, reincidentes. Entre ellos, Cristóbal Urquidi, Claudia Marconi, la hermana de Florencia, y Raimundo Baeza con sus cejas gruesas y su sonrisa exagerada. A todos ellos los conocí ese año. Teníamos dos semestres para prepararnos, para ensayar con facsímiles y hacer ejercicios de términos excluidos. Nos ataba el hecho de creer que nuestra vida se definía a partir de un examen de tres días. Nuestra única meta era mejorar la ponderación de la famosa, dichosa, temida, asquerosa, arbitraria y hoy desaparecida Prueba de Aptitud Académica. Pertenecíamos al lastimoso grupo de los 400, 500, 600 puntos. Los que triunfaban e ingresaban a la universidad superaban los 700. Las puertas de la educación superior se nos habían cerrado frente a nuestras narices.

A veces, tomaba el metro y me bajaba en la estación Universidad Católica y simplemente miraba la Casa Central. Me fijaba en los alumnos que salían, la felicidad que alumbraba sus caras y sus agendas con el logo de la Pontificia brillando bajo el sol. Aquellos chicos tenían algo que yo no tenía. Ellos estaban adentro y yo afuera. Lo más probable, además, es que ni siquiera se daban cuenta porque uno sólo es sensible a lo que no tiene cuando, en efecto, no lo tiene. No toleraba que la mayoría de mis amigos, conocidos y excompañeros de curso hubiesen logrado entrar, dejándome al margen.

Los profesores del preuniversitario insistían que esto era, a lo más, un traspié, que no tenía nada que ver con nuestras capacidades y que un año más nos haría más maduros. Aun así, o quizás por eso mismo, nos sentíamos unos perdedores. No puedes dejar de envidiar. Te sale del alma, te supera y supura, te arrebata hasta que te termina por controlar. Cuando envidias, sientes tanto que dejas de sentir todo lo demás. Yo ese año envidiaba incluso a aquellos que no conocía. Los primeros puntajes del país eran portadas de diarios, salían en la tele. Uno veía a los niños genios en sus casas, con la tele en el living y la abuela orgullosa, desgranando porotos a un costado. La moral imperante era crecer, ganar, salir adelante.

Chile no era un país para débiles y yo, ese año, estaba débil.

De toda mi promoción del colegio, fui el único que no ingresó a la universidad. Para mí este dato era algo más que una estadística. La vergüenza fue tal que dejé de ver a mis antiguos compañeros del colegio. Los pocos amigos que tenía se convirtieron, de inmediato, por culpa de unos números, en enemigos acérrimos.

Mi supuesto premio de consuelo, además, no fue capaz de consolarme en absoluto: haber sido aceptado, en el penúltimo lugar de la lista, en una dudosa carrera artística que se impartía al interior de una lejana provincia donde nunca paraba de llover. No me parecía para nada un gran logro. Al revés: subrayaba mi fracaso. Así y todo, pagué la matrícula, envié los papeles, me tomé las putas fotos tamaño carnet. ¿Qué iba a hacer si no? ¿Qué oportunidades tenía? La noche antes de partir al extremo sur no pude dormir. Todo me asustaba: estar lejos, dejar a mi madre sola, echar de menos, no conocer a nadie, estudiar algo que no deseaba estudiar, convertirme en algo que no quería.

Nunca he vuelto a llorar como lo hice esa tarde en el rodoviario.

–No es bueno viajar con tanta pena a bordo –me dijo una señora con zapatos ortopédicos antes de pasarme unos pañuelos desechables y acariciarme el pelo.

Me bajé del bus y caminé de regreso a casa.

Caminé más de dos horas. En un callejón oscuro, con olor a chicha, vomité. Llegué con el pelo sudado y los pies heridos. Abrí la puerta. El salón estaba a oscuras. Mi madre estaba en el suelo, de rodillas, su cara perdida en la falda de un hombre que fumaba en un sillón. Yo ya lo conocía. Nunca pensé verla enfrascada en un acto así. Por suerte, no me saludaron. Se quedaron quietos. Yo subí, muy lentamente, la crujiente escala al segundo piso. Me acuerdo que me desplomé sobre mi cama deshecha y no desperté hasta la tarde del día siguiente.

Ese año en que ocurrió todo lo que les voy a relatar yo tenía apenas dieciocho años y todavía sonaba música disco en las radios. Físicamente, el acné me trizó la cara, el pelo se me llenó de grasa y comencé a adelgazar en forma descontrolada. Me sentía como un malabarista manco. Tenía demasiada presión sobre mi mente. Todo ese año no pude dormir. O dormí muy poco. Nunca soñé. Nunca. Dormir sin soñar es como ver televisión sin imagen ni sonido. Eso te agota. Te vuelves irritable, receloso.

Lo más fastidioso de no haber sido aceptado en la universidad fue que me hizo otorgarle al sistema la razón. Me puse del lado del enemigo. Pensaba: si la universidad no quería que estuviera entre los suyos, pues cabía la posibilidad de que estuviera en lo correcto. Quizás no merecía otra cosa. A lo mejor era cierto que mi inteligencia tocaba techo entre los 400 y los 600. Me trataba de convencer de que no me atraía pertenecer a una institución que no me deseaba entre los suyos. Lo que era falso, claro. A esa edad, toda la energía que se tiene se gasta en asociarse con aquellos que niegan tu existencia. En todo caso, no era el único. Así nos sentíamos todos los del preuniversitario: indeseados. Mirados en menos. Términos excluidos. Lo que complejizaba las cosas es que yo sabía que no era tonto. Mi caída, mi exilio, no era un asunto de capacidad, sino de castigo. Estaba pagando por mi comportamiento colegial. Todas esas notas rojas acumuladas en esas clases mal dictadas, ahora estaban tiñendo mi destino de gris.

Nuestras opciones en esos días eran pocas. O estudiábamos lo que queríamos o estudiábamos algo que no nos interesaba. Punto. Si no te gusta, entonces te vistes y te vas. La posibilidad de tomar un camino que no pasara por la universidad era insostenible. Sí o sí, nada más que discutir. No se establecían aún las universidades privadas y las pocas públicas que existían estaban divididas en aquellas donde iba " la gente bien" y las otras.

Yo no estaba en ninguna de las dos.

Ese año lo único que me parecía legítimo, digno y soportable era convertirme en reportero. No vislumbraba otra posibilidad. No estudiar Periodismo equivalía a no poder hablar más español. A dejar de respirar, a ser desterrado del planeta. A veces lloraba al final de los noticiarios. Idolatraba a Hernán Olguín, quería viajar por el mundo entrevistando gente, aprendiendo de ciencia y tecnología. Almorzaba mirando el 13 junto a los Navasal, un veterano matrimonio que todos los días invitaba gente a hablar de temas de actualidad frente a las cámaras. Yo llamaba por teléfono y enviaba preguntas, pero nunca decía mi nombre. Inventaba seudónimos inspirados en periodistas extranjeros que leía en los diarios y revistas que llegaban a la biblioteca del Instituto Chileno-Norteamericano de la calle Moneda.

El curso del preuniversitario en que fui a caer era el científico-humanista: aspirantes a médicos, odontólogos, abogados y, por cierto, periodistas. Nos dividíamos en dos facciones irreconciliables: los casos perdidos, que eran los más simpáticos y libres, y aquellos que casi-lo-lograron-pero-les-fue-mal-igual. Yo era del segundo grupo. Cristóbal Urquidi y Raimundo Baeza se identificaban claramente con los que tropezaron. Despreciaban a los otros por inmaduros y mediocres. Claudia Marconi, en cambio, estaba feliz de tener un año sabático. Todos, sin embargo, confiábamos que la segunda vez sería la vencida.

Ese año, que no puedo borrar de mi mente, existían apenas cuatro canales y ninguno de ellos transmitía por la mañana. La comida no era ni diet ni rápida y no había cable y la censura era previa y absoluta. El smog no ahogaba, la cordillera se veía desde cualquier punto y la restricción vehicular aún no había logrado dividir a la población en dígitos. Ese año, me acuerdo, se abrió el primer centro comercial bajo techo, con aire acondicionado, con una inmensa tienda llamada Sears y miles de artículos importados. La única manera de enviar cartas era por correo, las fotos se mandaban a desarrollar y los teléfonos se quedaban fijos. La música se compraba, no se bajaba, y algunos afortunados contaban con calculadoras para hacer sus tareas. Esa misma gente, como la familia de Raimundo Baeza, tenía un aparato llamado Betamax y arrendaban sus videos en unos kioscos que estaban a la salida de los supermercados. La participación de nuestro país en el Mundial de Fútbol de ese año fue desastrosa. Nos farreamos un penal y el país entero se dio cuenta de que la cicatriz que teníamos escondida empezaba a supurar. Una crisis financiera se nos venía encima, pero aún no lo sabíamos.

No sabíamos muchas cosas. Luego llegarían las protestas y nos volveríamos a fraccionar. Pero es fácil contextualizar cuando las cosas ya tomaron su curso. Retrospectivamente, todos somos sabios, hasta los más limitados. Si uno supiera las consecuencias, sin duda que no haría las cosas que hizo. Así nos protegemos. Tenemos certeza de que lo mejor está por venir y lo peor ya pasó. No siempre es así. Para la mayoría, es más bien al revés. Pero así somos. La ceguera no es tan mala. Nos permite caminar por la orilla de un precipicio sin asustarnos. Si pudiéramos ver, si fuéramos capaces de adelantarnos, quizás no nos levantaríamos de nuestras camas. Queremos que perdonen nuestras ofensas, pero somos incapaces de perdonar a los que nos ofendieron. Perdonar, por ejemplo, a Raimundo Baeza. Yo, al menos, no puedo. A veces me pregunto si Cristóbal Urquidi será capaz. Capaz de perdonar a Baeza, capaz de perdonarme a mí.

Lo que ocurrió entre Raimundo Baeza y Cristóbal Urquidi fue después que rendimos la prueba. Entre Navidad y Año Nuevo. Un 28 de diciembre. Día de los Inocentes. Lo que sucedió ese día en la casa de Claudia y Florencia Marconi alteró los resultados de la prueba. No los puntajes o las ponderaciones en sí. Más bien, lo que decidí hacer con mis resultados. Al final, alcancé los codiciados 750 puntos, me fue más que bien, mejor de lo que soñé, pero no postulé a nada. Me fui del país. Por un tiempo. Para arreglarme la cabeza. No quise estar un segundo más. Partí por regresar a Paraguay.

Pero eso fue después, digo. Al final del año. Me estoy adelantando.

Mejor rebobino: una mañana, el profesor de Aptitud Verbal me hizo leer, desde mi secreto puesto en la última fila, las cinco posibles respuestas de un término excluido. No vi más que borrones. Eso me asustó. Tuve que acercarme a la pizarra. Las letras, por suerte, volvieron gradualmente a enfocarse.

Al recreo, Cristóbal Urquidi se acercó para examinarme los ojos. No sé cómo, pero lo dejé. Fue la primera vez que tuvimos algún tipo de contacto. Meses antes, le derramé un café caliente, pero actué como si hubiera sido un accidente. En clases, mirándolo de espaldas, intentaba irradiarlo con mi mala energía. Cruzaba los dedos para que le fuera mal en la prueba. Lo dibujaba en mi cuaderno y lo atravesaba con flechas, lo colgaba de una horca, lo guillotinaba.

–Deberías dejar que mi padre te revise –me dijo con esa voz tan callada que tenía, como si sus pilas le estuvieran fallando–. Te puedo conseguir una hora.

Cuando pienso en Cristóbal Urquidi, y pienso a menudo en él, se los aseguro, lo que más recuerdo es esa vocecilla insegura, lo ligero de su marco, su ropa aburrida, casi opaca, y sus ojos. Sobre todo sus ojos: verdosos, densos, con sueño de siesta.

–Los ojos de alguien que ha visto mucho –me comentó Florencia luego de conocerlo.

–No lo ha visto todo –le dije esa vez–. Me consta. Hay cosas que no sabe, que no ha visto.

Yo estaba enterado de un asunto que Cristóbal Urquidi desconocía. Se trataba de su padre. Lo había visto un par de veces, en mi casa. Era el tipo que estaba fumando sentado en el sillón. Verán, ese año sobre el que les cuento, Eduardo Urquidi era el amante de mi madre. Mejor dicho: ambos estaban enamorados. Yo creo que mi madre, al menos, sí lo estaba, pero él nunca se atrevió a dejar a su mujer que, según él, era una gran persona. Por eso los encuentros entre ellos eran furtivos, de pasada, entre siete y nueve.

Antes de que nos abandonara, cuando aún vivía en casa, mi padre tuvo varias mujeres, pero nunca las vimos. Las amigas de mi padre pertenecían a otro mundo, a un territorio que nos era desconocido. Mi madre, en cambio, era parte de nosotros. Seguía siendo la misma. Más nerviosa, sin duda, pero la misma. Mi madre en esa época arrendaba casas. Trabajaba para una corredora de propiedades. Pasaba todo el día fuera. Me costaba verla con los ojos con que probablemente la miraba la madre de Cristóbal, que seguro la tildaba de puta o algo peor. Uno crece con la idea de que las amantes son las malas, son aquellas que destrozan las familias y no les importa nada. Lo complicado es cuando tu madre es la amante, es la que está remeciendo lo que ya está destrozado. Me despertaba pensando en las obscenidades que la madre de Cristóbal le podría gritar a Eduardo Urquidi y cómo el muy cobarde no era capaz de defender a mi madre.

Nunca me hice cargo del incidente del living. No se lo comenté a mi madre ni a mis hermanos menores. Tampoco a Florencia, aunque Florencia hubiera comprendido. Florencia era capaz de comprender cualquier cosa, esa era su gracia, lo que la diferenciaba de todas las demás. Florencia, incluso, era capaz de comprenderme a mí.

Una noche, a la hora de comida, mi madre llegó a la casa con Eduardo Urquidi. Mis hermanos ya se habían ido a dormir. Era tarde, más tarde de lo que acostumbrábamos a comer. Mi madre lo presentó como un "amigo". Eduardo Urquidi le echó mucha sal a todo, incluso al postre. El hecho de que tuviera la misma vocecilla de Cristóbal me perturbó. Todo en él era blando, mal terminado. Usaba gomina en el pelo y sus cachetes eran mofletudos. El opuesto absoluto de mi padre.

–Tengo derecho a tener amigos, soy joven –me dijo mi madre luego de que el tipo se fue.

–Pero está casado; ¿crees que no le vi la argolla? –le respondí desafiante.

–No somos más que amigos. Además, ya no quiere a su mujer. Es una gorda católica, frígida más encima, que no para de tener hijos.

–Deberías elegir uno que esté soltero. Que sea solo.

–Uno no elige, Álvaro. Ojalá uno pudiera elegir.

Esa noche, insomne, deduje que Cristóbal era el mayor. Igual que yo. Se conducía por la vida como un primogénito: lento, temeroso, con culpa.

–Eduardo me hace reír, me acompaña –me explicó mi madre a la mañana siguiente, mientras abría el tarro de Nescafé–. Eso es lo que ando buscando. ¿No eres capaz de darte cuenta? ¿No eres capaz de solidarizar conmigo? ¿No crees que he hecho mucho por ustedes y poco por mí? Es un amigo, punto. Una compañía, Álvaro. Nada más. Nada más.

Pero había más. Mucho más.

La tercera vez que comió en mi casa, Eduardo Urquidi intentó conversar conmigo, como si fuera mi padre. Inesperadamente, me comentó:

–Tengo un hijo de tu edad.

–¿Cómo?

–Que tengo un hijo que tiene tu misma edad.

–Una edad difícil –le dije, pero el viejo no me hizo caso, no entendió o no quiso entender.

–Repasa todo el día para la prueba.

–La prueba que nos pone a prueba.

–Cristóbal quiere dedicarse a los ojos. Y tú, Álvaro, ¿qué piensas estudiar?

–Quiero ser reportero. Quiero escribir sobre las cosas que la gente no ve.

Eduardo Urquidi terminó colocándome un par de anteojos y me enfocó la visión. Fui a su consulta con Cristóbal. Acepté jugar con fuego: quería estrujarle todo el dinero que fuera posible. Que pagara por el daño que nos hacía. Contemplé extorsionarlo pero me arrepentí. Había encontrado una carta de Urquidi en la basura. No era romántica, porque Urquidi no sabía lo que era el romance. Sí, al menos, dejaba claro que no amaba a su mujer (la excusa de siempre), pero que le temía a Dios y al desprecio eventual de sus hijos.

Eduardo Urquidi se puso nervioso cuando me vio ahí en su lugar de trabajo. Fue como si dejara de respirar. No sabía qué hacer con las manos. Eso quería: enervarlo. Destrozarlo. Por eso acepté la propuesta de Cristóbal. Quería que la resta superara la suma. Quería que pagara, que lo perdiera todo.

–Papá, te presento a Álvaro Ferrer. El amigo del cual te hablé.

Me llamó la atención que Cristóbal me tratara de amigo porque no lo éramos. Ahí pensé que quizás estaba al tanto, pero después pensé que no. Imposible. Cristóbal Urquidi, al igual que su padre, era un ingenuo.

–Buenas tardes.

–¿Así que eres compañero de Cristóbal?

–Sí. Gusto en conocerlo.

–Conocerte. Me puedes tratar de tú.

–Gusto en conocerte, entonces.

–No, el gusto es mío.

En la pared de su oficina colgaba una foto de su mujer y sus hijos.

–Bonita familia, doctor –le dije de la manera más educada–. ¿Qué edad tenías, Cristóbal?

–Ocho.

–Todavía me acuerdo de cuando tenía ocho. Ocho es la mejor edad.

–Sí –me respondió Cristóbal–. Cuando uno tiene ocho, todo es más fácil.

A medida que la relación con mi madre se puso más intensa, Eduardo Urquidi dejó de aparecer por casa. Un asunto de pudor, supongo. Urquidi esperaba en el auto y ella salía. A veces se quedaban ahí, conversando, bajo los frondosos árboles. Detestaba eso: que no ingresaran a la casa. Me hacía sentir que todos estábamos inmersos en algo corrupto. Eduardo Urquidi luego se iba y yo escuchaba a mi madre llorar en su pieza. Mis hermanos chicos me preguntaban si estaba enferma.

–No –les decía–. Tiene pena.

En noches como esa me imaginaba a Cristóbal estudiando, rodeado del calor familiar: su padre junto a su madre, sus hermanos jugando en la pieza contigua. No me parecía justo. Pensaba: si Cristóbal supiera lo que sé, si se enterara antes de la prueba, a lo mejor no todo le saldría como desea. Tendríamos algo en común, sabría en carne propia lo que se siente.

Eduardo Urquidi diagnosticó que uno de mis ojos era más débil que el otro. El derecho trabajaba por el izquierdo. Sufría de astigmatismo, sentenció. Si el ojo malo no trabajaba, podría atrofiarse.

–Es como la vida, Álvaro.

–¿Cómo la vida, doctor?

–Cuando alguien hace las cosas por ti, te dejas estar. Sólo sacas músculo cuando trabajas.

Cristóbal agregó:

–Te darás cuenta de que antes estabas como ciego. Vas a ver cosas que nunca viste.

Eduardo Urquidi me puso un parche sobre el ojo izquierdo. El parche tenía que estar fijo, día y noche, durante seis meses, mínimo. Los anteojos, me dijo, serán para toda la vida.

–¿Para toda la vida?

–Para siempre, sí. Te vas a acostumbrar. Confía en mí.

–Vale, confiaré en usted.

Eduardo Urquidi me esquivó la vista. Pero no decía nada. Nunca me dijo nada. Callaba. Pensaba que atendiéndome en forma gratuita podía expurgar sus pecados.

Cristóbal tuvo razón: cuando me entregaron los anteojos en la sucursal de Rotter & Krauss, vi cosas que antes nunca vi. El mundo se me volvió nítido, preciso. Ese primer par, sin embargo, me duró poco. Cuatro meses, a lo más. Raimundo Baeza me los quebró esa noche de la que les quiero hablar. Esa noche del Día de los Inocentes en el patio de la casa de Claudia y Florencia Marconi.

La semana antes de la prueba, Florencia Marconi me anunció que estaba embarazada y que yo era el responsable del lío. Estábamos en un supermercado, en la sección congelados. Los dos vestíamos pantalones cortos y poleras. El frío del hielo humeante me paralizó. Pensé: esto es grave y es solemne, y debería sentir algún grado de emoción. Sólo pude decir:

–Espero que esto no afecte mi puntaje.

Florencia no era exactamente mi novia. Era, más bien, mi amiga. Amiga con ventaja. Durante esos seis meses no dejé de estar con ella. Florencia me enseñaba muchas cosas. Veía las cosas de otro modo y eso me gustaba. Me gustaba muchísimo. Me hacía sentir mayor, con experiencia, a cargo.

–¿Quieres que nos casemos? –partí–. Puede ser. No me asusta. Igual pasamos todo el día juntos.

–No –me respondió con toda calma–. Jamás me casaría contigo. Cumplí quince la semana pasada. No me voy a casar a los quince.

–¿Por qué no?

–Porque uno a los quince está preocupada de ir a bailar y de los galanes de la tele y de llenar diarios de vidas.

–A ti no te interesan esas cosas.

–Ya, pero igual tengo quince. Además, no me quieres.

–Oye, te quiero. O sea, sí… siento cosas por ti.

–¿Cosas?

–Sí, cosas.

Florencia detuvo el carro y me miró fijo a los ojos, sin pestañear.

–Crees que me quieres pero a lo más te gusto. Estás conmigo porque el sexo es fácil y bueno y porque no te jodo.

–¿Y tú?

–¿Yo qué?

–¿Me quieres?

Intenté tomarle la mano, pero no me dejó.

–No seas cursi, Álvaro. No te viene.

–Dime.

–¿Qué?

–Tú sabes.

–Espero conocer más hombres, ¿ya? Fuiste el primero. Estuviste bien. Te tengo cariño. Y un poco de pena.

–¿Pena?

–Sí, pena. No es un mal sentimiento.

–¿No te casarías conmigo, entonces?

–No creo en el matrimonio.

–¿Cómo no vas a creer en el matrimonio?

–Me parece una institución insostenible.

–Florencia, tienes quince.

–¿Y por eso tengo que ser huevona?

–No, pero…

–No soy como mi hermana, ¿ya? Mi meta es siempre tener un mino cerca.

–Yo no soy un mino.

–Sí sé. Además, por qué tanto alboroto con el tema de la edad. ¿Tú acaso tienes cuarenta y dos? Mentalmente, los hombres siempre tienen diez años menos, así que más te vale que te calles.

Florencia extrajo dos cajas de helados y las puso en el carro. Cerca de nosotros se detuvo un hombre mayor con un niño de unos tres años. El niño estaba sentado en el carro y comía un dulce. Su boca estaba llena de chocolate derretido, lo mismo que su ropa y sus manos.

–Mira tu madre, Álvaro, mira la mía. Ahí tienes dos buenos ejemplos. ¿Para qué nos vamos a casar?

–Para estar juntos y criar al niño. Para que él no sufra lo que hemos sufrido.

–Yo no he sufrido tanto, no exageres.

Seguimos por los pasillos. Florencia era joven pero hablaba como adulta y leía como vieja. En la sección galletas me dijo:

–Debí haber ido al ginecólogo de mi hermana. Mi padre me lo alertó esa vez que nos sorprendió en su cama. ¿Te acuerdas?

Florencia era la única hermana de Claudia. La conocí en su casa. Claudia invitó a un par de compañeros a estudiar. Entre ellos,

Raimundo Baeza y yo. Nadie invitaba a Cristóbal Urquidi en esos días y eso me alegraba. Claudia era divertida e hiperkinética y le gustaba subir a esquiar y faltar a clases. También deseaba entrar a Periodismo, pero se conformaba con Publicidad o Pedagogía en algo. Siempre llegaba a clases con revistas de moda. Claudia, en rigor, siempre estaba a la moda. La madre de las dos vivía en Europa, trabajaba para un organismo internacional, algo así. A veces les enviaba una caja repleta de Toblerone y revistas *Vogue.* Esa tarde, me acuerdo, Claudia terminó encerrándose en una pieza con Raimundo Baeza. Florencia tomó té conmigo. Vimos un rato televisión. Florencia me contó de su vida en otros países. No parecía una chica de catorce años.

–¿Entonces qué vamos a hacer? –le pregunté mientras nos acercábamos a la caja para pagar–. Yo te puedo ayudar a cuidarlo.

–¿Cuidar qué?

–A nuestro hijo.

–No seas cursi, Álvaro. Sabes que tolero todo menos la cursilería.

Florencia no era fea. Era distinta. Nunca había estado con una mujer distinta. Yo pensaba que todas eran exactamente iguales. Florencia usaba unos inmensos anteojos con marco negro, antiguos. Usaba el pelo muy largo, liso y recto y negro que le cubría toda la parte posterior de su uniforme. Florencia me dijo una vez que yo era un creyente al que sólo le faltaba fe. Nunca nadie me había dicho algo tan bonito. ¿Cómo no la iba a querer? ¿Pero eso era querer?

Florencia perdió su virginidad conmigo, pero no su inocencia. Esa la perdió años atrás. En ese aspecto éramos opuestos. Ella sabía mucho más que yo. Florencia me despejaba y, a la vez, me concentraba. Lo hacíamos en su casa, casi todas las tardes, mientras escuchábamos discos de jazz que ella se conseguía en el centro. Florencia me enseñaba vocabulario y desarrollábamos facsímiles de la maldita prueba. El padre de Florencia llegaba de madrugada. Claudia, a veces, no aparecía hasta el día siguiente.

–¿Entonces?

–Entonces qué. Ya tomé la decisión, y punto. No me puedo ir a estudiar a Francia con un crío.

–¿Y yo?

–¿Tú qué?

–Lo que opino yo.

–Estás un poco grande, Álvaro, para comportarte como pendejo. ¿De verdad crees que hay otra solución? Tengo quince, por la mierda. Quince. ¿En serio piensas que voy a tener un bebé que no quiero sólo para que no te sientas mal? No crees que estamos un poquito grandes para eso.

–No sé, Florencia.

–Ese es tu problema. Nunca sabes nada, nunca ves lo que hay que ver.

–Voy a ser padre –le deslizo a Raimundo Baeza–. No sé qué hacer. Estoy cagado de miedo.

Hay cosas que uno no se puede guardar, que tiene que compartir con alguien, incluso con alguien en el que no confía. Raimundo Baeza parece mayor que nosotros, muchísimo mayor, pero no lo es. Es muy moreno y se peina hacia atrás, con gomina. Su reloj es de oro, lo mismo que su cruz. Algunos, en el preuniversitario, dicen que parece extranjero, caribeño. Lo más impresionante son sus espaldas. Raimundo Baeza va a clases con camiseta, incluso en invierno, y usa botas vaqueras. Nadie de nosotros usa botas. Raimundo Baeza, además, parece contar con otro mundo fuera del preuniversitario. Deja caer anécdotas de sus fines de semana. De mujeres increíbles, de moteles que parecen discotheques, de casas en la playa y refugios en la nieve.

Estamos en su casa, en su inmenso cuarto lleno de afiches de chicas en traje de baño y autos de carreras. Cristóbal Urquidi está en el baño. Desde que hablé con él se volvió inestable, irascible. Empezó a juntarse con Raimundo Baeza. Urquidi, además, comenzó a bajar de peso. Raimundo me dijo que Urquidi le robaba recetas a su padre y las falsificaba y luego se conseguía anfetaminas a un precio ridículo.

–Mira, trajo un montón. Te quitan el sueño y el apetito.

–Igual no tengo hambre.

–Mejoran tu rendimiento. Todo tipo de rendimiento –y se ríe. Luego se traga dos con un poco de la cerveza.

–Urquidi está cada día más loco –me dice–. ¿Te acuerdas cuando llegó? Parecía como si siempre estuviera a punto de llorar. Ahora es otro. De verdad. Es como si, de pronto, al huevón todo le importara un pico.

En el último ensayo a los dos nos fue bien: nos situamos entre los primeros del curso. Urquidi, en cambio, bajó más de trescientos puntos.

–Ojalá las pastillas le suban el puntaje; igual es como penca que cague de nuevo –me comenta antes de insertar un betamax en su videograbador. Es una película porno, en inglés.

–Me las trajo mi hermano de Georgia. Estuvo como seis meses en Fort Benning, un pueblo infecto donde lo único que hacía era ver pornos y tomar. ¿Sabes lo que es el Colegio de las Américas?

–¿Donde van los hijos de los diplomáticos?

–No exactamente.

La película parte con una toma a una oficina. En la oficina hay dos enfermeras y están limándose las uñas. Suena un timbre. Una de ellas, con una falda muy corta, cruza la oficina y abre la puerta. Hay dos policías, tipo *CHiPs*, pero los dos son más tipo Erik Estrada que el rubio, y lucen bigotes mexicanos y anteojos Ray-Ban.

–¿Así que papá soltero?

–Sí.

–Ojalá nunca me pase eso.

–Yo quiero, pero ella no quiere.

–¿Casarse?

–Tenerlo.

–No entiendo. ¿Tú quieres casarte y ella quiere liquidarlo? ¿Eso?

–Sí. Más o menos. No lo expresaría de esa forma, pero sí.

–No te creo.

–Sí.

–Puta, Ferrer, la media suerte, compadre. Naciste parado. Eso no lo cuenta nadie. Deberías estar agradecido, en serio.

Raimundo baja el volumen del televisor. Anda con una polera sin mangas y pantalones cortos. Sus piernas son largas, anchas y cubiertas con tantos pelos que no se ve la piel. En la alfombra, cerca de la ventana, hay un tortuga, me fijo. Está con la cabeza escondida.

–No puedes contarle a nadie –le digo.

–Secreto militar. Ni con tortura hablo, te juro.

Raimundo, entonces, me agarra del brazo y me dice:

–Conozco gente que te puede ayudar. En caso de que cambie de opinión.

–No creo.

–Es mina. Las minas cambian de opinión siempre. Mejor estar preparado. Mi hermana se involucró de más con un amigo mío, examigo, el muy hijo de puta, y nada… lo solucionamos. Rápido y limpio, llegar y llevar. En esta familia no dejamos que nos culeen así como así.

–¿Dónde?

–Por ahí. Puta, la muy puta de mi hermana tenía trece. Trece y ya le gustaba el que te dije. ¿No encuentras que es poco?

–Algo.

–¿Qué edad tiene tu mina?

–Florencia. Se llama Florencia. No le digas "mina".

–¿No me digas que es la hermana de la Claudia Marconi?

–Sí.

–No puede ser. ¿De verdad te gusta?

–Sí.

–Puta, esa pendeja tiene como catorce.

–Tiene quince.

–Ah, no es tan chica.

–No.

En eso ingresa Urquidi. Está muy pálido, con una barba incipiente. Nunca imaginé que Cristóbal Urquidi podría siquiera afeitarse.

–¿Estabas cagando que te demoraste tanto?

–No. Me sentía mal. Creo que tengo la presión alta.

–Los nervios –le digo–. El estrés de la prueba. Urquidi me mira, pero no me responde. Es como si no tuviera nada adentro. De verdad pareciera que todo le diera lo mismo. Urquidi se sienta en el suelo y comienza a acariciar la tortuga.

–Te pueden acusar de estupro, Ferrer, porque tú eres mayor.

–No soy mayor, huevón. Qué voy a ser mayor.

–Legalmente, sí. Te pueden meter a la cárcel al tiro. Tienes más de dieciocho, se supone que sabes lo que haces.

–Se supone.

–Supongo que sabes lo que le hacen a los huevones como tú en la cárcel.

He estado en esta casa antes. Varias veces. Con Raimundo hemos estudiado para la Prueba Específica de Sociales. A veces me he venido directo del "pre" en el auto oficial de su padre, que viene con chofer. Raimundo trata al chofer de "Chico" y lo envía a comprar marihuana o hamburguesas. Raimundo quiere ser abogado. Necesita ser abogado. La familia quiere un abogado y no creo que se atreva a decepcionar a su familia. El padre de Raimundo es coronel: enseña en la Academia de Guerra. Toda su familia está relacionada con el Ejército. Su hermano mayor, el que estuvo en Fort Benning, se graduó con honores de la Escuela Militar. Según Raimundo, fue compañero del cadete que tropezó.

–Yo te puedo ayudar –me repite–. Tú verás cómo me devuelves el favor. Estoy seguro de que se te ocurrirá cómo.

No se me ocurre qué decirle.

Urquidi suelta la tortuga y esta asoma su cabeza.

–¿Cómo se llama tu tortuga?

–D'Artagnan –me responde Cristóbal Urquidi.

–Ah.

Raimundo se sienta en su cama y comienza a cortarse las uñas de los pies. Urquidi agarra la tortuga y la coloca arriba de la cama, pero D'Artagnan se asusta y esconde su cabeza. En la televisión, dos bomberos penetran a una doctora asiática que gime muy fuerte.

–El negro lo tiene más grande que el blanco –comenta Urquidi.

–Y el blanco se afeita las huevas, fíjate.

–¿Pero qué le hicieron a tu amigo? –le pregunto en voz baja.

–¿Qué?

–¿Qué fue de tu amigo... el que se metió con tu hermana?

Urquidi deja de mirar el televisor y mira a Baeza.

–Dejó de existir.

–¿Cómo?

–Nada. Dejó de existir.

–No te creo.

–No me creas.

–¿Pero qué le hiciste? –le insisto–. ¿Qué le hicieron a tu amigo?

–Mi padre se encargó. Yo no me manché.

Cuando Raimundo deseaba reírse podía tener una sonrisa feroz, una sonrisa que asustaba. Pero serio podía ser peor, mucho peor. Ahora estaba serio.

–Calma, viejito. Está vivo, pero digamos que nunca podrá ser padre. Una lástima, ¿no?

Ese año que terminó tan mal lo comencé lejos. En Paraguay, en medio de la selva, a orillas del barroso Paraná, en una aldea sofocante, corrupta e infecta de nombre Ciudad Stroessner. El pueblo vivía del contrabando fronterizo con Brasil y de la impresionante represa de Itaipú que estaba en sus etapas finales de construcción. Los que vivían ahí le decían "la axila del mundo". Tenían razón. Fui a visitar a mi padre. No lo veía hace tres años. Su idea era que pasáramos un tiempo juntos, que nos conociéramos. No hicimos ni lo uno ni lo otro. Mi padre huyó de nuestra casa por unos cheques, por estafa. Su importadora no funcionó. Llegué a Paraguay, arrendé un taxi y salí en su búsqueda, pero no estaba en la capital. Tomé entonces un bus desde Asunción que viajó toda la noche por unos caminos de tierra rojiza. Me recibió una mujer llamada Laura que tenía una voz muy ronca y el pelo muy largo. Laura era tan impresionante como inmensa y, quizás porque alguna vez fue cabaretera, no tenía cejas, sólo dos rayas pintadas con un lápiz oscuro que, con el calor, a veces se esparcía sin querer sobre su piel color ladrillo molido. Laura convivía con mi padre. También trabajaba con él. En las noches, borrachos, hacían el amor como si yo no estuviera. O como si desearan que escuchara.

En Ciudad Stroessner me dediqué a tomar. Cachaza y gin. O cualquier cosa que tuviera hielo. Trataba de leer historietas, pero me costaba enfocar. A veces iba al único cine infecto que había, pero casi todas las películas eran de karatecas. De vez en cuando cruzaba a pie al otro lado, a Foz, a ver películas gringas con subtítulos en portugués.

La mayor parte de ese verano lluvioso y transpirado lo pasé en un prostíbulo que frecuentaban tanto los obreros como los ingenieros extranjeros. Mi padre me dejaba dinero en las mañanas. Sabía para qué era. En Ciudad Stroessner no había otra cosa en qué gastar. El local era una casa húmeda con azulejos trizados y olor a canela. A la hora de mayor calor pasaba desocupado. Giovanna, en realidad, se llamaba Lourdes y era mitad guaraní, mitad mulata, de Minas Gerais. A Giovanna el sudor se le acumulaba en los pelos de su pubis hasta que se llenaban de gotas. Giovanna tomaba mate todo el día. Juntos escuchábamos la radio. Tangos desde la lejana ciudad de Posadas, en Argentina. Casi nunca conversábamos, pero me gustaba resbalarme sobre su cuerpo. Giovanna me enseñó muchas cosas y siempre estaba contenta, y una vez me dijo que yo debía sonreír más, en especial cuando estaba por acabar, porque si no daba la impresión de que, bien adentro de mí, yo no la estaba pasando bien y que estaba triste y perdido.

Mi padre traficaba alcoholes y café y cigarrillos. Sus socios eran un libanés con olor a nuez moscada, un chino de Hong Kong que lucía ternos de lino y un chileno con los ojos hundidos y acento huaso de apellido Gándara. La oficina estaba en el último piso del único rascacielos, una construcción mezquina, obvia, rústica, que no hubiera resistido el más mínimo temblor. El día que se conmemoraba la fundación de la ciudad asistió el propio Stroessner. Pintaron todas las paredes azul, blanco y rojo. El pueblo se desparramó por las calles. Una banda tocaba marchas. Mi padre me presentó al general. Stroessner me dio la mano. Yo se la di de vuelta. La tenía helada y resbaladiza. Mi padre puso su brazo alrededor de mis hombros. Al general se le iluminó la cara. Luego nos tomaron una foto.

Los sábados por la mañana tocaba ensayo. La prueba partía a la misma hora que la real y concluía unas cuatro horas más tarde. A medida que uno se iba desocupando, podía salir de la sala. En la cafetería estaba Cristóbal Urquidi. La luz le caía en la espalda. Parecía un ángel o un fantasma. Revisaba un facsímil. Subrayaba frases, marcaba párrafos.

–¿Cómo te fue?

–Bien –me respondió sin levantar la vista–. Me sobró tiempo. ¿Tú?

–La parte de geometría estaba fácil.

–Valdés dice que es mejor no ponerse a revisar. Es mejor salir de la sala y olvidarse. Uno puede cambiar una buena por una mala. Eso creo que hice la última vez.

–Recuerda lo otro que nos recomendó: no estudien, no beban, no tomen tranquilizantes, desahóguense sexualmente.

Urquidi estuvo a punto de sonreír. Sabía que Valdés no hubiera dicho algo semejante.

–¿Qué piensas hacer el día antes?

–Nadar en la piscina de Florencia. De Claudia, digo.

Cristóbal Urquidi se demoró en procesar mi respuesta. Cerró el facsímil y me dijo:

–Yo no sé nadar.

–¿Pero puedes tomar sol? –le pregunté sorprendido.

–Nunca he tomado sol. Quedo rojo. No puedo, no me dejan.

Cristóbal se había cortado el pelo muy corto. Me di cuenta de que estaba salpicado de canas.

–Podemos ir al cine si quieres. La víspera, digo. Podemos armar un grupo.

–No creo. Me dedicaré a repasar con mi padre. Él espera mucho de mí. Me hace preguntas, revisamos palabras del diccionario. Eso es lo que hicimos el año pasado.

–Pero te fue mal.

–Me puse nervioso. Pero de que sabía, sabía.

Un par de tipos ingresaron a la cafetería y subieron el volumen de la radio. La sala entera se llenó con el sonido de un grupo pop que ese año sonó mucho y del cual nunca más se supo.

–¿Y tus anteojos? ¿Bien?

–Veo mucho mejor, sí. Gracias. Estoy en deuda.

–Yo no hice nada. Fue mi padre.

–Tu padre, claro. Otra vez tu padre.

Entonces me dije a mí mismo: "Esta es tu oportunidad; la oportunidad que habías estado esperando".

–Es raro que nunca hemos tocado el tema –partí–. Es complicado, lo sé…

–¿Qué?

–Bueno, tú sabes.

–¿Sé qué?

–Mira, Cristóbal, de verdad me caes bien… Perfectamente pudimos ser más amigos, haber estudiado juntos…

–Estudiar en grupo es mejor que estudiar solo.

–Exacto. Pero me complicaba. Tú entiendes.

–¿Te complica estudiar? En la universidad es mucho peor: ahí sí que se estudia.

–No. No me refiero a eso. Creo que tú sabes. Es más: creo que te complica más a ti que a mí.

–¿Qué? –insistió–. No entiendo hacia dónde vas con el tema. ¿De qué hablas?

–Del lazo que existe entre nuestras familias.

–¿Cómo? ¿Qué lazo?

–Dudo, además, que te hubieras sentido cómodo en mi casa. Sé que en la tuya, con tu madre presente, a mí se me hubiera hecho muy difícil estudiar...

Me quedé callado un rato buscando las palabras precisas, pero no llegaron. Decidí continuar igual.

–Mi madre puede estar errada, es cierto; quizás esté cometiendo un error, pero no por eso deja de ser mi madre. ¿Me entiendes? Ponte también en mi lugar.

–Disculpa, Álvaro, de verdad no te entiendo. ¿De qué me estás hablando?

–De mi madre y de tu padre. De lo que tenemos en común. ¿Tú crees que estos anteojos me salieron gratis sólo porque estaba en tu curso? ¿Si ni siquiera somos amigos? Basta sumar dos más dos.

–Si quieres decirme algo, dímelo en forma clara.

Eso fue lo que hice. Y bastó ver cómo sus ojos perdieron su fondo para que me arrepintiera al instante del crimen que acababa de cometer.

En tres semanas más, cuando la ciudad esté evacuada por el calor, sabremos los resultados de la prueba. Mientras tanto, no hay mucho que podamos hacer excepto esperar. Los resultados saldrán, como cada año, en el diario *La Nación*, en tres suplementos consecutivos, cada postulante con su nombre y apellido, más sus puntajes para consumo de quien quiera enterarse. Son más de cien mil nombres, en orden alfabético. Algunos privilegiados obtendrán los resultados unos días antes. Son los privilegiados de siempre y, como tales, no me cabe duda de que les irá bien. Yo he decidido esperar el diario. Me levantaré temprano y partiré a comprarlo al kiosco de la esquina.

La Claudia Marconi puso la casa y la carne, y los hombres trajimos trago y cerveza, y las mujeres ensaladas y postres. El padre está en la playa, con una mujer que Florencia desprecia por vana. Hay gente aquí que sólo conozco de vista. Son del preuniversitario, pero de los cursos matemáticos. Claudia ahora sale con José Covarrubias, que quiere entrar a Ingeniería. José y sus amigos están acá, pero han formado un grupo aparte, al otro lado de la piscina, que tiene la forma de un riñón y es muy profunda. Los tipos están muy borrachos y cuentan chistes cochinos. Cristóbal Urquidi está con ellos. Parece otro. Está totalmente intoxicado. Drogado, diría.

Raimundo Baeza está en el living, con una chica de shorts, muy rubia, con el pelo cortísimo y los párpados pintados de azul. Me llama la atención que ella esté, porque Claudia dijo que el asado era exclusivo para gente del "pre".

–¿Sabes quién es? –me comenta Florencia mientras aliña una ensalada de lechuga. Me fijo en los rábanos. No están cortados en rebanadas. Están enteros. Son muy rojos y flotan entre las olas verdes.

–¿Quién?

–La muñeca de Raimundo.

–No sé. Igual no está mal.

–Ese programa de los patines que dan los domingos después de almuerzo. ¿Lo has visto?

–No.

–Mis compañeros de curso no se lo pierden. No puedo respetar una mina que patina en la tele. Sólo Raimundo puede traer a una tipa que patina a un asado.

–Para lucirse –le digo.

–Obvio.

Florencia visitó un médico y este le confirmó sus sospechas. Él estuvo de acuerdo con que lo mejor sería eliminar el problema. Florencia habló con su padre. Este no se enojó. Le echó la culpa a la madre. Él se encargará de todo. Pensé que quizás me iba a llamar, denunciarme a la policía, algo. No hizo nada. Florencia cree que es lo mejor y me ha convencido de que así es. La operación será después de Año Nuevo. Me ofrecí a acompañarla a la clínica, pero ella no quiere. No me atrevo a seguir tocándole el tema. Pero el tema me sigue tocando a mí. No pienso en otra cosa.

Sobre el tablón estaban sentados Raimundo Baeza y la chica de los patines. Conversaban muy de cerca, como si fueran novios. Ella se reía con lo que le susurraba a su oído. Parecía que flotaran sobre el agua.

Los veranos en Santiago pueden ser atroces. Diciembre y enero son los peores meses y a las tres de la tarde, con los Andes secos como telón de fondo, uno siente que se va a derretir. No es un calor húmedo, sino seco, y lo más desagradable es la resolana. Pero hacia los ocho de la tarde el panorama cambia. Uno capta que Santiago es precordillera, puesto que empieza a refrescar. De las montañas baja una brisa helada y, antes de la medianoche, ya está fresco. La temperatura baja unos veinte grados. Las noches en Santiago, incluso las noches más calurosas, siempre son frescas.

Esa noche, en cambio, estaba tibia. Tan tibia que parecía que estábamos en otro país, en otro sitio.

Florencia se escabulló a la cocina a sacar los helados del refrigerador. Yo me senté en una silla de lona. Me saqué los anteojos. Vi todo borroso, como antes. Ya estaba oscuro y la única luz era la de la piscina. Terminé mi cerveza. Había tomado más de lo necesario por el día. Cerré los ojos.

–¡Un, dos, tres, ya! ¡Hombre al agua!

Los abrí justo a tiempo. Un grupo de tipos estaban alrededor del tablón. Raimundo alcanzó a darse vuelta, a tratar de defenderse.

Cristóbal Urquidi y José y un tercer tipo con aspecto de rugbista lo empujaron. Entre ellos estaba la chica de los patines. Se había unido al grupo. Raimundo se defendió, intentó sujetarse de Urquidi, aleteó en el aire, pero finalmente cayó.

–Puta los huevones pendejos –me dijo Florencia, que reapareció, secándose la manos.

Los tipos se rieron de buena gana. Uno de ellos se sacó la camisa y los zapatos y saltó. Era gordo y gelatinoso. Raimundo, me fijé, seguía en el agua. Al fondo.

–En pelotas –escuché que gritó el José Covarrubias. Caminé a la piscina. Me demoré. El pasto no estaba cortado y mis pasos enfrentaron una extraña resistencia. Claudia Marconi se deslizó fuera de su vestido quedando sólo en calzones. Sus pechos eran más grandes que los de su hermana. El grupo continuó riendo y aullando y tratando de tocarse. José ya estaba en calzoncillos, blancos. Raimundo seguía abajo. Me percaté de que nadaba. Más bien, se deslizaba por el fondo como una mantarraya. Su ropa era oscura, ancha. Se demoró en cruzar hasta la parte menos profunda.

José y Claudia se lanzaron al agua y salpicaron al grupo que continuaba en la orilla. Raimundo se acercó a la escalera y comenzó a intentar salir. Lo hizo lentamente. No era una maniobra simple. El agua le pesaba. Una vez afuera, Raimundo se sacó una bota. Litros de agua se escaparon del interior. La chica de los patines, conteniendo la risa, se le acercó. Raimundo la abofeteó tan fuerte que cayó sobre el pasto mojado.

–Fue tu idea, ¿no? –le dijo.

No le gritó. Se lo dijo pausadamente. Arrastrando cada una de sus palabras. Los que estaban dentro de la piscina callaron y dejaron de moverse. El agua, sin embargo, seguía alterada y la luz que se escapaba de ella rebotaba en forma inconstante.

–Sé que fue tu idea, puta. Admítelo.

Raimundo se acercó a ella como si su propósito fuera olerla. Me acuerdo de la intensidad que se escapaba de los ojos de Raimundo.

Era rabia sin destilar. En ese instante supe que las vidas de todos aquellos que estábamos ahí esa noche serían afectadas por lo que iba a ocurrir.

–Dime, puta, ¿de verdad crees que te puedes reír así de mí? ¿De nosotros? ¿De los Baeza?

Raimundo la volvió a abofetear. El ruido fue tan severo que pareció un disparo.

–¿Cuál de estos te gusta? ¿Te lo podrías culear ahora mismo, en la piscina? Ya entiendo por qué necesitabas venir. ¿Por qué me llamaste y llamaste para que te invitara? ¿Cuál de estos querías volver a ver?

–Quizás el mismo que tú, Raimundo.

Hubo un silencio. Florencia me tomó la mano. Algunos tipos salieron del agua, pero en silencio. Raimundo se sentó en el pasto, empapado. Contenía a duras penas las lágrimas.

–Calma, viejo. Fue una broma –le dijo uno de los matemáticos–. Todos nos vamos a meter. Relájate.

Fue entonces que vi a Cristóbal Urquidi caminar hacia Baeza. Estaba sin camisa. Su tronco era como el de un niño desnutrido. Se notaban sus costillas.

–Fue mi idea, Baeza. Mi idea. Último día, nadie se enoja.

La tenue voz de Cristóbal Urquidi se había potenciado. Pero era la voz de alguien que ya no se controlaba. Cada palabra parecía que la pronunciaba por primera vez.

–Es agua, loco. Agua.

Raimundo seguía en el pasto. Su cara escondida, bajo sus brazos.

–Corta el hueveo, Baeza –continuó, con tono desafiante–. Estás pintando el mono. Agua es agua, viejo. Agua es agua. No duele, no mancha, se seca. ¿Entiendes? Se seca.

Raimundo levantó la cara y lo miró fijo, atento. Alrededor de los dos se formó un círculo de gente. Yo me acerqué muy despacio, intentando que nadie me escuchara.

–Sí, fue mi idea –insistió Urquidi, ufanándose–. ¿Algún problema? Mi idea. Y fue una muy buena idea, Baeza. Yo era el que te quería empujar. ¿Sabes por qué? Puta, por pesado. Y porque hay que celebrar.

Entonces, Cristóbal Urquidi cometió una acción que lo hizo cruzar una cierta línea. Justo el tipo de línea que es mejor no cruzar. Fue la peor de las ideas. Nunca hay que acorralar a un caído, humillarlo, no darle otra posibilidad de escape que la violencia. Lo que Cristóbal Urquidi hizo fue agarrar la botella de un litro de cerveza de la cual estaba tomando y darla vuelta sobre la cabeza de Raimundo Baeza.

–Ya, puh, deja de llorar. ¿Qué vamos a pensar de ti, soldado? ¿Que eres puro bluff? ¿Que todas tus aventuras son invento, Baeza? ¿Cuándo vas a volver a invitarme a ver los videos de tu hermano asesino? ¿Cuándo vas a volver a correrme la paja?

Baeza no hizo nada. Fue como si sintiera que se merecía eso. O le gustara. El líquido amarillo descendía desde su cráneo y la espuma se iba acumulando sobre su camisa. Incluso me fijé en que con su lengua la saboreó.

Pero eso no podía terminar así. Cristóbal Urquidi lo sabía. Tiene que haberlo sabido. No puede haber sido de otro modo. Raimundo Baeza no tuvo la necesidad de levantarse. Con su mano agarró la botella resbalosa. Yo pensé que la iba a lanzar lejos, pero, en una fracción de segundo, la botella estalló en el cráneo de Urquidi. Cristóbal cayó al pasto y Raimundo se lanzó arriba de él. Urquidi no reaccionaba, no podía luchar de vuelta.

Yo corrí hacia donde estaban los dos y antes de que le dijera algo como "basta, sepárense", Raimundo me lanzó un combo que partió y trizó mis anteojos y me hizo rodar hasta el borde de la piscina. Traté de mirar, pero la falta de foco y la oscuridad no me permitieron captar lo que estaba sucediendo. Escuché gritos: "¡basta!", "¡córtala!", "¡déjalo!".

Entonces hice algo que no sé cómo explicar ni justificar. Seguí rodando y caí al agua. La ropa se me fue mojando de a poco mientras descendía como plomo hacia el fondo. Me quedé así, en el silencio acuático, hasta que me faltó el aire. Logré, con las manos, sacarme mis zapatillas. Me pesaban y no me dejaban subir. Cuando lo hice, escuché los gritos y el llanto antes de llegar a la superficie. Raimundo Baeza iba saliendo, dejando una huella de agua por la alfombra de la casa. En el pasto, Cristóbal Urquidi yacía quieto, la cara cubierta de sangre espesa. Seguí en el agua; estaba tibia, me protegía de algo mayor.

Cristóbal Urquidi estaba vivo; Raimundo Baeza, en su acto de locura, también sabía lo que estaba haciendo. Lo que hizo fue sentarse sobre su pecho. Esperó que Urquidi recobrara la conciencia. Cuando lo hizo, Baeza agarró sus dos inmensos pulgares y los insertó lo más posible en los ojos de Urquidi hasta que los reventó. Fue un ruido que nunca escuché. Florencia me dice que nunca podrá olvidarlo.

·

La ruta que une la capital con la costa es corta y, en general, expedita. Es un camino que me gusta y que conozco bien. Hice mi memoria para el título de ingeniero sobre la carretera, por lo que cada puente y curva me son en extremo familiares. El camino ahora es de doble calzada. Sin pasar a llevar ninguna ley, uno puede alcanzar el puerto en una hora cuarenta.

El país ha cambiado mucho en poco tiempo, eso es indiscutible, pero hay costumbres que se niegan a desaparecer. Como hacer un alto en el camino y comer algo. El más conocido y legendario de todos los locales en la ruta es una estructura baja de piedra que se define a sí misma como una hostería. En invierno, la chimenea siempre está encendida y los leños de eucaliptus chisporrotean en medio de las llamas.

Son apenas las seis de la tarde y vuelvo de un lluvioso paseo por la playa con Martín, mi hijo, que acaba de cumplir diez, una edad fronteriza bastante incómoda, en la que uno no sabe si lo que tiene enfrente es un niño con sueño o, por el contrario, un cínico adolescente en miniatura que te está poniendo a prueba. Con Martín recorrimos el litoral central. Florencia tenía que estudiar para un examen. Está terminando su doctorado. Cuando está muy agobiada con el tema académico, nos arrancamos con Martín por ahí y la dejamos sola. Los tres salimos ganando. Ella nos echa de menos y nosotros aprovechamos para conversar de hombre a hombre.

No llevamos ni cinco minutos en la hostería cuando lo veo entrar. El mozo aún no nos ha traído la orden; Martín está impaciente, con hambre. Afuera ya es de noche, llovizna, y el local está prácticamente vacío. Raimundo Baeza se ve exactamente igual a como lo vi la última vez, esa noche del 28 de diciembre, unos once años atrás.

Con el tiempo me he ido dando cuenta de que poseo una cualidad que no todos tienen. Soy capaz de advertir la aparición de alguien con el cual no me interesa toparme desde lejos. Los huelo a la distancia, es como un radar que me alerta. He cruzado veredas sin saber por qué, para luego, al instante, darme cuenta de que, gracias a esa maniobra, evité toparme con alguien que no deseaba ver. Si uno no se cuida, puede encontrarse con mucha gente.

Esta vez, sin embargo, mi antena ha fallado. Raimundo Baeza entra y se sienta en la mesa que está a mi lado. Baeza no está solo. Lo acompaña una mujer. Una chica, más bien, de unos veintidós años. Su esposa, quizás, porque ambos, me fijo, lucen argollas e ingresan con un coche en el que duerme una criatura. Estoy seguro de que Raimundo me reconoce. Por un instante, nuestras miradas se topan. Es la misma de esa noche en la piscina. Baeza se hace el desentendido. Baeza se saca su casaca y me da la espalda. El mozo se acerca a ellos. Alcanzo a escuchar a la mujer pedir, en un acento foráneo, un vaso de agua tibia.

Martín me pregunta si lo conozco.

–Hace años –le explico–. Antes de que tú nacieras.

–¿Era un amigo tuyo?

Lo que le respondo es la pura y santa verdad, aunque no toda. Le digo que alguna vez, hace mucho tiempo, fue compañero de curso y que tanto su tía como su madre lo conocieron. No le cuento más. Pago a la salida. Nuestro pedido se queda en la mesa, enfriándose.

Dos horas

Un avión despega de madrugada, temprano, el primer vuelo del día desde la terminal aérea de Pinchay, en Valdivia. El 737 se eleva en medio de la neblina sureña que nunca cesa de impregnar toda esa selva helada. A Pablo le gusta la sigla del aeropuerto: ZAL. Cree que es lo mejor de Valdivia, o lo más digno y apropiado que tiene una ciudad mediana donde los que tienen son pocos y se conocen y se casan entre ellos y temen y/o desprecian a todos los que no son ellos. Más que una sigla, ZAL le parece un código, un password, un anagrama de thriller, y cree que esto es –sin dudas– lo mejor de la ciudad: mejor que la isla donde vive; mejor que el festival de cine anual donde exhiben cintas con las que siempre se duerme o termina no entendiendo "ni pico"; mejor que los campeones de remo a los que ve practicar todas las mañanas desde su ventana y que odia porque él tiene la coordinación de un mono de nieve y nunca va a ser campeón de nada; mejor que el estilo chilote-Cobain-chic que adoptan los jóvenes que llegan a la Austral creyendo que Valdivia es Seattle. Pablo no entiende de dónde salió la letra zeta de la sigla. Las otras dos, deduce, vienen de la segunda y la tercera letra del nombre, ¿pero la zeta? ¿Por qué Valdivia no tiene la sigla VAL? Pablo secretamente asocia ZAL con salir, huir, escapar, zafar; no con el mineral marino que se usa para acentuar el sabor de las cosas. Sal de aquí, sálete, no me dejan salir. Pablo intuye que él es el único en toda la ciudad que sabe que esa es la sigla aérea del "puto aeródromo" y tiene claro que él es el único que se refiere a la ciudad con ese corto sobrenombre. Esto lo hace sentirse superior al resto de sus pares, que desprecia, envidia y teme. El chico revisa su itinerario: ZAL/SCL/FRA/SCL/ZAL. El viaje en tren de Frankfurt a Mannheim está en otro boleto y en su bolso en el compartimiento superior. Pablo se aprieta la nariz y sopla para destaparse los oídos. Mira por la ventanilla y ve el pasto húmedo por el rocío de la noche, unos pantanos, el río, varios esteros, vacas, cerros verdes, todo verde, siempre verde, el color que más odia en el mundo. El tipo de traje que está a su lado se coloca un antifaz y echa para atrás su asiento. El chico abre una bolsa de plástico con una frazada dentro y se tapa las piernas que hasta hace poco no tenían casi vello. Pablo viste shorts khakis extralargos y unas Adidas sucias. El chico ajusta su asiento y hojea una revista. Mira pero no lee un reportaje que explora y celebra las ventajas de las redes sociales. Le parece cuatro años atrasado. Opta por un artículo acerca de unos conventos medievales belgas. Luego, toca y juega con la pantalla de su iPhone hasta llegar a un capítulo de *Family Guy* que descargó pero no ha visto. El avión alcanza altura de crucero y deja muy abajo las nubes negras que siempre mojan ZAL. Pablo se tapa los ojos con la capucha de su canguro azul e intenta dormir todo lo que no durmió anoche mientras pensaba en su escala de dos horas en SCL.

Una pieza sencilla, sin lujos, pero no de alguien pobre. Más bien pobre en diseño y look; un tipo dejado. No parece el hogar de un diseñador gráfico. No hay imanes en el refrigerador o sillones verdelimón o un sofá rojo como el de TVN o afiches del MoMA o una de esas lámparas con aceites de colores que se mueven de arriba para abajo todo el día, que llaman lava. Es un departamento de un ambiente en el piso 18 de un edificio que aún huele a nuevo y que tiene una piscina en el techo a la que el dueño de casa nunca ha subido. El departamento intenta tener algo de loft al unir la cocina con el living, pero el efecto es más de apart hotel. En vez de ser más acogedor, es frío y predecible. El edificio es quizás un Paz Froimovich o un Penta; en el fondo son todos iguales, tal como es casi idéntica la decoración. "Todos al final vivimos en departamentos piloto; aterra saber que la gente es tan igual", le comentó la primera chica que durmió con Álvaro ahí, cuando aún las ventanas no estaban cubiertas. Tiraron un domingo en la mañana y sintieron como miles de ojos de departamentos cercanos practicaron el arte del voyerismo y eso a Álvaro le pareció de alguna manera caliente y casi jugado. Casi todos los departamentos de esta torre con gimnasio y lavandería y sala multiuso son para gente sola o parejas que se llevan muy bien y pueden vivir en muy pocos metros cuadrados. La habitación de Álvaro está en el límite de lo confinante. Es pequeña, avara, y la cama king reduce el espacio aun más, pero al menos es su departa mento. Terminará de pagarlo cuando cumpla cincuenta y cuatro años. Álvaro no se imagina de esa edad ni desea vivir ahí a esas alturas, pero cree que es mejor que botar su dinero en arriendo. Ahora tiene sueldo, contrato, beneficios, previsión, todo. Las ventanas ahora están tapadas con papel diamante que pegó con cinta adhesiva; el sol matinal, aun así, ingresa fuerte y quema su rostro. En el living hay una mesa de madera, que en rigor es una puerta comprada en el Homecenter, atestada de pesados libros Taschen. También hay un laptop color acero descargando unos torrents. Debajo del futón hay una vieja caja de galletas Hucke de metal llena de lápices de colores que nunca usa. Las sábanas café son de Casa&Ideas, como casi todo el menaje. En el muro de su pieza hay un afiche con un centenar de letras A en distintas tipografías, que le regaló Ariel Roth como regalo de tijeral cuando inauguró su departamento y llegó menos gente de la que esperaba y sobraron cuatro botellas de ron. El suelo es de piso flotante color barquillo, que se nota que es flotante y no de madera. Justo a la salida de la cocina el piso está hinchado, deforme, porque una vez se le reventó una botella de chirimoya sour y aunque secó, el líquido se metió y arruinó el piso. No llevaba ni una semana y hasta el día de hoy dice que lo va a cambiar. Aún no lo hace. También hay un sillón tipo puf de cuero falso negro tapado de poleras, ropa deportiva sudada, zapatos, sandalias. En su pieza no hay velador porque no cabe; solamente una lámpara ajustable que sigue prendida. Debajo de ella hay un estuche de plástico naranja donde reposa una prótesis transparente contra el bruxismo y un montón de papel confort arrugado y seco. En un rincón, una ordenada colección de *Graphics Arts Monthly* y, esparcidos, números abandonados de *I.D.*, *Eye* y *The Clinic.* Una radiorreloj indica las 9.14. Álvaro Celis duerme. Una sábana le tapa los pies. La polera Pepsi Challenge que tiene puesta delata que está transpirando. De pronto Álvaro abre los ojos, de una. Mira el reloj. Cara de espanto, cara de estoy atrasado por la puta.

Álvaro en la ducha. Cae el agua. La ducha es también tina y los azulejos son blancos. Las toallas, grises. La ducha es de esas con puerta de vidrio, como las de los hoteles. Álvaro se fija en que sus ojos se ven inmensos en el pequeño espejo que tiene atornillado al muro. Los ve negros pero rojizos, los ve con ojeras. Su barba tiene tres, cuatro días. En el centro de su pera hay unos pelitos blancos. Lleva el pelo corto, con un no-corte escolar. Álvaro se baña con un jabón de avena con olor a papaya con granos exfoliantes que se sienten bien cuando se los pasa por las bolas y por su vientre, que está al menos liso y digno. Ahora que está flaco se siente bien, se siente mejor, se siente joven. Ahora usa las cremas francesas que le recomendó Blas antes de partir a Colombia a trabajar en una telenovela de época; ahora se lava el pelo con un champú japonés de algas que cuesta más que una botella de vino de exportación. Álvaro abre la puerta de vidrio y saca una tira metálica de pastillas que está sobre el lavamanos: Ravotril 2 mg de Roche, que le vendió Lucas un par de semanas atrás. Se le están acabando. Debería llamarlo, piensa; también le puede pedir DVD. Se ha prometido dejar de ver porno on-line. El fin de semana pasado tomó una pastilla entera para dormir siesta y se fue a negro por cinco horas hasta que lo despertó la alarma de un auto. Saca un Ravotril y se lo lleva a la boca. Álvaro abre la boca, deja que se llene de agua caliente y se lo traga.

Pablo saca de su bolso una caja que le recetó Torres, su psiquiatra rapado y con oficina con afiches de Los Tres y *La Negra Ester* en la calle Picarte. Recuerda cuando wikipedió el remedio, antes de saber que Lucas García se lo podía pasar gratis, de buena onda, para satisfacer sus impulsos de tío cool/padre ejemplar.

RAVOTRIL: Tranquilizante menor. Ansiolítico. Anticonvulsivo. Laboratorio Roche. También comercializado en algunos países como Rivotril. Composición: cada comprimido birranurado contiene: Clonazepam 0,5 mg o 2 mg. En la actualidad la principal indicación de RAVOTRIL es el tratamiento de la crisis de pánico y trastornos de pánico.

Pablo avanza por el pasillo del avión. La mayoría de los pasajeros duerme. La cabina huele a pan microondeado. Llega al fondo. Las azafatas están sentadas. Una hojea *La Tercera;* la otra se mira las uñas.

–Estamos por aterrizar, tiene que volver a su asiento –le dice la más rubia.

–Tengo que tomarme algo.

–De verdad tienes que volver a tu asiento –le responde más seria, como a cargo.

–Es importante. Me lo dio mi analista. Voy dos veces por semana. Mal, lo sé, pero estoy en tratamiento. No quisieras saber lo que a veces hago. O lo que una vez hice. Mal.

La azafata es joven y tiene los ojos verdes.

–No puedo tragarme una pastilla sin agua –le explica el chico.

La azafata se desabrocha el cinturón y abre un compartimiento de acero inoxidable. Le pasa un tarro de ginger ale light.

–Yo tampoco puedo –le confidencia–. Ni las aspirinas. Pablo empuja la pastilla birranurada de su estuche de metal y plástico. Relee: Ravotril 0,5 mg. de Roche.

–¿Nervioso?

–Un poco –y sonríe, apenas.

–¿Algo importante?

–Algo.

El chico saca la pastilla de su envase y esta cae al suelo. Abre el tarro, toma un sorbo y se traga la pastilla. Le da las gracias a la chica. Camina a su asiento. El avión, en efecto, está descendiendo.

Álvaro, con casco negro, jeans negros gastados, casaca, viaja arriba de una motoneta roja, rumbo al aeropuerto. Anda sin corbata, con una camisa con rayas verdes, un canguro azul de la ropa usada, mocasines negros con suela con doble aire. Avanza por Pedro de Valdivia, que está vacía, cubierta de árboles y pájaros que chillan. Aún quedan los adornos y las luces de la Navidad que recién pasó. Sigue. En los paraderos del Transantiago ve el nuevo afiche que Ariel Roth hizo para *Uno,* la cinta-de-arte que ahora se va a estrenar en todo el país. Ve la foto de Blas Fuentes, sin afeitar y con el bigote que todos los cool ahora usan, dominando el afiche desaturado para que se vea más intenso de lo que realmente es. Blas en todas las esquinas, rodeado de palmeras. Respira hondo. Sigue. Cruza un puente nuevo sobre el Mapocho. Álvaro mira el sol que ya está arriba de la cordillera. Sólo hay nieve en los picachos más altos. A la altura del Hotel Sheraton San Cristóbal ingresa a la Costanera Norte. El túnel desprende una luz amarilla, química. Las inmensas hélices de las turbinas que ventilan la carretera subterránea lo remecen. Cuando pasa por los lectores de radar color púrpura escucha el beep de su tag. El túnel termina y el sol matinal le quema los ojos. Inmensos letreros llenos de color anuncian celulares, carriers, televisión satelital. Nokia, Siemens, Telefónica, Claro, Entel PCS, 188, 123. Comunicación, comunícate, mantente siempre comunicado. ¡Llama ahora!

Álvaro camina por la terminal del aeropuerto de Santiago, SCL, con una mochila negra en su espalda. De lejos, el casco de su moto asemeja una bola de bowling. Mucha gente arribando, embarcándose, esperando, escapando, pensando.

Álvaro va al sector de las llegadas nacionales y mira la pantalla.

Se fija:

PROCEDENCIA: VALDIVIA – CONFIRMADO: 10.05 HORAS

Mira su celular y ve que son las 10.02. Sonríe aliviado.

Pablo, con el respaldo enderezado y el cinturón puesto, mira cómo se acerca la tierra. Todo se ve seco. A lo lejos, la ciudad de Santiago escondida detrás del filtro sucio y sepia de la contaminación. La luz ingresa fuerte por las ventanas e ilumina las cabezas de los pasajeros. Aterrizan.

Álvaro termina de tomar un exprés en la cafetería del aeropuerto frente a las llegadas internacionales. Lo hace de pie, en la barra. Mira los diversos tipos de panes y pasteles y aspira el olor parisino que acompaña el nombre del local.

Habla por su celular:

–Dile algo, pero no que voy a llegar antes de la una. Imposible. Quizás a las dos y media. Esto es una cosa familiar, privada. Mía.

–Tú sabrás –responde la voz femenina al otro lado de la línea–. Debiste enviarle un mail avisando al menos. Siempre lo haces todo mal.

–Sí sé, pero nada, llegaré. Tarde pero llegaré. No hago todo mal.

–Pudiste haberte quedado hasta tarde y haberlo dejado listo.

–Sí sé. Pude.

– Se avisa antes, no después, Álvaro. Por eso me das lata. El libro tiene que estar listo para la imprenta a las seis. Tiene que estar para la Feria de Viña. Es un libro de verano para leerse en verano. La Andrea lo quiere urgente. Ya enviaron las invitaciones al lanzamiento.

–Sí sé –responde mientras paga la cuenta.

–Espero que sea importante. ¿Lo es?

–Lo es.

Pablo camina por la sección de llegadas nacionales. Cada tanto mira los letreros. Anda con un bolso-mochila inmenso, que casi no lo deja avanzar. Ahora luce un abrigo tipo montgomery azul marino, shorts largos, sandalias, polera celeste, un canguro amarrado. Parece un surfista en su primer viaje a la Antártica. Anda con unos audífonos. Escucha "Videotape", pero decide que quizás lo correcto, lo adecuado, es "Nude" y hace clic en su iPhone. Pablo le donó un dólar a Radiohead cuando descargó *In Rainbows* usando la MasterCard de su madre. De pronto se sienta, deja el bolso y termina de escuchar el tema, y sí, se siente desnudo, expuesto, abierto y a la vista. En un televisor aparece un documental sobre las bellezas de Chile. Lo mira. Aparece el río Calle-Calle y el fuerte de Niebla. Pablo se levanta, sigue caminando, baja una escalera automática, se sube a una correa transportadora y llega a los carruseles. Su maleta es la única que está circulando. La coge.

Álvaro mira el letrero con todos los vuelos nacionales y cómo, cada tanto, la información se va actualizando. El vuelo procedente del sur ha aterrizado. Mira a la gente salir. También salen pasajeros de otros vuelos. Un grupo de americanos de tercera edad, de buzos multicolores y panzas vencidas, salen con muchas maletas y ponchos de alpaca, de un vuelo que seguro llegó de San Pedro vía Calama. En eso ve a Pablo. Empuja un carro con una maleta dura, verde, plástica; arriba está el inmenso bolso-mochila que se balancea a punto de caerse. Pablo ve a Álvaro pero desvía sus ojos hacia otro lado. Intenta hacerse el que no lo vio, pero Álvaro lo sigue mirando y levanta su mano. Pablo se coloca el capuchón del abrigo y sus ojos desaparecen. El rostro de Álvaro se desencaja un poco. Traga. Pablo avanza entremedio de otros pasajeros y dobla hacia la dirección contraria de donde está Álvaro. Pablo se detiene y mira a la gente que espera. Álvaro avanza entre los taxistas que sujetan letreros con nombres extranjeros y llega donde él. Le toca el hombro. Pablo se da vuelta y se saca la capucha. Se miran. Pablo le estira la mano. Se la dan, en silencio. Pablo la retira y mira hacia abajo.

–Tanto tiempo –le dice Álvaro.

–Harto.

–Mucho, sí. Estás más alto. Más... ¿Cómo estás?

–Con sueño.

–Tenemos dos horas.

Pablo sonríe a medias. No dice nada.

Silencio.

–Mi otro vuelo va a durar catorce –le dice como para tapar el silencio–. Catorce. Tengo que hacer check-in acá. No me dejaron embarcar la maleta en ZAL.

Silencio.

Pablo saca de un bolsillo de su abrigo su iPhone y le inserta unos audífonos al celular. Se los coloca y aprieta unos botones.

–¿Qué haces?

–¿Qué crees?

Álvaro frunce el ceño. Mira el tablero. Mira el celular de su hijo.

–¿Qué estás escuchando?

–No creo que los conozcas –le dice y se saca sus audífonos.

–Estoy más al día de lo que crees. Soy joven. Tengo blog.

Pablo lo mira para arriba y para abajo y hace un gesto como de "creo que voy a vomitar" o "no te creo".

–*In Rainbows.*

–No los cacho.

–Es un álbum. De Radiohead. Tu Radiohead.

–¿Sí? ¿Cuándo salió? ¿Es nuevo?

–Ni tanto. Yo pensé que te gustaban.

–Sí, claro... Fueron muy importantes para mí, pero...

–Me carga la gente posera. ¿Fuiste a la pista atlética cuando vinieron en marzo?

–Estaba corto de plata.

–Uno junta dinero cuando quiere ver a alguien que le importa.

–Cuando se es mayor se tiene menos tiempo para estar al día, Pablo.

–Pensé que eras joven. ¿No tienes un blog acaso? ¿Tuiteas?

Silencio.

Pablo lo mira, la piensa unos segundos y esconde su teléfono.

–No tenemos mucho tiempo.

Álvaro mira su modesto celular.

–Tenemos poco tiempo, sí. Dos horas. ¿Tienes hambre?

–Sí. Harta. Arriba me dieron unos putos alfajores.

–Genial –responde Álvaro, sonriendo–. Genial.

La fila frente al counter de Lufthansa. Al menos una cincuentena de personas con todo tipo de maletas, guitarras, esquís, cajas metálicas que al parecer contienen equipos de filmación. Hay pasajeros muy rubios y otros muy morenos y de todos los tipos físicos. Pablo vuelve a sacar su iPhone, aprieta unos íconos, se conecta a la red, googlea weather report. Álvaro, que es más alto, mira.

–Está nevando allá. Bien –comenta Pablo–. La nieve es mejor que la puta lluvia.

Los dos en la fila, no hablan.

Silencio.

Ambos miran como, más allá, un tipo envuelve en plástico transparente unas maletas. Los bolsos giran alrededor de una suerte de dispensador de esa película transparente con la que tapan potes y postres y ollas. Pablo escucha música de su celular. Álvaro revisa el pasaporte y los papeles notariales que le permitirán a un menor abandonar el país. Luego coloca la maleta sobre la pesa. La funcionaria de la aerolínea le pasa un boarding pass al chico. Pablo mira hacia un grupo de adolescentes que viajan en grupo a un país que parece tropical porque andan todos en trajes playeros. La chica de la línea aérea toma la pesada maleta y le coloca un sticker que dice FRA.

Los dos salen al aire libre, a un calor seco. Hay un leve olor a combustible de avión. Un Copa despega y ambos lo miran desaparecer entre la bruma. Álvaro lleva la delantera y arrastra el bolso-mochila de Pablo.

–De bolso de mano esto tiene poco –le dice.

–Sí sé, esa es la idea. Es por si necesito mis cosas durante el vuelo.

Cruzan hacia el Holiday Inn que está justo enfrente de la terminal. Ven el agua de la piscina reflectante, una escultura que asemeja un cóndor, muchas piedras pulidas y japonesas. Pablo extrae su iPhone del bolsillo y, sin mirar por el visor, empieza a tomar fotos mientras caminan.

–¿Me tomas una a mí? –le pregunta al pasar Álvaro–. ¿De recuerdo?

–Te recuerdo, no te preocupes.

Restorán del hotel del aeropuerto. Los dos están de frente. No se miran. Tratan de no mirarse. Cuando uno mira hacia otra parte, el otro lo mira, a la rápida, sin que se note. Detrás de ellos, como fondo, hay un inmenso ventanal de al menos dos pisos de altura y una fuente de agua.

Pablo observa los transfers descargar pasajeros y a las tripulaciones con uniforme subirse a minivans para irse al hotel. Un inmenso 767 de FedEx cruza a la distancia el cielo y Pablo piensa en Tom Hanks y en la pelota Wilson. Álvaro enfoca su mirada hacia el inmenso y cómodo business center lleno de hombres de traje que le hablan a sus BlackBerrys, que chatean, que revisan el Dow Jones, que memorizan presentaciones en PowerPoint mientras miran CNN en mute.

Pablo juega con el resto de su Sándwich Club, con los cubiertos, con un salero, con unas papas fritas desanimadas.

–¿Tu madre? –le pregunta Álvaro.

–Bien.

–¿Sale con alguien?

–¿No? ¿Tú?

–A veces. ¿Tú?

–A veces. Poco. Es tema mío. No creo que te interese.

–Me interesa.

–Pero son mis temas –le responde–. ¿Le hablabas de tus cosas a tu padre?

–No –responde Álvaro antes de callar un rato.

Silencio breve.

–Mi padre era muy distinto, conservador –le dice–. No hablaba y no me enseñó mucho.

–Tú tampoco me enseñaste nada. Y también eres conservador. Ene.

Silencio.

Largo silencio.

–Hablando de tus cosas…

–¿Sí?

–Cuesta saber de… de ti… Además, tu madre tampoco me cuenta mucho.

–Bien.
–No es fácil enterarse de ti.
–No tengo nada que compartir con el resto. ¿Para qué?
Silencio.
Despega un Lan.
Aterriza un Iberia.
Taxea un Delta.
–¿Te piensas casar un día?
–No creo, no sé. Quizás. A lo mejor. Ojalá.
–¿Ojalá?
–No sé, Pablo; lo dudo.
–¿No voy a tener hermanitos con problemas que yo voy a tener que criar?
–No, no creo.
–¿No crees?
–No.
Silencio.
–Allá conocerás a muchas chicas.
–Pero no podré hablarles –le responde rápido el chico.
–A eso vas: a aprender alemán.
–No voy a aprender en tres meses. No he aprendido en dos años en ese puto colegio nazi. Las rubias, en rigor, no son tan ricas si no se maquillan. Además, no hay nada alemán que me interese. ¿Qué grupos cantan en alemán? ¿Qué películas buenas alemanas has visto?
–Es una potencia.
–China es una potencia. Sería más freak pasar un par de años en Beijing.
Silencio.
–¿Cómo pasaste la Navidad?
–Ahí.
–Te iba a llamar pero…
–Me da lo mismo la Pascua. Son fiestas familiares para los que tienen o creen tener familia. Todo bien, asumido. Igual es puro co-

mercio, viejos pascueros sudados, pan de Pascua seco, curas que manosean pendejos y luego hablan de la puta paz. Mal. ¿Tú qué hiciste?

–Vi la última temporada de una serie que descargué. Al otro día almorcé con tu abuelo.

–No es mi abuelo, es tu padre. Lo he visto dos veces.

Silencio.

–Igual es rico pasar un verano allá, en el invierno, lejos de Valdivia. Te envidio. Te vas a sentir más libre. Te hará bien. Creo que es una buena oportunidad para ti.

–Voy sólo porque mi mamá ahora tiene un mino que tiene como veintiocho y es como procisnes y ecologillo y come semillas y arándanos. Mal. Ahora se quieren ir al norte a fumar pitos, y a mí me fletan a Mannheim, que dicen que es como la ciudad más nada e industrial de Naziland.

–Quizás podrías ir a Berlín. Deberías. Los mejores dj están ahí. Hacen unas fiestas increíbles. Está el Love Parade en el verano.

–Pero voy a estar en el invierno, tapado de nieve, cagado de frío.

–Allá las casas son calientes.

–¿Cómo sabes?

–Me han contado.

–¿Has ido a Europa?

–Todavía no. Quiero ir a Tailandia y Camboya, primero.

–Obvio.

Álvaro mira a Pablo y decide no contestarle.

Silencio.

Más silencio.

Pablo saca el tocino frío de su sándwich y lo deja al lado.

–Mi mamá también se cree joven. Por lo menos ya no se agarra a los universitarios de la Austral. Este hueá es como muy North Face. Tiran mientras ven Animal Planet. Puta: tengo oídos. Mal. Mi mamá me quiere lejos por un tiempo para "vivir" y para que yo no la observe, yo cacho. Como ahora ella tiene plata, se puede dar el lujo. ¿Sigues pobre?

Álvaro no dice nada. Calla. Mira cómo cargan a lo lejos un 737 de Aerolíneas del Sur.

–El Año Nuevo lo vas a pasar allá.

–Seis horas antes que tú.

–Capaz que te toque una fiesta divertida. Con mucha cerveza. No sé cómo celebran allá. Capaz que tu familia adoptiva sea buena onda. Seguro que sí.

–Seguro que esperan que llegue con un traje folclórico y diciendo que fui torturado por Pinochet. Y tú, ¿vas a ir a una rave?

–Estoy invitado al muelle Barón en Valparaíso. Hay una media fiesta organizada por Red Bull. Van a ir ene amigos.

–Wow. Qué suerte. Es cool tu vida. El otro día te vi en el diario en una fiesta medio gay en un hotel fashion todo rojo. Esa mina es como de la tele, ¿no? ¿Te la agarrái? Es rica. Bien rica. ¿Tiene mi edad?

–No, no, es bastante mayor.

Pablo sorbe un poco su Coca-Cola. Mira su teléfono.

–Oye, ¿podrías pagarme una universidad acá en Santiago? Es como cara. Mi mamá quiere que me quede allá, con ella, cerca. Yo no quiero, ni cagando. No podría. Allá, además, no hay Audiovisual.

–Valdivia es precioso. Es la ciudad más linda de Chile. Me hubiera encantado estudiar allá con ese aire, ese paisaje.

–No es una ciudad, es un pueblo grande. ¿Lindo? Relindo, sí. Cuando todos te odian, todo se ve feo. Cuando conoces a todo el mundo y nadie te conoce a ti, dan lo mismo las nubes, el río, el cielo, la lluvia que no para, sigue y sigue. Si Valdivia fuera tan la raja y lindo y la cagada de maravilloso, puta, nadie se mataría. Fuck, ene gente se mata en sitios preciosos, increíbles. París, Seattle, Cali, Mar del Plata. Ene gente increíble se mata, punto. Virginia Woolf en el río Ouse, que es bastante más lindo, dicen, que el puto Calle-Calle.

–No creo que sea tan así.

–Allá no hay nada excepto gente que ve tele y fuma pitos a orillas del río. Créeme. Yo vivo ahí. Sácame de ZAL, por favor. De verdad. No estoy bromeando. Es urgente. Necesito salir.

–Luego podemos ver eso.

–¿Luego?

–Sí, luego.

–¿Cuándo? ¿Cuándo tenga treinta y tres? Nunca, nunca, me has tenido una pieza. No te lo estoy sacando en cara, te lo estoy comentando. Sé quién es Freud. He ido al psiquiatra. Hablamos de ti.

–De qué hablan.

–Cosas mías.

Callan.

Silencio.

Pablo se toma el resto de su bebida y masca los hielos.

–El mino de mi mamá, Facundo, Fa-cun-do, tiene dreadlocks, huevón. Mal. Se cree rapanui porque vivió allá como tres meses y fue una vez al festival de cine que hacen allá y se quedó. Le gusta oler natural porque dice que es orgánico. El hueá tiene el CI de un moái, huevón.

–No me trates de huevón, soy tu padre.

–Tienes como nueve años más que yo. ¿Quieres que te trate de don? ¿De usted, como los cuicos?

–Diecisiete. Tengo diecisiete más que tú.

Callan.

Álvaro lo mira, se fija en el mentón de Pablo. El chico tiene una pelusa fina que el sol que cae por la ventana subraya.

Silencio.

–Te está saliendo barba ya.

–Ojalá. No aún. Igual le doy como caja al Benzac, eso sí. ¿Sabes lo que es Benzac?

–¿Una droga?

Pablo lo mira fijo, a los ojos, y luego se ríe un poco.

–Es un remedio para la grasa. Es una crema. Sudo grasa. ¿Te pasaba?

–No.

–¿No?

–No.

Silencio.

Los dos miran a la gente ir con sus maletas a los estacionamientos.

–¿Seguro que soy tuyo? –le pregunta el chico–. ¿No soy de tu amigo? ¿De ese Roque que se mató en la nieve arriba de un andarivel?

–No se mató arriba de un andarivel. Se mató en la nieve, pero en un refugio. ¿Quién te contó eso?

–Mi mamá. Creo que lo amaba. Ese sí que era un loser, parece. O un freak de primera. ¿Es verdad que yo me iba a llamar como él?

–Sí, pero luego de lo que pasó me negué. Sentí que te podía dar una carga negativa.

–No resultó.

–Ni digas eso.

–Digo la verdad nomás. ¿Cómo se mató?

–Tú estabas por nacer. Fue hace tiempo. Roque realmente no era amigo mío. Por lo que se sabe o se dijo, parece que subió a El Colorado en su auto, al refugio de sus padres…

–¿Donde fui concebido?

–Sí, ahí. Y no había nadie, era como fin de temporada, pero seguía nevando y se metió a una tina y se abrió un par de venas.

–¿Un par?

–Creo. Una de la pierna o el pie. Es como un mito de mi generación. Estaba escuchando The Smiths.

–Mal.

–Lo encontraron congelado en la tina.

–¿Congelado?

–Sí, dejó todas las ventanas abiertas, y la del baño también. A los tres días lo ubicaron. El agua estaba hecha un cubo de hielo. Rojo.

–¡No!

–Sí.

–Me cae mejor. Puta, la cagó. Mediático el culeado. Igual podría ser de él. Quizás mi mamá me está mintiendo.

–Eres mío, ciento por ciento. Tenemos el mismo ADN. Tenía dieciséis años, Pablo. Dieciséis. ¿Te imaginas teniendo un hijo ahora a los dieciséis?

Silencio.

–¿Por qué no acabaste afuera? ¿Por qué no te pajeaste al lado?

–¿Has tirado?

–Hueá mía. Qué te importa. ¿Ahora vas a venir a hacer de padre y querís saber mis cosas? ¿Qué más quieres "compartir"? Esto no es un puto comercial con momentos padre-hijo.

De improviso, Pablo se acerca a él, lo abraza y con su iPhone se toma una foto. Una pareja de ancianos con pinta de escandinavos sonríen y se tocan las manos.

–Ahí. Un recuerdo. ¿Feliz? Un puto momento Kodak-Nescafé-vino en caja. Te lo mando. Muéstraselo a tus minas: tener hijos siempre funciona. Lo encuentran amoroso.

Silencio.

Un silencio largo.

–Era chico, Pablo. Era muy, muy pendejo.

–No tuviste que dejarme botado. Pudiste salvarme, no dejar que me llevaran a esa mierda de Valdivia.

–Un padre no es lo mismo que una madre.

–¿Qué significa eso?

–Que lo lógico, lo natural, es que un niño se quede con su madre.

–Eso es lo cómodo. Lo que te convino, huevón. Lo lógico es que se quede con quien más le puede dar. ¿Nunca has visto *Kramer versus Kramer* en la tele? Hay que querer hacer las cosas. Eso es lo que importa. Si luego salen mal, mal, pero se intentó. Mira, yo una vez tuve un perro. Lo cuidé. Se murió. Pero lo quise. Y era muy, muy pendejo.

–Yo te quiero.

–Cambiemos de tema. Me cargan estos temas. ¿Querer? Es refácil querer. Tengo que ir al baño. ¿Me cuidas el bolso? Tiene candado. Igual no lo puedes abrir.

Pablo camina por un largo pasillo con afiches de aviones antiguos. Suena una música de hotel, orquestada, falsa. Ingresa al baño. Se lava las manos. Luego va al urinario pero no necesita hacer. Se queda ahí. Solo. Regresa a los lavamanos y se lava las manos de nuevo. Se mira. Hace algunas morisquetas. Se toca la nariz. Se aprieta unos granos. Con el pulgar se refriega la nariz y luego lo apoya en el vidrio. La huella del dedo con la grasa queda marcada en forma clara. Con otro dedo dibuja dos ojos y una sonrisa al revés. Extrae otro Ravotril y se lo toma con agua de la llave. Saca el celular, mira la hora. Se toma una foto. Se sienta en el lavamanos. Revisa sus contactos en el teléfono y encuentra mamá.

Marca.

Espera.

–Mamá, lo odio –le dice–. Lo odio. No sé de qué hablarle. ¿Por qué le dijiste que viniera a verme?

Álvaro, sentado en la mesa del restorán del hotel. Mira su celular. Busca a quien llamar pero no encuentra a nadie. Mira la hora en un reloj que está en la pared. Escucha a unos tipos orientales conversar. Álvaro saca un Ravotril de su bolsillo y se lo traga con el resto de agua mineral que le queda en el vaso. Observa el bolso-mochila de Pablo. Se agacha y con la mano toca uno de los bolsillos exteriores. Toca el cierre y lo abre pero no hay nada adentro excepto el trozo de un diario en el que aparece en la sección de vida social en ese hotel fashion junto a esa chica llamada Valeria que es adicta a las bebidas energéticas.

Pablo regresa a la mesa y llama al mozo. Se miran.

–Te demoraste –le dice Álvaro.

–Me dolía la guata.

–¿Estás bien?

–Bien. Un poco nervioso. Por el viaje. O sea, por la llegada. No cacho a nadie allá. Quizás son una familia de serial-killers.

–No creo.

El mozo por fin se acerca.

–Un vodka tonic. ¿Tú?

–Son las once de la mañana, Pablo.

–¿Querís o no querís? ¿Tienen leche? ¿Querís leche?

–Un Jameson, doble.

El mozo parte rumbo al bar.

–Estás… estás más hombre.

–Ha pasado su tiempo. Time flies, dude.

Silencio.

Silencio.

Silencio.

–Este hotel es nuevo –comenta Álvaro–. Lo inauguraron recién.

–Ah.

–El otro día… o sea, hace poco, ni tanto, fui a Buenos Aires, por la editorial, y no pudimos despegar por la niebla, una niebla densa, densa, no se veía nada, pero nada, y cancelaron todos los vuelos y me tuve que regresar a la ciudad y el taxi casi no podía avanzar por la niebla; al final terminé por dormir en un hospedaje muy cutre que daba como asco. Tanto, que no me atreví a sacarme los calcetines.

–¿Y por qué me cuentas esta historia?

–Ah, no… por… por lo del hotel. Es bueno que haya un hotel en un aeropuerto. Cuando se cancelan los vuelos o alguien pierde una conexión es práctico. Si en Buenos Aires hubiera habido un hotel en Ezeiza me hubiera quedado ahí.

–Pero habría estado lleno. Colapsado. Por la niebla. No creo que sólo tu avión no pudiera despegar.

Silencio.

–También sirven para reuniones. Un tipo puede volar hasta acá, cruza, hace la reunión acá, y parte de vuelta. Es bueno.

Silencio.

–¿Supiste del austriaco?

–No –le responde Álvaro.

–La semana pasada. Lo leí en el *Emol*.

–¿Qué?

–Nada, que estoy de acuerdo en que es conveniente que haya un hotel en el aeropuerto. Reconveniente. Sobre todo para el austriaco. Sobre todo para él.

–¿Qué pasó con él?

–Nada, cumplió como cuarenta años o algo así de decadente y, no sé, no cacho, pero le dio la depre, mal, algo le pasó, cachó que era un loser, que nada le había resultado, que había dañado a ene gente y estaba solo y cagado y nada, quiso venir para acá, al fin del mundo, así que se tomó un avión y viajó como nueve mil horas y llegó acá, aterrizó, pasó por la aduana con su maleta llena de ropa y libros en austriaco y cruzó igual que nosotros hasta acá y llegó a este hotel y estaba cansado y pidió una pieza y sacó su tarjeta de crédito y la pagó y subió y se dio una ducha porque el huevón estaba cerdo después de todas las horas de vuelo y cuando terminó, así en pelotas, abrió la ventana y saltó del séptimo piso. El tipo seguía de cumpleaños por el cambio de hora. Su cabeza reventó en el cemento. Salió en el diario y lo leí. Eso. La gente se mata mucho en los hoteles. Eso dicen. Yo he estado más en campings. ¿Te has tratado de matar?

–No.

–¿Lo has pensado? –insiste el chico.

–No.

–¿No? ¿No sientes cómo la culpa te ahoga a veces?

–No. Me ahoga, sí, pero no es para tanto.

–Claro, no es para tanto.

Silencio.

–¿Por qué me contaste esta historia? ¿Es verdad?

–Claro que es verdad. ¿Cómo no va a ser verdad? ¿Por qué habría de inventarla? ¿De dónde sacaría la idea? ¿Por qué creís que la inventé?

–Es que no entiendo por qué me la contaste –le insiste Álvaro–. ¿Qué querías decirme?

–Que un austriaco se tomó un avión y se mató. Quizás le daba vergüenza matarse en Austria. Es un país chico. Yo no me mataría en Valdivia, ni cagando; me mataría en Mannheim o en Shanghai o en Osaka. Matarse igual es como una huevada privada, yo cacho.

–¿Seguro que estás bien?

–¿Seguro que estás bien?

Pablo recibe un mensaje en el iPhone. Un ruido como una copa que se quiebra. Lo mira, se ríe.

–¿Qué es?

–Una huevada. Unos conejos cinéfilos. Un dibujo animado.

–¿Quién te lo envió?

–Alguien. Es privado. Mis temas.

–¿Puedo ver lo que te enviaron?

Le pasa el celular. Mira el corto animado. *Titanic* resumido en treinta segundos. Se ríe.

–¿Bueno? –le pregunta el chico.

–Bueno, muy bueno.

Silencio.

Llegan los tragos, los dos se lo toman al seco.

–Pide la cuenta –le ordena el chico, mirando la hora.

–¿Cuándo regresas?

–El 27 de febrero. Entro el 1 de marzo. Ojalá este año fuera bisiesto. Igual la conexión a ZAL es inmediata, así que no tienes que venir. Aterrizo como a las seis de la mañana, una huevada así.

Silencio.

–Me gustaría...

–¿Qué?

–Que me gustaría...

–Verme más. Hacer cosas. Todo el mundo quiere lo mismo, pero me tengo que ir. No quiero perder el avión. Otro verano quizás, papá. Otro.

Álvaro se queda en silencio.

Mira la cuenta, paga. Álvaro se demora en atinar pero de a poco procesa algo y comienza a sonreír.

–¿Qué?

Silencio. Pausa.

–Nada; me trataste de papá.

Silencio.

Se miran.

Pablo trata de no sonreír, pero sonríe. Los dos sonríen.

Ruido de avión despegando. Álvaro guardando su mochila en la moto. Mira hacia arriba, al cielo. Su celular hace un ruido seco. Lo saca. Es un mensaje. De Pablo. Lo abre. Es una foto. Una foto de los dos. En el hotel.

Cinéfilos

Antes iban al cine, íbamos mucho al cine; al cine que se proyectaba en salas, a esos cines viejos, con las plateas altas cerradas por falta de público. Estamos hablando de hace años, de hace décadas ya, sí, de más que sí, puta cómo pasa el tiempo, tantas películas que hemos visto y tragado y apenas recordamos los afiches, una escena quizás, el cine donde la vieron. Por esos años, la sigla IMDB aún no significaba nada y el 3D era una moda algo bastarda que no tenía ni una puta chance de resucitar desde el estreno sin anteojos de *Tiburón-3D*, el 83 con Dennis Quaid. Una discusión de trivia ("¿qué películas hizo George C. Scott sin Trish Van Devere durante los setenta?") se resolvía días después, indagando en libros del Chileno-Norteamericano o en alguno de esos libros del uruguayo Homero Alsina Thevenet. Nos parecía una gran época, sin duda era la peor época, era quizás nuestra época o no era ni una época, era apenas el pasado que se fundía con el presente y que cada uno quería que pasara para que llegara de una vez el futuro. Los niños entonces aún no eran el target principal, todas las películas daban la impresión de ser para mayores y las cintas infantiles se estrenaban sólo para Navidad o vacaciones de invierno o en extrañas funciones dominicales llamadas "matinales", de las que huíamos como de la plaga. Entonces uno se fijaba en los puntitos blancos en el extremo derecho de la pantalla que indicaba el cambio de rollo y si los carbonos estaban gastados, la pantalla variaba de luminosidad y en las escenas nocturnas no se veía nada excepto "grano". A ambos, cada uno por su lado, en distintas partes del país, en épocas distintas, les tocó ver cómo una película (no la misma, claro) literalmente se derretía frente a sus ojos porque el proyeccionista –el famoso "cojo"– estaba en el baño o durmiendo o mirando esos televisores pequeños recién llegados de China.

Los dos empezaron a ver cine mucho antes de lo que corresponde: no sólo cintas de Disney sino películas en la tele, en la tarde o en la noche; se colaban a funciones para mayores de catorce, a veces hasta para mayores de dieciocho; luego, cada uno empezó con los VHS (yo nunca los coleccioné; él los grababa tres por cassette a la velocidad más lenta), aunque yo quizás vi más en los cines del centro y los programas triples; él se puso al día devorando todo lo que llegaba a los video clubes de provincia. Uno le decía al otro: "Eres muy VHS, ese es tu problema". Cuando apareció el DVD ya se conocían, los ocho años de diferencia no importaban, estábamos en las mismas condiciones de competir en esto de quién había visto más, quién sabía más, quién era capaz de jugar mejor el juego de Kevin Bacon o recitar la filmografía de directores pocos respetados, como Michael Winner o J. Lee Thompson. Más adelante, todo se volvió más intenso e inabordable con las multisalas y los canales del cable y el DVD y luego los torrent y Cuevana y el streaming y PirateBay y KAT y Mininova. Lo que supieron del mundo, la manera como nos enteramos de qué era y cómo funcionaba, la vía por la cual se llenaron de ideas nuevas que los fortalecieron y moldearon, fue consumiendo (devorado, viendo, repitiendo) cine: cada uno por su lado, odiando y envidiando a los que sólo iban al cine los sábados con una chica o con esos mejores amigos que ellos no tenían pero deseaban, para matar el tiempo antes de un carrete o un partido de fútbol, burlándose internamente de aquellos a los que les gustaban las comedias románticas o las cintas de Michael Bay o se dejaban guiar por las estrellitas en los diarios o seguían a actores de acción que Bronson o Eastwood o el mismo

Burt Reynolds hubieran baleado en un segundo, o comediantes para limítrofes como Adam Sandler o Jim Carrey (los odiábamos con pasión, sobre todo cuando actuaban en películas de directores más dignos) en vez de seguir y venerar a directores, o encontraban buena una cinta por el simple hecho de estar nominada a un puto Oscar.

Para ellos, el mejor cine era, al final de cuentas, el que vieron de chicos: desde Van Damme a Willis, películas dirigidas por Avildsen o Joe Dante, cintas con olor a calles setenteras, películas trash de los ochentas. Sentían que nadie respetaba o veneraba las películas que ellos descubrieron, cada uno por su lado, en VHS. Ellos no odiaban a Spielberg, le tenían respeto a Stallone, detestaban el cine político o de arte, no se sentían cercanos al cine latinoamericano y tenían claro que *La mano* era la mejor cinta de Oliver Stone. Los dos amaban *Y dónde está el piloto* y *Súper secreto* y *Sueños de fuga, Superbad, Espantapájaros, Cuenta conmigo* (aunque no estaban de acuerdo con Richard Dreyfuss y su narración: ellos nunca tuvieron amigos así a los doce ni tampoco después), todas las cintas sobre sicópatas mal entendidos, casi todo lo de Eastwood y Jeff Bridges (partiendo por *Thunderbolt and Lightfoot* de Cimino, que hicieron juntos) y las de losers al margen de la sociedad y, por cierto, ciertas buddy movies como *48 horas* o *Arma mortal* o incluso *Gallipoli*, que los dejó impresionados e incapaces de articular una palabra (*See you when I see you / Not if I see you first*). También habían optado por venerar, mucho antes de Tarantino y *Death Proof*, todas las películas de Kurt Russell, incluso *Rescate en el barrio chino*, porque el tipo les parecía cool y seguro de sí mismo y no se tomaba en serio.

Antes del VHS, y paralelo a su apogeo, los cines eran el lugar indicado, el único en rigor, donde ver películas y esconderse de los demás, de la vida, de las cosas que pasaban y no pasaban. Para ellos el cine era sobrevivencia; era compañía; era un refugio, y las mejores películas eran aquellas que les hablaban directamente a nosotros, cara a cara, cintas que, en forma directa o tangencial, nos decían cosas, los aconsejaba, nos hacía la vida más fácil. Ambos, sin querer, supongo, estábamos buscando tener un amigo cinéfilo, un hermano-de-celuloide, alguien con quien compartir esta adicción que no era secreta, pero al no tener con quien conversarlo, al no tener un cómplice con quien administrar esa hambre, se volvía secreta, obscena, culposa.

Cada uno, sin conocerse, pensaban lo mismo: no tengo vida, tengo una no-vida, tengo las películas, por qué veo tanto, si veo una ahora a las ocho, podré llegar a las diez y luego, si veo una más, ya habré pasado la medianoche y luego dormir, que es como seguir viendo algo. Las películas les permitían vivir más que al resto, nos hacían viajar, nos aterraban y calentaban y nos obligaba a pajearnos en nuestras camas con Nastassja Kinski en *La marca de la pantera* o Diane Lane o Jessica Lange en *El cartero llama dos veces* o Michelle Pfeiffer en *Tequila Sunrise.* Ver una película solo, en el centro, me dejaba satisfecho y en calma, a flote a veces, en un mundo no real; él a veces veía tres o cuatro en un día y despertaba pensando en que lo iba a ver al despertar; yo recortaba los avisos del diario y los pegaba en un cuaderno; él tenía una colección de libretas de comunicaciones adaptadas para anotar todo su botín.

Cada uno por su lado, a cientos de kilómetros de distancia, lograron robarse o comprarle a un acomodador en aprietos algunos de los afiches que luego colgaron en sus respectivas piezas: él me contó que tuvo uno de *Los exploradores,* el de *Obsesión* de De Palma y uno que le encargó a un tío que vino a Santiago: el de *La ley de la calle* que vendían en el Cine Arte Normandie. Años después, un domingo por la noche, uno de esos domingos cinéfilos y nublados y fríos, calentados e iluminados con la luz ámbar de mi estufa Toyotomi a la que apodamos Vilmos, como el famoso fotógrafo húngaro, me confesó que tuvo un afiche de *Birdy, alas de libertad* colgado arriba de su cama. Este dato, esta confesión, luego lo usé en su contra mil veces, hasta que la broma se volvió pesada, insistente y empezó a dolerle. ¿Tan mal estabas que te gustó *Birdy?* ¿Tan necesitado de afecto, huevón, tan loser eras, tan solo?

Me acuerdo de que cuando ya no nos veíamos más, a veces me encontraba echando de menos esos domingos en que llegaba con su disco duro portátil (cada año se iba achicando y aumentando en capacidad), echando de menos con quién ir a ver algo, con quién ver algo, supongo que en el fondo lo echaba de menos porque las películas ya no me gustaban tanto, descargué *Birdy* y la volví a ver años después y, por un lado, me pareció peor de lo que la recordaba y, a la vez, mejor: entendí por qué le había gustado tanto en su momento, la razón por la que conectó. Yo tuve los afiches de *Cuerpos ardientes* de Kasdan (queríamos tanto a Kathleen), *The Driver* de Walter Hill, el de *Estallido mortal* de De Palma, que me trajo mi padrino desde Los Ángeles, y uno de una cinta que no me gustaba tanto pero que el tipo del cine Imperio me lo vendió una vez porque necesitaba dinero y yo andaba con mesada: *Albóndigas*, con Bill Murray.

Yo iba a los cines del centro; ahí podía ir solo sin sentirme raro o perdedor ni tenía que esperar en el baño a que apagaran las luces como me sucedía en El Golf o en el Las Lilas o en el puto Las Condes, donde siempre estaba todo el mundo tomado de la mano y comiendo esas almendras confitadas. Él me contó que iba casi siempre al mismo: un cine decrépito pero altísimo de la ciudad de provincia de la que huyó. Cuando él empezó a esconderse en el cine, a querer verlo todo, ese cine estrenaba programas dobles semanales insólitos. Se iba a pie, después de clases, y salía de noche. Ahí vio de todo, ahí en ese cine se formó, o deformó, como bromeaba; en ese cine que ahora está cerrado y vacío tiene quizás los únicos buenos recuerdos de su adolescencia.

Iban al cine, sí, fueron una decena de veces juntos, pero el tipo de cinefilia que compartieron fue más digital, fue más individual, más de pasarse películas o enviarse datos y links por mail. Una vez un cinéfilo mayor, un abogado de cierta fama que conocimos en una fila de una cinta tailandesa para un festival Sanfic, un tipo cascarrabias, pero con una colección de libros de cine impresionante, un tipo que ambos quisieron que los adoptara, que los tomara en cuenta y los respetara, que les hablara de igual a igual, los tildó como "ratas de IMDB" y les sacó en cara no saber nada de cine europeo, de confesar odiar a Raúl Ruiz ("viejo sobrevalorado, pajero, falso, el cineasta que moja a todos los poser") o no admirar a Sanjinés en Bolivia o conocer toda la obra de Glauber Rocha en Brasil o no haber visto nada de Torre Nilsson. Una vez nos preguntó si éramos fascistas o capitalistas, y cuando lo enviamos a ver una cinta de Judd Apatow nos citó a un café de Providencia, donde empezó a hablar pestes de esta generación cinéfila que no le gusta el cine y nos tiró sobre la mesa un par de revistas *El Amante* que nos trajo de un viaje a Buenos Aires, y ahí nos dijo: ahora entiendo que esto es una plaga; ustedes no aman el cine, le temen a la vida.

Con este viejo compartieron un par de meses de cafés y almuerzos y, por un instante, se armó una suerte de pequeña tribu en la cual cada uno cedía un resto y se recomiendan películas y hablaban de cintas de películas que no habían visto, pero todo terminó abruptamente, de sorpresa, sin aviso. El viejo murió de un ataque al corazón mientras se duchaba. Ambos leyeron la noticia online. Ambos se quedaron con unos libros que les prestó. Íbamos a ir al funeral pero no conocíamos a sus hijos, a su mujer, no sabíamos si estar impactados o reírnos o sentir algo.

–Era una amistad cinéfila –me dijo por Skype–. Lo mejor es ir a ver una película en su honor.

Fuimos a la Cineteca, porque él nos decía que nos faltaba "cineteca y cine-arte". Vimos un documental francés y hablamos un poco de este nuevo amigo que perdimos tan rápido e intercambiamos los libros que nos prestó pero nunca lloramos, no tocamos mucho el tema; dejamos que el recuerdo se diluyera y pronto volvimos a ser de nuevo los dos y volvimos a la misma rutina de elevar por los cielos las películas que nos gustaban y de odiar a los críticos que no pensaban como nosotros ("el día que a ese hueá le bajen las bolas, le salgan pendejos y cambie la voz, quizás entienda algo, ese guatón fofo").

Para la época en que se conocieron (los presentó una chica con que salía uno y que me gustaba a mí), el rito de ir a ver cine al cine se estaba volviendo una experiencia poco habitual. Ambos eran cinéfilos caseros. Igual fuimos al cine-cine, por supuesto que sí. Al San Agustín, en el centro; al Rex, a las últimas funciones del Gran Palace. Se sentaban separados, dejábamos un asiento al medio, el que lo llenaban de parcas o chalecos o mochilas con laptops o libros de cine. A veces partían en metro hasta los Hoyts de la Estación Central y nos volvíamos caminando, tal como se volvían caminando por Tobalaba desde el Hoyts de La Reina y a veces se detenían en la Shell de Bilbao a comer algo, café y medialunas, Gatorade, hot-dogs. Les gustaba ese lugar, el segundo piso con sus ventanales, el hecho de que no fuera nadie, que nadie en su sano juicio iba a comer en un servicentro y que todo el tráfico del sitio estuviera en el primer piso, y cuando se quedaban sin tema, cuando dejaban de seguir analizando tal o cual película o hablando mal de tal crítico o se quedaban sin filmografías que comentar, nos dedicábamos a mirar a la gente que entraba y salía, mirábamos a la gente –la gente normal, la gente con hijos, la gente con vida– como si fuera una película realista que no nos interesaba demasiado, nos parecía algo comercial que funcionaba más en el cable o en un avión; la vida como la vivía el resto no nos parecía material cinematográfico, nos parecía aburrida, convencional, predecible. A ambos les faltaba calle y les sobraba cine, no teníamos suficientes horas de plaza, nos faltaron fiestas, carretes, drogas, padres, hermanos, primos, amigos, cómplices.

Antes de que la amistad empezara a diluirse, cuando estaban quizás en el mejor momento, hasta hablaron un día de escribir un guión a medias y mandarlo a un concurso, llegaron a armar vía Google Doc un documento de todas la películas que veían y cada uno votaba del 1 al 7 y hacían anotaciones desde sus respectivos computadores y casas; pensábamos subirlo a un blog, como muchos de los blogs de nuestros enemigos, pero se nos hizo: nuestras opiniones eran nuestras. No vivían lejos, vivíamos en la misma comuna, pero aun así, ya al final, se veían cada vez menos: mails, WhatsApp, mensajes, links, chats, luego Twitter.

Quizás fue el Twitter el fin de todo.

Cuando yo leía lo que iba diciendo, las estupideces que iba tuiteando, cómo intentaba ser parte de la elite y de la "conversación" cinéfila-tuitera, algo empezó a ceder.

Cuando capté que se tuiteaba con el guatón fofo y me trató de intolerante por no aceptar que otros piensen distinto.

Todo pasó tan rápido.

¿Qué pasó realmente?

Poco a poco fueron bajando la frecuencia de llamadas telefónicas y las pocas veces que hablaron de cosas más personales e íntimas terminaron en contactos triviales para hablar básicamente de trivia: Hueón, murió Leslie Nielsen; voy a bajar *Kentucky Fried Movie,* ¿la has visto?

El cine fue lo que los unía, fue el cine el que los unió y quizás, al final, fue el cine el que los separó.

O quizás fue que lo dejé un poco botado, que cuando empecé a salir ya más en serio con Elisa, empecé a ver lo que ella veía: que era un ser lastimado, raro, freak. O como me dijo una vez en la cama: supongo que no crees que tienes cosas en común con ese ser.

Sí, tenía mucho en común, supongo que aún tengo. Una vez nos juntamos los tres un domingo y ella se fue a acostar y nos dijo: los dejo con sus leseras.

Él comenzó a tener nuevos amigos cinéfilos, tipos con cámaras digitales, tipos que filmaban, que postulaban a fondos, que tenían un par de Bafici en el cuerpo.

La cinefilia fue el lazo que les permitía ser o creer ser más amigos y tener más afinidad e intimidad de lo que realmente tenían. Para los dos el cine era algo mayor, una religión, algo que los separaba del resto. No se dedicaban al cine, no éramos críticos ni productores ni trabajábamos en una agencia. Eso los hacía sentir puros, superiores. Uno era dentista, el otro un analista de inversiones. No vivíamos del cine, el cine nos ayudaba a vivir, es lo que nos hacía sobrevivir, aguantar, tolerar todo lo que no éramos capaces de procesar.

Yo nunca fui tanto de coleccionar, pero sí arrendaba mucho. El arrendaba más, porque llegaban menos películas por allá. En el momento peak de la amistad, se juntaban a comer comida chatarra y whisky con ginger ale, y cada uno le pasaba de sus mini discos-duros una cantidad impresionante de películas en torrent: filmes descubiertos navegando por horas en los sitios piratas o en sitios cinéfilos que necesitaban de registro previo. Uno estaba registrado en Patio de Butacas; el otro fue invitado por un amigo gringo a Karagarga. Luego veían una. O arrendaban un DVD Criterion en el Paseo Las Palmas o miraban algún tesoro nuevo o viejo descubierto en el paseo mensual sabatino al Persa Bío Bío. Uno de ellos estaba rearmando su colección de DVD en torrent; no era una tarea fácil. Su inmensa colección de DVD quemados vía Jack The Ripper era su tesoro, pero entendía que era mejor pasarse a lo digital.

Esta amistad cinéfila, esta hermandad cruzada por los estrenos y los clásicos y las películas de culto y de catástrofes y la obsesión de uno de ellos por el cine setentero americano y, del otro, por el terror ("Carpenter, Carpenter, Carpenter; me cago en Hitchcock, bro"), duró varios años. Que haya terminado no debería sorprender tanto, no debería dolernos tanto como nos duele; el pacto no escrito siempre fue claro: acompañarse durante unos años entre sus relaciones con mujeres hasta que se estabilizaran en una supuesta madurez o enmendaran sus rumbos, pero al final todo de alguna manera finalizó, el cine no fue suficiente, cada uno terminó viendo la entrega del Oscar por su lado, a solas, cuando antes, dos años antes, algo así, se juntaban a desayunar y a estar conectados a IMDB para esperar las nominaciones o se enviaban mails llenos de insultos contra los ganadores de Cannes o Berlín o Sundance o Valdivia, y para la ceremonia del Oscar se juntaban a tomar y se despachaban una botella de ron con Coca-Cola y terminaban borrachos hablando tonterías y trivia hasta las 4.00 a.m.

Tuvieron un sitio web llamado Cinefagia, en homenaje a Caicedo, pero sucedió lo que sucede siempre con los hobbies: cada uno posteaba decenas de banalidades y noticias al principio pero, a los pocos meses, no había tiempo o no había feedback. O lo había pero de freaks, de tipos demasiado raros que querían conocernos, un sicópata de Concepción nos enviaba trozos de guiones de los estrenos de la semana pasada y una mina solitaria que insistía en enviarnos fotos de Julie Andrews, "que le gustaban tanto a su madre". Luego apareció en el sitio un troll de nick PaloAlto77, que era un demente de Iquique y que nos enviaba links relacionados con James Franco. Terminó por alterarnos, sobre todo cuando amenazó con matarse y luego matarnos por un ataque que escribimos en el sitio a Annapolis y al culto hacia Franco, "este actorcillo que se cree intelectual", y luego porque encontramos sobrevalorada *127 hora*s porque ambos odiábamos a Danny Boyle.

Justo por esos días grabaron su primer podcast, donde se centraron en *The Taking of Pelham One Two Three* y el remake con Travolta y Denzel Washington. Habían tomado mucho, hablaron a garabato limpio, hablaron de minas culeables, de Emma Stone, de que las hermanas Fanning eran follables, que las tetas de Carla Gugino... A los pocos días, cuando lo escucharon les dio vergüenza y pudor y optaron por botarlo.

Nunca volvieron a grabar un podcast.

Se dedicaron a escuchar los de otros –Filmspotting, por ejemplo– y a seguir a unos críticos con páginas web y a odiar y asquearse de las opiniones de los otros, de las agallas de los otros, del éxito y la libertad y la posibilidad de los otros de hacer lo que querían.

Ahora cada uno está por su lado, viendo sus películas en el computador; ya no tenemos con quién comentarlas. Cada uno, de seguro, tiene su versión de lo que pasó, por qué ya no son amigos, por qué ya no van al cine o no ven cine o no hablan de cine o no se juntan los domingos a esa reunión cinéfila dominical, ese encuentro íntimo y sagrado, cuando ambos estaban más solos y a la deriva de lo que jamás pensaron estarlo. Ambos, una de esas noches de domingo, quizás se dieron cuenta de que la vida es más que cine, la vida es más que tu amigo loser, la vida es más que hablar de trivia y competir por quién ha visto más. Ya no creían esas frases de directores famosos: si amas el cine, amas la vida.

El cine es el arte que desafía la muerte. No lo tenían claro, estaban dudando.

Amaban el cine porque odiaban la vida, punto.

Uno dice que fue una discusión a partir de *Atlantic City*, de Louis Malle, en un restorán chino que luego siguió en mi casa con media botella de Stoli que me había regalado mi hermano para mi cumpleaños y la conversación terminó en una discusión con insultos cuando él atacó a Mallick y confesó que nunca le había parecido bueno, que había mentido, que *Badlands* no está mal, pero *Días de gloria* es una "paja de la hora mágica", y luego yo me tiré en contra de *La delgada línea roja*, que yo sabía que él quería y se sabía la voz en off de memoria, pero aun así la ataqué para molestarlo, para herirlo, y de ahí, no sé cómo, saltamos a Sam Fuller y *White Dog*, a tomar bandos por el Scorsese post *Buenos muchachos* hasta que terminamos insultándonos a nivel personal: hueón solo, hueón necesitado, hueón frustrado, hueón cínico, hueón escindido, hueón raro, hueón cinéfilo.

Ambos nos tratamos de cinéfilo al mismo tiempo.

–Sin cine, no existes.

–Si no tuvieras tus putas películas, ya te hubieras matado.

Nunca se volvieron a ver.

O sí, nos vimos, pero de paso.

Nos volvimos a topar.

Uno estaba con una novia que tampoco iba a durar tanto, el otro con un amigo más joven, gordo, casposo, con una polera de la *Star Trek* de Abrams. Se toparon en el cine. Iban a ver cosas distintas. Uno vería algo de unos hermanos belgas; el otro un blockbuster en 3D.

No supieron qué decirse, dudaron en saludarse, se divisaron y cada uno optó por hacerse el desentendido.

Al final se mandaron un mensaje de texto. Perfectamente pudieron hablarse a la cara, mirarse a los ojos, acercarse unos metros.

No lo hicieron.

–¿Qué has visto? ¿Has visto algo bueno?

–Nada, hueón. Nada.

Esa noche, cada uno por su lado, en su departamento, encendió el cable y luego de un zapping por todos los canales, captaron que estaban dando *El enigma de otro mundo* de Carpenter con Kurt Russell.

Cada uno miró su iPhone.

Cada uno quiso llamarse, conversar, avisar; cada uno quiso enviarse un mensaje, un link.

No lo hicieron.

No lo hizo.

No lo hice.

Peleando a Rocío

Es que tú no me vai a creer, huevona, te juro por Dios, si apenas lo creo yo, así que imagínate. No hay caso, no puedo entenderlo, cómo hay gente que puede cambiar tanto, ¿cacháí?... Si mi vieja tiene razón: cuando la gente nace loca, nace loca. Cuestión genética. Pero lo que yo no cacho es cómo alguien que nace decente, de buena familia, tú sabís, como nosotras, mejor incluso, puede volverse tan... no sé, tú cacháí, cómo esta comadre de la que te estaba diciendo, esta amiga mía, pudo cambiar tanto, ciento cincuenta por ciento, una cosa impresionante que no se explica, como lo que te dije el otro día, pero tú no sabís nada, no alcancé a contarte, con lo del sábado lo supe todo y hasta me puse a averiguar si todo era verdad, revisé los diarios, te juro, a la hora del almuerzo, lo leí cagada de miedo, pero déjame seguir...

Bueno ya, pidamos otros dos, pero no tan secos, capaz que nos curemos, mira que con esto de recortar diarios no he almorzado nada, he estado súper preocupada, te digo. Incluso don Edmundo me preguntó si tenía algo, me sentí más mal, última, imagínate, averigua algo, puede pasar cualquier cosa, quedaría como chaleco de mono y... oye, no es por pelar, galla, pero fíjate esas comadres que recién entraron, seguro son putas, yo no sé cómo las dejan entrar, ese tipo de minas les baja el nivel. Observa a la del buzo de cuerina, se parece a la Nelly, la de contabilidad, ¿no encontrái?, chula de mierda. Para mí que se tira a este gallo nuevo, de finanzas, que antes estaba en la sucursal de Coquimbo. Pero mira a esta, fíjate en las uñas: azules. Lo peor. Típico de minoca de villa rasca. Después las huevonas se creen la raja por andar metidas acá arriba, cuafas de mierda, lo único a que vienen es a buscar ejecutivos lateados. Me sacan de quicio, arribistas calentadoras de huevas. Yo no entiendo cómo la Rocío se metía con gallada como esta, incluso más última porque por lo menos estas chulas se arreglan y no cachan nada de nada, sólo leen la *Vanidades*, esa onda, en cambio estos tipos andaban con ponchos y huevás chilotas con olor a oveja y a vino caliente, recitando manifiestos todo el día, leyendo libros rusos, de esos que se desarman, enfermos de densos y puntudos. Realmente me repelen…

¿A ver?, ¿qué hora es? Descueve, después tomamos un taxi, yo pago, pero déjame contarte, huevona, que si no reviento. Este tipo de cosas no suceden siempre. Además, a ti te encantan los cahuines, soy la reina del pelambre en la oficina, no te vengái a hacer la desinteresada ahora, yo te cacho, no podís ser tan mala amiga, no podís ser tan maricona…

Veamos… Pásame otro pucho. Se suponía que lo iba a dejar pero nunca, pelar sin fumarse un cigarrito es como imposible, ¿no creís?, como que nada que ver… Bueno, la cuestión, galla, es que el sábado me llamó una amiga, la Marisol Lagos, tú no la conocís, me hice amiga de ella en un "pre", en el Ceaci, pero igual no me dio el puntaje, total, media huevá, gano el doble que todas esas huevonas de mis compañeras de curso que entraron a la universidad, se sacaron cresta y media y ahora están muertas de hambre, andando en micro, haciendo el ridículo más grande… Bueno, hay para todo, ¿no?, digo yo, cada uno cava su propia tumba… Bueno, déjame contarte de esta galla, la Marisol Lagos, más loca que una cabra. Tampoco entró a la universidad, así que se dedicó al arte, a puro huevear, a pintar poleras y diseñar abrigos y cuestiones así, moda, que vende cualquier cantidad. Después se metió a teatro de puro loca, pantomima, esa onda. Ahora trabaja en una galería en Bellavista, lo pasa la raja, de miedo, conoce a todo el mundo, la cachá de gente conocida, famosa. Incluso la Raquel Argandoña es amiga suya, siempre le va a comprar. A quién no conoce esta galla, ubica a la gente más extraña de este país, que es más de la que te imagináí. La Marisol lo pasa regio, ni trabaja, puros cócteles, exposiciones, premières, festivales, qué sé yo. La cuestión es que me llamó esta galla para invitarme a una cita a ciegas, a un carrete new wave, una huevá de pintores, una especie de inauguración de cuadros con fiesta y música, de un grupo más raro que la chucha, como de la onda argentina, supongo, para bailar. Yo le dije que sí, tú sabís, para que después me llame este huevón del Hernán y nos descueremos por teléfono, no valía la pena. Así que me traté de vestir lo más loca posible, onda punk, taquilla, cualquier cosa para no parecer fuera de foco, un look como lo que vende la Paula Zobeck. Le pedí a mi hermano chico, que se jura Soda Stereo, su gel. El pendejo me lo vendió, pero igual se lo saqué gratis y me hice un peinado para cagarse de la risa, como espinudo, aunque con el calor que hacía se me deshizo y llegué a la casa con pinta de bataclana barata. Lamentable, pero bueno...

La Marisol es más loca que un tiro, mucha careta y esa onda para caer bien. Saludó a todo Chile y a varios huevones de la tele. Coqueteó firme con ene tipos y eso que se está afilando a otro huevón, un productor musical el descueve, súper rico el compadre, como mezcla de intelectual y boxeador, con una cola de caballo atrás. El tipo que se suponía era para mí, era más que extraño, te juro que te cagái en tres tiempos. Onda marciano, maraco, drogadicto, yo no caché. No era feo, pero tenía todo el maquillaje corrido y empezó a jalar coca ahí mismo, sacó una cucharita y me convidó. Súper exótico el compadre, ¿no encontrái?, pero como que me urgí la muy huevona, no tengo idea por qué, total, todo el mundo jala, cosa de ir al Oliver, pero bueno, qué querís, así soy yo, conservadora. El gallo este, olvídate cómo se vestía, una jardinera naranja sin nada debajo, te juro, se agachaba y se le veían todas las huevas, pero le daba lo mismo porque dicen que todos estos artistas van a una playa nudista y se meten todos con todos, hombres con hombres, mujeres con mujeres, da lo mismo y pintan las rocas con cómics y tonteras. El huevón ni me pescó, partió a juntarse con un uruguayo que bailaba hecho una loca y "querido" pacá y pallá y yo al medio, sintiéndome como el forro, parando el dedo, así que atiné, di una vuelta por el galpón, y me dediqué a mirar las pinturas, paredes enteras rayadas, cuestiones como de cabro chico, no entendí ni pico, unos mamarrachos súper raros. Decidí, entonces, cachar la onda que se estaba tejiendo: la decadencia misma. Ni en Nueva York. Estaba esta tipa nueva, la que hace de mala en la teleserie, reventada hasta decir basta. Chata, tirada en el suelo. Se veía última de carreteada. Y todo el mundo en el mismo volón: piteando, tomando, unos punks medio rascas quebraban botellas, otros se empujaban y se pegaban, cualquier onda, como de película, galla. Por suerte empezó el show y salieron unos huevones rajas de cocidos –o inyectados, no sé–, unos pendejos esqueléticos, rapados, todos sucios, llamados los Pinochet Boys, que le escupían al público. Todos pedían más. Después del grupito este, que ni se sabían las letras de las canciones, apareció este otro grupo: Degeneración Espontánea. Ahí no más. Pero cuando voy cachando que el que toca el bajo, así medio escondido, con una camisa llena de figuras, de esas que venden en Fiorucci, ¿las ubicái?, es un huevón que conozco. ¿Adivina quién?

Me trae dos traguitos más, porfa... un millón, gracias... Como te decía, resulta que el compadre este, con el pelo corto como milico a un lado, crespo y largo al otro, es –o era– el marido de la Rocío Patiño, esta súper amiga mía del colegio, esta huevona de la que yo te he hablado. Así que de ahí que te podís andar imaginando la impresión, galla; estaba más cachuda que la cresta por saber qué hacía este huevón, Ismael se llama, en una parada como esa y con ese corte de pelo. Ahora, para qué te cuento cuando el compadre se largó a hablar... Si eso de que la vida te da sorpresas, sorpresas te da la vida, es verdad. Te juro. No puede ser más cierto, cosa de fijarse en la Rocío Patiño no más.

Pero déjame empezar de cero... No puedo ser tan maricona, si esto es súper serio, trágico, te juro. No me hagái reír. Después vas a ver que tengo razón... No voy a demorar demasiado, tres o cuatro puchitos más... Si aún es temprano, falta ene para el toque. Además, igual no tenís mucho que hacer, así que qué te importa. Déjame seguir: bueno, como ya sabís, con la Rocío éramos amigas, pero amigas desde el colegio, poto-y-calzón, amigas de toda la vida. Si hasta nuestros padres se conocían desde siempre, hasta del club porque la Rocío –mira la bruta con suerte– vivía en una casa que no te la creerías, fabulosa es poco, como para *Vivienda y Decoración*, una cuadra entera en Los Dominicos.

En esa época, te hablo del 78 o 79 ponte tú, como en primero, cuando ya éramos amigas, porque, ¿a ver?, yo entré en sexto, y después en séptimo, sí, claro, ya en primero medio íntimas qué rato, inseparables. Me acuerdo que en ese tiempo había toque, bueno, igual que ahora no más, una lata, mucho peor, pero igual nos arreglábamos para pasarlo bien, salir con chiquillos –encuentro tan cuma esa palabra–, con gallos, carretear, vida nocturna. Típico que íbamos al cine, a patinar al Shopping. Dime que nunca fuiste, ¿te acordái? Era la papa, iba todo el mundo; no como ahora, súper pasado de moda, una lata. Todavía no pololeábamos y nadie manejaba aún –creo que ella nunca aprendió; bien huevona, teniendo tantos autos, digo yo–, así que dependíamos de los viejos para que nos fueran a buscar. No nos dejaban andar con tipos en taxis. Menos en micro. Súper cartuchos, tan huevones los viejos, que no lleguen tarde, tempranito en la casa, mijita, cuando no saben acaso que los hoteles abren de día y que si una quiere echarse una cacha –dime que no, galla– puede ser a las tres de la tarde, cagada de la risa, sin ningún problema. Además, tanto cuidado, tan urgidos, si al final el tiro les salió por la culata... Siempre preocupados de las amistades, de qué nivel eran, si eran GCU, de colegios privados. A todo control. Pobre que saliéramos con algún hijo de un empleado público. Éramos más fijadas. Así nos criaron, los tipos debían ser del Verbo Divino para arriba. Mi hermano, pobre jetón, en cambio, por hacerse el rebelde, terminó casándose apurado con esa chula de la Valeria –se casaron de ocho meses, cara de raja– y allá lo tenís viviendo en no sé qué mierda de paradero de Santa Rosa. Claro que esto fue hace diez años, porque la Rocío, con lo clasista que era, ni saludaba a la Valeria. La miraba en menos. Después, puchas la sorpresita que nos vino a dar.

La Rocío en esa época viajaba a cada rato, onda todos los veranos. Su viejo era dueño de una empresa importadora y traía tragos, chocolates, equipos de música. Tenían cualquier plata. Bueno, en esa época todos teníamos. Así que siempre traía cualquier cantidad de cosas de Estados Unidos, cuestiones que aún no llegaban a Chile, revistas, cuadernos con la Farrah Fawcett en la portada, cigarrillos. Era el tiempo de la Donna Summer y los Bee Gees, se compraba todos los álbumes de moda, *Gracias a Dios que es viernes*, *Grease*, y ropa súper taquillera para ir a bailar onda disco. Como ella tenía ene ropa, me prestaba y salíamos a bailar. Nos veíamos el descueve, dejábamos la tendalada...

¿Querís otro? Yo pago. Sí, en realidad, esperemos un rato más, yo también estoy media curada... increíble... bueno, como te decía, la papa era la Disco Hollywood. Quedaba en Irarrázaval, si sé, no es culpa mía. Por eso fuimos sólo dos veces. Después la Rocío se puso a pololear y Juan Luis encontraba de rotos la onda disco, como de portorriqueños, de latinos. No dejaba de tener razón, te digo, porque la verdad es que se chacreó, se llenó de chulos con brillos, el huachaca look, así que decidimos refinarnos y filo con la Hollywood y nos saltamos el furor de la salsa que, por suerte, duró repoco.

Sabís que me acuerdo de una vez, hablando con la Rocío –creo que estábamos en el Giratorio, tomando unos tragos como ahora, lateadas–, y ella me dijo que resentía no haber sido más loca, más reventada, porque por mucho que una se pueda arrepentir después –si es que una se arrepiente–, igual eso no se quita, ¿me entendís?, onda "lo comido y lo bailado", porque para qué vamos a andar con huevás, entre pasarlo bien y pasarlo mal, mucho mejor bien, ¿no encontrái?

Claro que eso fue antes de Juan Luis, meses antes. No sé, de repente creo que por eso hizo todo, para probarlo todo, ver qué pasaba y después ver, rebelarse por la mala suerte que tuvo, no sé, quizás se agarró muy fuerte nomás, se autoconvenció. A lo mejor... como que nada que ver que te cuente todo esto, no sé, como que no puedo dejar de hablar, de recordar... no puedo ser tan peladora, galla, tan re-con-cha-de-mi-ma-dre, o sea, mal que mal, somos –fuimos– amigas, súper amigas, yuntas y todo, tú sabís, pero las cuestiones cambian, se ponen distintas...

Necesito otro más, ¿qué te parecen unos gin-tonics? Además hace un calor asqueroso. Ahí viene el compadre... Sí, dos gin-tonics y unas cositas para picar, ¿tenís maní o nueces?

Perfecto. Gracias... Me perdí... ¡Ah, ya...! Lo que pasa es que del grupo de mujeres del curso éramos las más fomes, te juro, si yo era más tranquila que una foto, aunque te parezca increíble. No éramos gansas sino más bien, cómo te digo, no sé, "sanas", tranquiléin, ¿tú cachái?, como la Marcela Gutiérrez, de finanzas, así, de esa onda, pero menos gordas. Atracábamos súper poco y eso que no nos faltaban oportunidades. En realidad, la que atracaba era yo –todavía no se me quita el hábito, huevona–, ella sólo tuvo una caída con el Javier Hamilton en un retiro en Punta de Tralca, pero después volvieron al colegio y nada. Una pena porque era bien bueno el Hamilton, onda rebelde, pasaba todo el invierno esquiando. No iba nunca a clases, se juntaba con gallos del Marshall. Me acuerdo que se amarraba un pañuelo rojo en el pelo, a lo indio. Se veía el descueve. Además tenía un toque intelectual, lo que lo hacía aun más atractivo. Siempre se leía los bestsellers de moda y me subrayaba las partes calientes para que así yo no tuviera que mamarme todo el libro. A mí, te digo, me trastornaba. Como que nadie podía agarrarlo, así que me dio un ataque al pelo cuando la Rocío se metió con él. No le hablé durante una semana. Estaba más choreada que la mierda; no podía creerlo.

Aparte de ese atraque con el Javier Hamilton, que a todo esto vive en Brasil, se apestó de Chile de lo chico que es y se fue para allá y se dedica a dar clases de windsurf en un club Mediterranée. Me lo contó una amiga que estuvo ahí para su luna de miel. Incluso hace de gigoló con las gringas que le pagan cualquier plata para que se las tire. Yo también pagaría, te digo. Me encantaría verlo de nuevo. Ahora me acostaría con él, ni tonta. Siempre quise, pero nunca me atreví. Claro que el huevón nunca me lo pidió...

Aparte de este mino, entonces, pololeó primero con el Hugo Vaccaro, este que se está por casar con la Virginia Artaza, la que salía en ese réclame de zapatos. Si sé, es última, no sé cómo la contrataron. Las feas siempre tienen más suerte. Con el Vaccaro pololeó en primer año, como tres meses, nada serio. Además, cómo tener algo serio con ese tipo, tan blanco, parecía tuberculoso, no sé, me daba asco. Me carga la gente tan blanca. Se me imagina que nunca veranean. Después de esta cosa anduvo tranquila. Sólo ese atraque en las dunas con el huevón del Javier Hamilton. Hasta que el Juan Luis llegó a su life.

Me acuerdo que eso me cagó la psiquis. Me la cagó harto, especialmente cuando caché que eso iba en serio y que yo tendría que quedarme sola no más, tocando el violín, sin tener a nadie serio. Tú que eres sola, galla, me entendís. Rápidamente capté la movida y me di cuenta de que el Juan Luis era su hombre y que eran tal para cual. Si el tipo se juraba perfecto, el hijo que toda madre desea: todo compuesto, chalecos abotonados, viajes a Europa, fundo, estudiante de Derecho, beato, de la onda de comulgar en la misa de doce. El Juan Luis, si tú quieres, me la arrebató. Me quitó a mi mejor amiga. Nunca tanto pero algo así. O sea, igual nos seguimos viendo esos dos años que aún quedaban de colegio; pero nunca de la misma forma.

Fue bien penca. Yo estaba más que choreada, quedándome los sábados en la casa viendo *Noche de gigantes,* esa parada, imagínate, no quería saber nada de nada. O sea, lo que se llama estar parqueada. Atroz. Así que decidí salir un par de veces con un amigo de Juan Luis, que también era polero, para airearme un poco y cachar la onda de la Rocío. El compadre que me tocó –si las citas a ciegas son lo peor, deberían prohibirlas– era una bosta. Para variar. Todo apretado como sacando pecho, entrando la guata, mostrando el poto y el paquete. No, si te digo, cada huevada que me ha tocado. Y para más remate era colorín, le transpiraban las manos, ¿sabís lo que es eso?, me pescaba la mano en el cine, ponte tú, y parecían gualetas mojadas, no sé, unas cosas frías, como pescados. Para buitrear. Por suerte no atraqué con él. Se llamaba Iván. Claro, Iván Chadwick, pariente de estos gallos gobiernistas, súper de derecha. Mi viejo estaba chocho. Una vez salimos los cuatro al cine, vimos *Gente como uno*, me acuerdo, título más que adecuado, y después pasamos al Otto Schop y el Juan Luis con el Iván se largaron a hablar de política, que los milicos y la oposición, dale que dale, como cuatro horas, no sé para qué hablaban tanto si los dos tenían las mismas ideas y no había que convencer a nadie, pero tú sabes cómo son estos gallos de derecha, de alguna manera tienen que sacar sus represiones para afuera, y comenzaron a tirarles mierda a la decé y a los comunistas, qué sé yo, no cachaba ni una, estaba más lateada. Lo que más me sorprendió fue que la Rocío se metió en la conversa y se lanzó contra Frei como si hubiera sido profesor suyo y chuchadas contra la UP y hablaron ene de la nueva Constitución y del plebiscito ese, ¿te acordái?, yo ni voté, no tenía edad. Igual hubiera votado. ¿Que si yo cacho? No tengo nada contra el gobierno, en realidad no lo pesco pero, a decir verdad, a mí Pinocho no me ha hecho nada, así que nada que ver que yo vote contra él o me ponga a alegar como los huevones de contabilidad que son unos rotos resentidos sociales. Lo que me sorprendió en todo caso era que la Rocío hablaba del Pinochet como si fuera ya lo máximo, onda Pinochet o nada, que si no hubiera sido por el golpe estaríamos todos plantando arroz por Colchagua y usando ojotas, que el país se salvó así por tan poco, que seríamos peor que Cuba, que el 11 de septiembre iban a matar a todos los momios, que eso estaba comprobado. Escuchándola hablar como hablaba, caché que ya no era de mi onda, que se había pasado al bando intelectual y que el Juan Luis se la había engrupido bien engrupida y ya no había nada que hacer.

Y así pasaron esos dos años, todo el día juntas en el colegio, estudiando para las pruebas, metidas en los mismos grupos de biología o castellano, pero después de la hora de once todo era Juan Luis, que a todo esto era como un genio porque apenas tenía un año más que nosotras pero ya estaba en tercer año de derecho cuando la Rocío entró a la universidad. A la Universidad de Chile para su desgracia y la de sus viejos, porque justo ese año hubo demasiados buenos puntajes y eso que ella tenía uno súper bueno, mucho más que 700, pero no hubo caso. O la Chile o nada. Se matriculó en la Chile. No le quedaba otra.

La graduación, que no fue tan mala como dicen, la hicimos en el Sheraton y todo. Yo fui con un gallo bien estupendo, holandés, hijo del agregado cultural de la embajada, amigo de mi viejo, así que todas me miraban cagadas de envidia. Además, andaba con un vestido la raja, súper rebajado. Me veía estupenda.

Después de la fiesta, que duró toda la noche, partimos a la playa. En caravana hasta llegar a Santo Domingo, a la casa de una compañera de curso. Yo con este gallo Horst nos metimos al mar en calzoncillos –yo en sostén, obvio– y eso escandalizó a todos. A mí eso me calentó más que la cresta, y como andaba con ene trago, la Rocío me retó. Me dijo que las estaba cagando, que por favor me ubicara, que Juan Luis estaba furia, y eso me emputeció. Desubicada de mierda. Todo porque el imbécil de Juan Luis no la tocaba, era más virgen que la chucha, pura paja, seguro. Armó medio escándalo y la manga de huevones se acercaron a ver qué pasaba. Yo, verde, te digo. Si nada que ver tanto hueveo, si uno se gradúa una sola vez, media cuestión que me bañe en calzones. Además, puchas, éramos amigas, ella me cachaba, si antes cada locura era festejada, nos cagábamos de la risa por todo, ¿cachái? Imagínate que a ella le vino su primer período en mi casa. A ese nivel de intimidad, puh galla. Yo la consolé y le expliqué todo porque a la cartucha de su vieja le daba vergüenza ese tipo de cosas y nunca le dijo nada. Yo supe de su primer beso y ella igual, onda que nos prometimos una hermandad eterna: fue un domingo, a mí ya me había llegado la regla, así que estábamos chochas de ser mujeres por fin, y como mis viejos andaban en el campo saqué champaña de la bodega y celebramos y bailamos en sostenes y después nos empelotamos para miramos al espejo, nos pintamos como putas y hacíamos poses frente al espejo a lo *Playboy* y nos tomábamos polaroids que después quemábamos y de puro reventadas agarrábamos las almohadas y nos imaginábamos que eran compañeros de curso...

Fue súper loco... Ninguna de las dos éramos calientes ni nada por el estilo, trece años, galla, y después nunca tanto, pero ese día –puta que ha pasado el tiempo– decidimos que nuestra niñez ya estaba finalizada, que las Barbies y los Ken eran cosa del pasado, así que decidimos juntar todas las muñecas que teníamos, toda esa ropa en miniatura, y regalársela a una prima de la Rocío. Nos había llegado la hora en que una se pone a llorar por los gallos, hace diarios de vida, corazones en los cuadernos, llama por teléfono y cuelga. A mí ya me gustaban como tres compañeros de curso y como ocho de los de tercero medio, huevones de diecisiete que una juraba eran los tipos más maduros del mundo. Éramos más tontas, más gansas. Coleccionábamos recortes de revistas, posters de la revista *19*, fotos de los Bee Gees, del Peter Frampton, del de barba de Abba, qué sé yo, Shaun Cassidy, ese tipo de gallos. Esa noche de la curadera nos juramos ser amigas para siempre, no criticarnos, por eso ese día en Santo Domingo, yo toda mojada y la Rocío histérica, cambiada, con ataque de moral, hecha una furia porque me bañaba en calzones frente a todos, con un extranjero todavía que apenas conocía, qué iba a pensar de las chilenas, que éramos unas putas igual a las europeas, ella conocía Holanda y la juventud era un asco, toda drogada y punk, galla, y eso me sacó de quicio, me pareció una falta de respeto y la mandé a la misma chucha, le dije que estaba enferma, que el Juan Luis le había lavado el cerebro, que lo que a ella le hacía falta era una buena cacha y listo. La Rocío se dio media vuelta, me dijo: "Dios sabrá qué futuro te espera; me das pena", y yo partí de vuelta a la playa, pesqué al Horst, me lo atraqué en la arena como una ninfómana, urgida a cagar, nos fumamos unos buenos huiros y nos metimos a la casa, nos encerramos en una pieza y me culeó. Fue mi primera encamada y no sé si me gustó, sólo quería ver si yo era capaz, pero lo único que hice mientras el huevón estaba arriba mío sudando como un animal fue pensar en la Rocío, que ojalá hubiera estado ahí mirando y que el Juan Luis fuera el huevón que estuviera metiéndolo y sacándolo.

Por qué no me pasái otro pucho, porfa... como que lo necesito... Pídete dos gins más, total yo pago. No puedo cortar el cuento ahora, tengo que seguir contándote. Déjame seguir.

Bueno, después de eso como que se levantó una muralla, no nos llamábamos por teléfono, aunque cada una se moría por hablar, esperando al lado de él, viendo si sonaba. Y cuando llamaba hacía que la empleada contestara y tomara el recado. Le devolví la llamada varios días después. A todo esto, el Horst estaba más caliente conmigo y a mí francamente me apestaba. Me hacía recordar todo lo que pasó. Igual pasé un Año Nuevo con él, metida en la Gente, que recién se había inaugurado. No sé por qué tenía la tincada que me iba a encontrar con la Rocío y su tropa de amistades nuevas. Después de la primera encamada, sólo lo hice una vez más con el Horst, en un motel con una feroz tina, bien de puta, por Vicuña Mackenna abajo, pero fue bien como las huevas. No sentí nada. Nunca lo volví a ver. Por suerte.

La Rocío finalmente me llamó –creo que obligada por su mamá, que es súper gente, amiga de mis viejos y de mi tío, que siempre compraba cosas de Hong Kong en la oficina de los Patiño– para convidarme a veranear unos días a la casa que habían arrendado en Cachagua. No sé por qué, pero fui. Fue el fin del fin. Todo muy diplomático, ¿cachái?, pero cero comunicación. Nada. Primero, estaba con su lindo. Piezas separadas, of course. Juan Luis me odiaba. Eso estaba más que claro. Segundo, nadie me pescaba. Toda su gente y sus amistades me hacían el vacío, apenas me saludaban. Todos se creían franceses veraneando en Mónaco, millonarios a cagar los culeados. Así que te podís imaginar esas dos semanas. Sola, en la playa, al lado de esta parejita que ni se miraban mucho para no correr peligro. Leí como loca ese verano. No había más que hacer. Si ni hay discotheque en esa playa: caminar, andar a caballo, jugar naipes. Horror. Leí ene, incluso cosas densas como Lafourcade o el Pablo Huneeus. Habían salido los puntajes de la Prueba de Aptitud y a mí, para más remate, me había ido como el forro, último, y la Rocío medio ni que puntaje y hablaba por los poros que iba a estudiar psicología, a tener su consulta privada, que le gustaría tener como pacientes a científicos y hombres de negocios que están sometidos a mucha presión. Yo mutis. Todos juraban que yo era una imbécil. Media huevá. Me da lo mismo lo que piensen de mí. Total, yo siempre pienso algo peor sobre ellos.

Por fin pude regresar a Santiago –metí la chiva de que estaba con fiebre y tenía que buscar un lugar para estudiar alguna carrera "no profesional"– y, te digo, nunca esta ciudad apestosa me pareció tan fabulosa y eso que hacía cualquier calor y las calles estaban vacías.

Así pasó el tiempo, yo entré al Manpower y ella –aquí comienza lo bueno–, por una jugada del destino, de pura mala suerte –o buena, nunca se podrá saber–, queda en psicología, pero en la Chile. Horror en la familia, Juan Luis mudo, nadie quería aceptarlo. Lo importante, como le dijo su tía a mi vieja, era que no se pervirtiera, que eligiera a sus amistades con pinzas.

La vi después para su cumpleaños, en su casa, fui con un naval que conocí un fin de semana en Viña y poco menos que el Juan Luis se enamoró de él porque hablaron toda la noche de seguridad, de armamentos, sobre la guerra de las Malvinas que estaba de moda, si era verdad que Chile ayudó a Inglaterra. La reunión estuvo como fome, los típicos amigos de Juan Luis, como tres amigas de psicología: una galla argentina, una tipa bien pecosa y una rubia súper tímida que me dijo que su escuela estaba plagada de comunistas y que lo único que hacían eran redactar cartas y denuncias, que no estudiaban nada y después los muy frescos les pedían sus cuadernos para fotocopiarlos. Al final terminaban sacando mejor nota que estas minas mateas. La rubia me contó que nadie quería al grupo de la Rocío y las otras gallas bien, que las miraban en menos, las tildaban de "fachas Shopping Group" y se reían de sus prejuicios burgueses. La más odiada era la Rocío, que ni los saludaba y que se negaba a ir a los paseos a Cartagena, a los malones que duraban toda la noche y a esas peñas horrorosas con vino caliente y canciones de sangre y fusil. Incluso me contó que la Rocío tenía serios problemas con la comandante del curso, una tal Lía, que usaba una trenza a lo guerrillera y tenía como treinta años, antigua exiliada en Suecia que se metió a la mala a Chile y que dominaba toda la Facultad de Filosofía. El problema fue que la Rocío organizó un grupo de gente para que no votaran por ella y se metieran a la Fecech, que era como la FEUC, pero peor, ya que la izquierda decía que eran puros fachos pagados por el gobierno para sapear, lo que era falso, pero igual quedó marcada. La rubia esta, que se llamaba Daisy y que era igual a la Inés Freire de compras, estaba enferma con la universidad y encontraba súper injusto que por ser pinochetistas las trataran de fascistas, que una cosa no implicaba la otra.

Yo ese año me junté con el grupito de la Claudia Bascuñán, que ahora está en el BHIF, secretaria de relaciones públicas; se acuesta con su jefe, lo pasa regio. Ese año, además, conocí a Tomás en unas clases nocturnas de inglés en el Norteamericano, así que mientras pololeaba con él –estaba súper enamorada, bueno, eso creía, él estaba mucho más interesado en su financiera– ni me preocupé de la Rocío. La vi sólo un par de veces. Una vez nos topamos en una première, se juntaba plata para el CEMA o algo así, nos encontramos y me acuerdo que la Rocío me dijo en el baño: "Te felicito, bien estupendo tu Tomás".

Mi mamá fue la que me contó lo de la repetición de la Rocío. La madre de ella se lo dijo y le confesó que lo lamentaba harto porque la Rocío se había esforzado muchísimo, pero que el ramo era colador y como su promedio no era bueno, se puso súper nerviosa en el examen y cagó. Pero lo que la tenía emputecida era que un profesor de un ramo chico, optativo, la había hecho repetir por el solo hecho de ser de derecha, que era un amargado de oposición que de puro milagro estaba haciendo clases cuando lo que correspondía era que estuviera exiliado como el resto de los upelientos.

Por si eso fuera poco, el acabose era que no sólo debía repetir, sino que no podía pasar a segundo año hasta no tener aprobados esos famosos ramos. O sea, galla, iba a estar todo el próximo año parando el dedo con esos dos cursos. Y ahí cayó la bomba: la mamá de la Rocío le confidenció a la mía que la Pascua la tenía enferma de los nervios porque, aparte de lo de la Rocío, el cabro chico estaba con hepatitis y no tenían un peso. La empresa iba de mal en peor, el boom se estaba acabando y con lo de la subida del dólar sus deudas aumentaban al doble, ya no había plata, nadie compraba cosas importadas, no había derecho, prometieron que se mantendría fijo para incentivar la economía, el nuevo local de Providencia les había costado una fortuna, y quién sabe qué iba a pasar.

A la vuelta de Tongoy, donde terminé con Tomás, mi mamá me puso al día: la Magdalena Aldunate la había invitado a tomar once y hasta se le puso a llorar. Emilio, el papá de la Rocío, se había arrancado del país, se cerraba el negocio, se declaraba en quiebra e iban a rematar todos los equipos estéreos que tenían acachados.

La huevá económica se fue agrandando hasta que les quitaron la casa –que estaba a nombre del viejo–, así que se tuvieron que ir a las casas de los hermanos de la tía, repartirse como gitanos. Yo no vi a la Rocío, sólo supe que lo había tomado con ene madurez, ayudando a su vieja con el negocio de ropa de guagua que iniciaron en la casa de su tía Delita. También supe que la Rocío fue a hablar con la asistente social y que le dieron almuerzo gratis, le conseguían crédito fiscal para el próximo año, qué sé yo.

Un tiempo después me llamó la Virginia Adriasola, que también fue compañera de curso de la Rocío. Me dijo que la había visto con un tipo barbudo, de chaqueta de cotelé, atracando en el cine Normandie mientras veían una película europea súper rara de una pareja que lo único que hace es hablar y deprimirse. La Virginia es medio intelectual pero ni tanto, nunca para andar con un gallo sólo por su interior, pero estudia teatro y taquillea por Bellavista y esos lugares raros y sigue tan peladora como en el colegio. La cuestión es que la Rocío salió del cine con un feroz grupo entre lana e izquierdista, típica onda humanista, y partieron a El Castillo, un bar ultra bohemio y artesa que queda en Plaza Italia, lleno de putas y marihuaneros, de esos poetas que te tratan de vender sus versos impresos a cambio de un café. No podía creerlo. Se lo conté a mi vieja, y ella, con su sutileza acostumbrada, llamó a la mamá de la Rocío haciéndose que la llamaba para saludarla, y como que la tía se pasó de chivera, que estaban mejor, que el tío vivía en Buenos Aires, le estaba yendo súper bien, que los piluchos se vendían ene en Estados Unidos, exportaban y que Rocío estaba regio, cada día más hacendosa, tenía regias notas en esos dos ramos tontos, además estudiaba francés, ayudaba en un colegio de niños retardados y leía textos de psicología para ir adelantando.

Yo, por mi parte, caché que había gato encerrado. Me puse a averiguar y llamé a este colizón con que había salido –Iván–, que ahora trabaja con su viejo en la fábrica de la familia, y le saqué que el Juan Luis y la Rocío andaban como las huevas, que a ella le había afectado demasiado la quiebra y el desparramo de la familia, se moría de vergüenza y no quería saber de su pasado, se negaba a frecuentar los círculos sociales.

Yo en esa época entré a la oficina junto con la Tere Román. Claro que ella ahora gana el doble que yo. Anda a saber tú qué hizo para tener ese sueldazo. Mal que mal, es la secretaria del gerente de personal no más. Así que me metí firmeza a la oficina, tú sabís, empecé a andar con este argentino del que te conté. Incluso me fui con él tres semanas a Pichidangui. Me olvidé de todo por ene tiempo, más de un año te diría. Mi vieja me ponía al día con lo de la familia de la Rocío de tanto en tanto, aunque tampoco sabía mucho. Era como si la tierra se la hubiera tragado. Lo único que pudo averiguar era que estaban bien pobres, no muertos de hambre pero lo suficientemente cagados para tener que decirles chao a los restoranes franceses, a Cachagua, a comprarse la ropita en General Holley.

Después no supe nada más. Incluso se me olvidó. Hasta que fui al matrimonio de la Chichi Illanes, una amiga de toda la vida, que se casó regio, con un turco que la adora y que no es tan picante como todos dicen. A la salida de la iglesia me encontré con el Juan Luis, quien andaba con una tipa que nunca había visto. Y de la mano. Lo saludé medio irónica y lo obligué a hacerse a un lado y decirme qué mierda estaba sucediendo. "Mira", me dijo, "la huevá se acabó; la Rocío se transformó en una furia, en una puta, se atracó a todo su curso y se cree artesa, comunista, no tengo idea ni me interesa, la huevá se acabó y punto. Supongo que ahora estarás contenta". Y se fue, sin despedirse. Quedé más cachuda que la cresta.

Como nadie sabía nada, ni querían opinar al respecto, un día me arranqué un poco antes de la colación y partí a la Escuela de Psicología en metro. Para qué te digo, estaba cagada de miedo, llena de chivas y excusas para justificar qué hacía ahí. Entré al lugar, que es último, todo rayado, lleno de afiches anunciando recitales, convocatorias a paro, a protestas. Ya se habían desatado los primeros boches, habían matado al general Urzúa, ¿te acordái?, al lado del Tavelli, así que imagínate el ambiente, parecía como en las películas de guerra, lleno de posters con el martillo y la hoz, fotos del Che, banderas de Nicaragua, unos dibujos del Tío Sam degollado. Le pregunté a un portero si había clases. Me dijo que no, que hasta mañana, sólo quedaba poca gente en la biblioteca. Fui a mirar porsiaca, pero no estaba, sólo una galla rubia, esta misma galla que una vez había conversado conmigo en el cumpleaños de la Rocío. Me acerqué y le dije que si se acordaba de mí. "Pero claro", me dijo, "tú eres la amiga de la Rocío Patiño". Exacto. Se llamaba Daisy, Daisy Bennett. Me convidó al casino a tomarme un café. Después me invitó una cerveza.

"Así que no sabes nada", me dijo. "Ven, sígueme un poco." Me llevó hasta el diario mural del casino. No podía creerlo; había una foto –un afiche más bien, fotocopiado– de la Rocío con el pelo súper largo y escarmenado con una bufanda tejida al cuello. Lo peor era la leyenda debajo de la foto: "BASTA DE DESVARÍOS. NECESITAMOS A ROCÍO. CANDIDATA MDP A VOCAL".

Es que no te lo podís imaginar. Estaba lela, no cachaba ni una. La Rocío candidata para el centro de alumnos y por la izquierda todavía, si tanta chuchada que les tiraba a los de la UP, yo la había visto, si Juan Luis y ella siempre decían que el error de los milicos había sido no matarlos a todos.

Resumo, galla: la Rocío no sólo estaba en la campaña electoral sino que ya había estado presa varias veces por hacer barricadas y tirarles piedras a los pacos. Ya no vivía con sus tíos, sino con un grupo de compañeros de la escuela, en una casa destartalada por allá por Independencia, en la calle Maruri. Según la Daisy, ya nunca saludaba, despreciaba a la gente que antes había sido como ella, se veía súper artesa, con chalecos chilotes que se trajo de su mochileo por el sur con un gallo de psicología, dirigente del MAPU. La Rocío, para dárselas de moderna o revolucionaria, se acostó con cada miembro de la Jota que había en la facultad, pero eso no quitaba que pololeara con un tipo súper tranquilo, campesino, socialista o algo así, no militante, más de la onda del Florcita Motuda, no sé bien, que no mataba una mosca pero era seco para los discursos y para citar escritores y ensayistas. Este pololo además era menor –como tres años– y vivía con ella y un montón de gente más en esa casa que siempre estaba helada. La Daisy me contó que lo más insólito de todo era que este cabro Ismael, el pololo, en el fondo era tradicional, más bien moralista como buen político, pero aceptaba que la Rocío anduviera de uno en otro a pesar de estar embarazada de él.

Eso es ponerse al día, ¿no creís? Este tipo, el padre de la guagua, Ismael, es el mismo que vi el otro día, el cantante punk. ¡Cáchate! Explícate esa. Harto cambio para un chico que vino desde Maullín. Sign of the times, tú sabes. Bueno, resulta que pasaron unos ocho meses y a la Rocío, que por muy roja que estuviera seguía siendo una Patiño

Aldunate, le bajó su crianza burguesa, la fue a ver su mamá, le llevó piluchos y todo, y se casó con el Ismael. A mí me cuesta creer que haya cambiado, yo no creo todo lo que dicen, imposible cambiar tanto, para mí efectivamente se trata de una maniobra, no sé, no entiendo. No estuve cerca cuando cambió. Todo lo he sabido por otros. Es raro.

Decidí ir a verla cuando nació la guagua. Un niñito. Le puso Víctor, por el cantante ese que dicen que le cortaron las manos antes de matarlo. Llamé a varias compañeras de curso. Le fuimos a llevar regalos para el niñito. La casa era como de campo, toda de adobe, y la Rocío se veía horrible, blanca y pecosa, sucia, como si no se hubiera lavado la cara al despertar. Andaba con una túnica hindú, me acuerdo. Había varios amigos suyos, tipos de la peor calaña, con unas pintas de vagos y drogadictos que no se la podían. Eran como esos gallos que venden pulseras frente al Coppelia. Ese toque. La Rocío estaba sobre su cama –un colchón en el suelo–, con la guagua en sus brazos, dándole de mamar delante de todos. El cabro era súper rico, eso sí, súper vivo, como que se reía y me acuerdo que pensé "de qué se reirá el pobrecito".

Mis amigas estaban verdes de impresión. Un tipo con una barba rala nos ofreció un sorbo de mate pero nos dio asco. Hacía un frío, eso sí, espantoso. El viento se colaba por las ventanas. Tenía ganas de tomar algo caliente pero no me atreví. Lo que sí había era pisco. O grapa. La Rocío fue amable pero distante. Nunca trató de incorporarnos al grupo, lo que por un lado estuvo bien porque se cachaba que nosotras les parecíamos un chiste a todos esos comprometidos. Pronto empezaron a hablar de política, de la dictadura. Nosotras mudas. Me fijé en un feroz póster que había sobre su cabecera, de esta cuestión de los desaparecidos, unas cien caras –ojos– mirándome, unos rostros en blanco y negro enojados, rabiosos, y me dije a mí misma que la Rocío era realmente otra persona, lo opuesto a la que conocí, capaz de dormir, de hacer el amor, de criar a su hijo, bajo esos ojos que la acechan noche y día, que no la dejan tranquila, que le claman justicia y venganza las veinticuatro horas.

Nos despedimos fríamente. Nos agradeció los regalos e Ismael salió a dejarnos a la puerta y me habló bastante, que la Rocío siempre le había conversado sobre mí, que gracias por todo, los regalos les venían como anillo al dedo ya que estaban sin un peso. Este gallo, Ismael, se veía tan tierno e inocente con el niño en sus brazos, parecía como de quince años, parecía más su hermano que su hijo. No podía creer que fuera rojo, que odiara a la burguesía, que viviera en ese refugio de terroristas. Era tan amable, con una sonrisa enferma de sana, ingenua. Le dije que cualquier cosa me llamara y le dejé mi tarjeta. Lo felicité por el niño.

Esa fue la última vez que vi a la Rocío con vida.

A veces pienso que uno hace las cosas que tiene que hacer en ese momento y le parece bien, que es lo correcto, pero tiempo después uno se da cuenta de que las cagó, que jamás debió hacerlo, pero que ya es tarde para echarse para atrás porque ya no hay nada que hacerle, lo pasado, pasado. Pero hiciste lo que tuviste que hacer. Si no lo hubieras hecho, hubierai sido una cobarde, te hubierai traicionado a ti misma y todavía estarías arrepintiéndote. Da lo mismo que eso fuera una huevá con patas. Como cuando me acosté con el Horst. Una estupidez que tuvo cero trascendencia. Quizás ahora me arrepienta un poco, pero tuve que hacerlo justo ese día a esa hora. No otro. ¿Cachái? De repente creo que una onda así le sucedió a la Rocío: se metió en un rollo ajeno. Ella creyó que eso era lo que tenía que hacer para no reventar y así lo hizo. Por eso, a pesar de todo, la respeto.

¿Has leído eso que salió en los diarios, lo de la bomba en la Municipalidad de Peñalolén? Esa que mató a varias personas, incluyendo a la que la puso. ¿Te acordái? ¿Adivina? Exacto. Fue ella.

Mira, tengo todos los recortes en la cartera. Rocío Patiño, veinticuatro años. Ismael me lo contó todo. Pero él no cree. O sea, yo tampoco; es decir, creemos que es ella la muerta, pero no se ha comprobado. No quedó nada, ni un hueso; sólo su carnet. Lo que es raro, ¿no te parece? Que hasta los huesos estallen y el carnet no. Mira, esto es como bien confidencial, tú sabís que yo no creo cualquier cosa y sé que está lleno de terroristas, cosa de ver los apagones, las bombas, pero no sé, de repente tanta cosa que se dice. Esos muertos... ¿realmente caen en los enfrentamientos? Si no hubiera tanta violencia quizás no serían tan... no sé, no pasaría todo esto y la Rocío quizás estaría aquí... No puedo entender, digan lo que digan, la razón de por qué, por qué la Rocío abandonó la escuela, al Ismael y al Víctor, y partió no más. Así, se fue y no le dijo nada a nadie, dejó al niño con su madre unos días antes y después no se supo más. Cinco meses desaparecida. Averiguaron con los pacos, con los tiras, con la CNI. Nunca dijeron nada. Tú sabes, nunca dicen nada, sólo anotan, se supone que es secreto de Estado. Ismael, a todo esto, estaba deshecho, dejó la universidad, se viró de la política cuando el partido le dijo que no averiguara tanto. Ahí sospechó algo. No recuerdo mucho, me habló tanto el otro día, se puso a llorar, andaba con ácido, creo. Por suerte su hijo está bien, con la tía Magdalena. Ismael supo ene rumores sobre la Rocío, no sabía qué creer: que estaba fuera de Chile –ojalá, te digo, ojalá–, pero también que la vieron en Valparaíso, en una población arriba de un cerro, que estaba presa en San Miguel, en la calle Dieciocho, que la interrogaron y delató a sus camaradas, que compañeros de la facultad habían sido allanados, secuestrados, que la vieron en un sótano, unas amigas que fueron torturadas la vieron, que estaba en Argentina trabajando para la guerrilla, estuvo con gente del comando de mártires, que se les fue en la picana, que tuvo otro hijo, que tomó cursos de explosivos, que puso la bomba, que la amarraron en el baño, que era una asesina, que la asesinaron, alguien colocó el carnet, que siempre había sido una informante, que unos agentes le pagaban por hacerse la roja, que con esa plata mantenía a su familia, que ahora vive en Brasil con otro nombre y otra cara, trabaja para la embajada de Paraguay, que era del MIR, del Frente, que fue una traidora, una sapa, una mártir, que realmente murió, que murió por la causa, que no murió.

¿Y tú, galla, qué creís?

Cincuenta minutos

Invierno, alrededor de las 16:30 horas. Frío afuera. Por la ventana del piso 11 se intuye el cerro San Cristóbal a través de la bruma de smog. Pareciera que hubiese neblina pero es la contaminación. El edificio es moderno, la consulta es pequeña, nueva, diseñada para profesionales que necesitan lo básico. Hay un calefactor halógeno encendido, lo que le da a toda la oficina un color anaranjado. Hay un diván, comprado en Muebles Sur, y dos sillones que se enfrentan.

El psiquiatra es relativamente joven, tiene bigotes pero no barba y luce un suéter grueso tipo marino que le gusta asociar a una foto de Hemingway que una vez compró en una librería del Drugstore.

Esta es su primera consulta independiente. Es propia: le ofrecieron el diez por ciento de pie; tiene colegas que pagan más de arriendo. No tiene muchos pacientes aún. Se consiguió una asesoría con Carabineros de Chile a través de un primo y una vez por semana pasa un día en el hospital de la institución atendiendo a cabos y prefectos que han vivido experiencias traumáticas.

Su laptop está conectado a wi-fi. Hay un afiche de la película *Los 400 golpes* de Truffaut que compró en París en un congreso. También tiene una foto enmarcada de Carl Jung. En un rincón hay una repisa con muchos libros y cajas de té e infusiones caras.

La oficina no tiene sala de espera. Huele a esencia de limón.

El psiquiatra se llama igual que el paciente que va a entrar: Matías.

El psiquiatra tiene doce años más que su paciente. Matías, el psiquiatra, tiene veintinueve; Matías V., el chico, tiene diecisiete.

Suena el timbre.

El psiquiatra cierra la página del suplemento "Soy" del diario argentino *Página 12* y se acerca a la puerta. El chico es de su misma altura. Matías es guapo sin ser bonito. Matías, el psiquiatra, le da la mano, pero el Matías que ingresa no lo mira y no le estira el brazo.

PSIQUIATRA

Eres puntual. Adelante.

MATÍAS

Llegué diez minutos antes: estaba esperando en la escala de emergencia. Quería ver quién salía pero no salió nadie. No tienes muchos pacientes, veo.

PSIQUIATRA

Pasa. Este es tu lugar.

MATÍAS

Este es *tu* lugar. Por favor. ¿Así recibes a la gente que va a tu casa? Puta, ¿va gente a *tu* casa?

PSIQUIATRA

Te noto tenso… ¿Quieres hablar de algo?

MATÍAS

Vine para acá, ¿no? Algo debo querer. ¿Me siento o me acuesto?

PSIQUIATRA
Lo que tú quieras.

Matías se lanza arriba del diván, pero queda mirándolo a la cara. El psiquiatra se sienta en su sofá.

MATÍAS
¿Eres psicólogo o psiquiatra?

PSIQUIATRA
Psiquiatra.

MATÍAS
De veras, por eso está el diván. Te encanta.

Silencio.

Nos llamamos igual.

PSIQUIATRA
Así es.

MATÍAS
¿Cómo quieres que te diga?

PSIQUIATRA
Como te sientas más cómodo. Puedes llamarme por mi nombre y yo por el tuyo, ¿te parece?

MATÍAS
Ahí vemos. Muchas veces uno no le dice nunca el nombre a la persona con que uno habla porque uno ya sabe como se llama y es redundante, ¿no?

Silencio. Un largo silencio.

PSIQUIATRA
¿Cómo llegaste a mí? ¿Alguien te recomendó o…? ¿Has estado en terapia antes?

MATÍAS
No.

Silencio largo.

Mis padres ni siquiera saben. Pagaré al contado. Me tienen una cuenta y nada, tengo ahorros. Heredé, además. Mi abuela me dejó algo. No poco, hueón.

Silencio.

Luego les diré que estoy viniendo a verte y se asustarán y urgirán y me lo pagarán todo. ¿O necesito ser mayor para que me atiendas si el que paga soy yo? Googlié y no decía nada de eso. ¿Hay algún problema? ¿Quieres que te pague ahora? Será al contado. Don't worry, Dr. House.

Silencio breve.

PSIQUIATRA
¿Cómo llegaste hasta acá?

MATÍAS
En bici.

PSIQUIATRA
Digo…

MATÍAS
Sé lo que quieres decir. Te encontré en Facebook y luego seguí investigando. Unos cutters que encontré dicen que eres como un Dios. Tienen un foro en la red y ahí un par empezaron a mojarse alabando lo "empático" que eres. Dicen que escuchas y entiendes. Ahí anoté tu nombre.

PSIQUIATRA
Cutters.

MATÍAS
Sí. Gente que se corta. Existen. ¿Sabías?

PSIQUIATRA
¿Por qué te interesan los jóvenes que se automutilan?

MATÍAS
Son secas en la cama: como sienten que son feas o freaks, son más needy que la cresta, pero agotan rápido. Son muy de alta mantención. Mal. Igual prefiero las minas con menos rollos. Antes me atraía la gente más rara pero uno crece. Uno se cansa, para ser más preciso.

PSIQUIATRA
¿Y tú nunca has pensando o estuviste a punto de...?

MATÍAS
Estás más huevón. Ni siquiera me tatuaría. Cuido y me gusta mi cuerpo. Me va bien con mi cuerpo. Pero nada... Me parece bizarro... Yo no lo hago pero te confieso que me atrae o sorprende una mente que sea capaz de hacerlo. Me intriga una persona que es border. Me parecen más intensos que los que sólo juegan Wii o tuitean sus putos pensamientos emos.

PSIQUIATRA
¿Conoces mucha gente intensa, como dices?

MATÍAS
Últimamente he estado como conociendo gente fuera del círculo de los cuatro colegios y...

PSIQUIATRA
¿Cuatro colegios...?

MATÍAS
Si supieras cuáles son, no me preguntarías cuáles son. Obvio. Te delataste solo, doc. Ya: eres clase media emergente, nada de malo en eso. Al revés. El primero de tu familia que fue a la universidad: bien. A pesar del metro, estás a millones de kilómetros de Maipú. Huiste lejos. Te entiendo. Igual hay movilidad social en este país, digan lo que digan.

Silencio.

Nada: conocí una mina, tiramos, harto, ene... la mina muy agradecida, muy loca... Reconozco que hice cosas con ella que nunca había hecho...

PSIQUIATRA
¿Qué?

MATÍAS
¿Perdón? No vine a contarte cosas para llenar tu pendrive mental para que luego te puedas masturbar en tu oficinita. Huevón: tengo un CI de 137. No todo lo necesitas saber o preguntar. Hay mucha información que se obtiene sólo con mirar. Hasta con oler, huevón. ¿Puedo seguir?

PSIQUIATRA
Sigue.

MATÍAS
Caché que la Sara –esta mina– era muy onda *Crepúsculo*, muy *True Blood*, gótica pal pico... Mal. Muy cagada de la cabeza, así que le hice el quite... pero antes la escuché un rato y.... Luego vi un día en mi casa esta serie de HBO, un par de capítulos, al menos, del psiquiatra

cagado de la cabeza. Bien rica una de sus pacientes: la mina que hace Alicia en *Alicia* en 3D; la mina que también hace la hija en esta película de una familia con dos mamás… Nada… ¿Dónde iba?

PSIQUIATRA
Una serie sobre un analista.

MATÍAS
De pendejo vi *Analízame*. Buena. Cómica. Me pareció cómica, ahora quizás me parecería mala, no sé. Uno evoluciona en sus gustos. Y nada: casi la mitad de mi curso va al psicólogo, pero a mí me pareció muy fome. Quiero algo más power.

Silencio.

PSIQUIATRA
Me gustaría que me contaras más de ti; información, digamos, más acotada. ¿Cuántos hermanos son? ¿Vives con tus dos padres? ¿Qué hacen?

MATÍAS
Ya te di mi edad por teléfono. Nacionalidad es como obvio. Yo cacho que basta con ver mi ropa, mi cara, no sé, el dato que te di de que pagaré yo ya te sirve para deducir mi estatus…

PSIQUIATRA
Te gusta manejar las cosas. ¿Por eso viniste? ¿Algo no te está resultando?

MATÍAS
Vine porque no tengo amigos y me pareció mejor arrendar un psiquiatra que, no sé, ir a una puta a darme un masaje. Creo que me voy a ir. Eres pasivo-agresivo, ¿sabías?

PSIQUIATRA

Tu idea es que nos veamos cada cierto tiempo…

MATÍAS

No sé si quiero volver a verte. Creo que no hemos "empatizado".

PSIQUIATRA

¿Cómo crees que podríamos mejorar esta relación?

MATÍAS

No es una relación: te pago, y vos abres tus oídos. ¿Estarías aquí gratis? ¿Serías mi amigo?

PSIQUIATRA

Perfectamente.

MATÍAS

Amigo de huevones menores de edad. Interesante. Los dos en una pieza. Muy Iglesia católica. No. Yo no sería amigo tuyo. No creo que tengamos mucho en común.

PSIQUIATRA

¿Tú crees que la amistad se basa en las cosas que dos personas tienen en común?

MATÍAS

Nada. Te gustar ganar, doc, veo. Simplemente tenía curiosidad. Eso. No soy Dexter, no soy un sicópata, no me voy a mandar un Columbine/*Elephant*. ¿O prefieres que gaste la plata en ropa o en subir a la puta nieve?

Silencio. Silencio largo.

Si uno no está, entonces nada te puede pasar.

PSIQUIATRA
¿Cómo?

MATÍAS
Fue algo que escuché. Una canción. Y es cierto. Ok, ¿puedo seguir? ¿Puedo seguir, por la puta? Porque esto va a ser sobre mí, ¿no? Yo estoy pagando. It's my time.

PSIQUIATRA
En efecto, es tu tiempo y este espacio es para que te sientas cómodo y tranquilo. Acá puedes sentir o hablar lo quieras. ¿Siempre miras Facebook?

MATÍAS
Soy del siglo veintiuno. ¿Qué quieres que haga? Que lea poesía a la luz de la vela. Soy relativamente normal. Y tengo bastante más amigos que tú en Facebook. ¿Es ético que un psiquiatra tenga Facebook?

PSIQUIATRA
¿Qué te parece a ti?

MATÍAS
¿La dura? Creo que eres un tipo medio solo, medio aburrido, con issues no del todo resueltos, y que te gusta escuchar cosas de otros porque a veces sucede que te topas con problemas o gente parecida y eso onda que te conforta. Te gusta captar que no eres el único y te gusta también estar acá encerrado, escondido, tratando de ayudar porque cachái que eres mejor ayudando porque tú ya no vas a cambiar como quisieras cambiar, no vas a ser como te gustaría ser.

PSIQUIATRA
¿Y cómo me gustaría ser?

MATÍAS

¿Tú? Puta, mejor. Más libre, suelto, pero no te enganches. El que debería hacer transferencia luego soy yo, ¿no? Punto para mí.

PSIQUIATRA

Tú ves esto como un… ¿partido?

MATÍAS

Todo el mundo quiere ganar. ¿Acaso no te enseñaron eso en la universidad?

PSIQUIATRA

¿Y tú? ¿Cómo te llevas, digamos, contigo mismo? ¿Qué cosas te molestan o duelen? ¿Qué cosas te gustaría enfrentar de otra manera?

MATÍAS

¿Qué lazo tengo conmigo? Puta… no sé: pasamos harto tiempo juntos. Puta la pregunta huevona.

PSIQUIATRA

¿Cómo te llevas con tu inconsciente?

MATÍAS

¿Me estás hueveando?

PSIQUIATRA

¿Duermes bien?

MATÍAS

Duermo hasta tarde. Y me duermo tarde. A veces me masturbo para dormirme. Es una receta clásica. ¿Tú no? No vas a analizar mis sueños, espero; no soy huevón. No tengo pesadillas. A veces sueño cosas pencas, como todos. A veces ni sueño.

PSIQUIATRA
¿Te gustaría ser otra persona? Alguien que quizás conozcas o… alguien del cine: un actor, un personaje. ¿Alguien del deporte?

MATÍAS
Ese no es el tema.

PSIQUIATRA
¿Cuál es?

MATÍAS
Córtala, ya. Calma. Podrías tomarte un Ravotril. ¿Tomas? ¿Tienes? Porque esa es la gracia de un psiquiatra, ¿no? Los huevones pueden recetar. Me vas a recetar.

PSIQUIATRA
¿Sientes que necesitas algo? Algo que te quite la ansiedad.

MATÍAS
Puede ser.

Silencio.

Silencio.

Silencio.

Mi abuela decía que soy como un erizo; si intentan tocarme, saco las espinas y pincho. Cuando me agreden, o a veces para jugar, puedo ser –podía ser– extremadamente cruel e hijo de puta. Ella decía que dentro de mí soy todo viscoso, más viscoso que el resto, incluso, pero que lo escondo. Puede ser.

PSIQUIATRA
¿Sientes que necesitas a veces esconder lo que te afecta?

MATÍAS
Puta, todos escondemos lo que somos, lo que sentimos.
¿De qué otra forma nos vamos a proteger?
Silencio largo.
Nada.

PSIQUIATRA
¿Nada qué?

MATÍAS
Nada. Eso. Nada. No tengo nada que decir. No fue idea mía. No quise venir. Me obligaron.

PSIQUIATRA
¿Quién?

MATÍAS
Mi mamá. Mi mamá odia que sea como yo soy.

PSIQUIATRA
Antes me dijiste que…

MATÍAS
Tengo diecisiete. Por muy maduro que sea, soy inmaduro. Adolezco. Estoy en formación. Muto. Te mentí.
¿Acaso la gente no miente acá dentro?
Silencio.
Está chata de que me echen de clases. Me quieren echar del colegio.
Silencio.

PSIQUIATRA
¿Tú quieres que te echen?

MATÍAS

Me da lo mismo. Sólo sé… Nada. Las cosas ya no son como antes. Ojalá pudiera desparecer.

PSIQUIATRA

¿A qué te refieres, Matías?

MATÍAS

Nada. No pasa nada. De verdad. Todo bien. Es un trámite. Igual me podrías dar Ravotril, ¿no? ¿Sí? Lo que pasa es que…

PSIQUIATRA

¿Qué?

MATÍAS

Las cosas no van por ahí. ¿No es lo que tú crees?

PSIQUIATRA

¿Qué crees que creo?

MATÍAS

Que estoy cagado. Que sufro crisis de pánico. Que soy un hueá prepotente.

PSIQUIATRA

¿Por qué habría de creer eso?

MATÍAS

¿Por qué crees? En todo caso, no quiero hablar, no te metái en lo que no me importa. Sé que no te intereso, es lo que haces, no más. Te dedicas a escuchar secretos ajenos.

PSIQUIATRA

¿Crees eso?

MATÍAS
¿Qué te importa lo que creo, concha de tu madre? Puta, qué te importa lo que pienso o creo. Podrías preguntarme qué siento.

PSIQUIATRA
Bota tu ira, me parece bien. No pasa nada. No me voy a enojar.

MATÍAS
Puta el hueá hueá. Deja de hablar como psiquiatra. Si tuvieras hijos... ¿tienes?

PSIQUIATRA
Ese es un tema personal.

MATÍAS
Puta la hueá: querís saber hueás mías y no querís hablar tú.

PSIQUIATRA
No estoy en terapia.

MATÍAS
Deberías.

PSIQUIATRA
Quizás estoy. Eso no lo sabes. No soy perfecto, ni intento parecer que lo soy.

MATÍAS
No lo eres.

PSIQUIATRA
Sin duda que no, pero igual te puedo ayudar. Una cosa no implica la otra.

MATÍAS
No estoy en terapia.

PSIQUIATRA
Quizás sería bueno que vinieras una vez por semana. ¿Te acomodaría eso?

MATÍAS
No. No sé. Veamos.

Silencio.

Silencio.

Más silencio.

Ayer me corrí dos pajas y me fumé dos pitos y le saqué vodka a mi viejo y me fui a manejar por La Dehesa.
¿Qué opinas?

PSIQUIATRA
Que eres un adolescente. ¿Te sientes culpable? ¿Mal?

MATÍAS
No. ¿Culpable? ¿De qué?

PSIQUIATRA
¿Crees que deberías estar aquí?

MATÍAS
Depende. No, no creo.

De pronto, Matías se tapa la cara y comienza a llorar. Llora. Silencio.
Puta, odio llorar. Hace tiempo que no lloraba.

PSIQUIATRA
¿Parece que recién te pasó algo?

MATÍAS

Me puse a llorar, sí. ¿Te gustó mirarme como lloraba?

PSIQUIATRA

Parece que te emocionaste…

MATÍAS

Ah, ahora lees mentes.

PSIQUIATRA

Tus ojos se llenaron de lágrimas. Parece que conectaste con algo.

MATÍAS

Quizás. Y te gustaría saber con qué, ¿no?

PSIQUIATRA

¿Quieres compartirlo?

MATÍAS

No. Ya lloré en público. ¿No crees que merezco un regalo? ¿Una receta de algo con una estrella impresa en su caja?

PSIQUIATRA

¿Sientes que necesitas medicamento? Conversémoslo. ¿Qué te gustaría no sentir? ¿Qué te gustaría aplacar?

MATÍAS

Aplacar. Te gustan las palabras pedantes. ¿Conectar? No entiendes que justamente de eso se trata: de no conectar. Así te curas. Así te salvas.

Silencio.

PSIQUIATRA
Vamos a tener que dejarlo hasta acá. Te parece que nos volvamos a ver. Yo creo que sería bueno.

MATÍAS
¿No podemos seguir un rato más?

PSIQUIATRA
Se cumplió la hora de la sesión. Una hora acá dentro dura cincuenta minutos.

MATÍAS
¿Sí? ¿Cincuenta minutos?

PSIQUIATRA
Sí. Pero podemos vernos de nuevo. ¿Quieres agendar una hora?

MATÍAS
¿Una hora de cincuenta minutos?

PSIQUIATRA
Sí.
Silencio.

MATÍAS
¿Cincuenta minutos?

PSIQUIATRA
Sí.

MATÍAS
Entonces, ¿por qué esta hora duró setenta?

El chico saca su iPhone. El cronómetro justo marca setenta y un minutos.

Parece que tampoco tenías pacientes después de mí. Veintiún minutos. Me regalaste veintiún minutos, pero luego me mientes. ¿Debería confiar en ti? ¿O conectaste con algo? Raro, ¿no? ¿Transferiste? ¿Sentiste cosas? ¿Te calentaste un poco, hueón?

Silencio.

El chico se levanta y saca su billetera. Deja unos billetes de diez mil pesos en una mesita, al lado de una caja de pañuelos desechables Kleenex.

Me creíste todo. Igual lo de la receta era hueveo. Conozco un dealer que mueve. Suerte. Creo que la vas a necesitar, huevón. Deberías ver a alguien, te lo digo en buena. No es bueno estar tan encerrado arreglando vidas, doc. Piénsalo.

El chico cierra la puerta.

Antes de hacerlo, apaga la luz.

La oficina queda a oscuras, iluminada sólo por el brillo halógeno del calefactor.

Nosotros

Jueves, 25 de febrero, 2010

Me llamo Matías Vicuña y hasta el mes pasado era gerente comercial para una cadena nacional de hoteles cuatro estrellas para hombres de negocios que todos creen que es parte de una transnacional. Esa es justamente la idea: que parezca que es parte de algo más grande y legítimo y que tenga una historia y un pasado que en realidad no tiene. Hasta el mes pasado mis oficinas estaban el hotel principal que está en el centro neurálgico de las finanzas de Santiago: la avenida El Bosque Norte. Cuando me nombraron gerente de noche de la otra sucursal que tenemos, el hotel de Nueva Las Condes, acá en Alonso de Córdova con Rosario Norte, un barrio de edificios inteligentes, de autor, lleno de oficinas y empresas, sentí que algo estaba haciendo bien y que me premiaban. Desde luego, aumentó mi sueldo y mis responsabilidades y también mi poder, pero básicamente la idea de dejar de existir de día y poder vivir cuando el resto desaparece me pareció que era exactamente aquello que necesitaba y que, por lo demás, me merecía.

Lo curioso, claro, es que nadie quería este puesto.

La gente tiende a querer vidas parecidas a las del resto. Yo ya he vivido, y quizás he vivido más que el resto. La idea es estar sin estar del todo, de desaparecer sin tener que tomar decisiones drásticas, de irme del país sin salir de la ciudad, me atrajo de inmediato y acepté el ofrecimiento.

–Te cagaron –me dijo Roberto Fuentealba, el encargado de tours y charters y recepciones.

–No, huevón, me premiaron.

Tal cual. Al menos desde mi punto de vista, que es el punto de vista que más me importa y el que, al fin y al cabo, utilizo para mirar la vida y, de vez en cuando, para participar en ella. Acá en Nueva Las Condes todo es nuevo; dudo que alguna construcción supere los siete años. De noche, queda vacío. No pasan ni micros –digo, el Transantiago– o taxis y la recién inaugurada estación del metro Manquehue está a unas doce cuadras si uno zigzaguea entre medio de calles angostas flanqueadas por casas DFL2 de ladrillo y departamentos nuevos que se han alzado para acoger a una clase media emergente que antes soñaba con ir al multicentro Apumanque y que ahora usan la reliquia setentera para ir a ensanchar pantalones, cambiar suelas y comprar regalos para gente que no les interesa por menos de mil pesos. En mi época *–sí, mi época–* estos terrenos eran una mezcla de peladero, población militar y viviendas sociales decrépitas adonde íbamos a comprar droga cuando hacíamos carreras de auto por la Kennedy.

Todo esto fue, digo, hace mucho, mucho tiempo, en otro país, en otra galaxia, en otra era que a veces siento nada tiene que ver con la actual y donde sólo quedan atisbos que me hacen tener la certeza de que esta ciudad y este país es en efecto el país donde me tocó crecer y formarme. Está la cordillera, claro, aunque se veía más y aún se alza El Faro, aunque ahora es una farmacia y no una heladería, y los galpones de lo que era el hipermercado Jumbo ahora es el Alto Las Condes y ninguno de los cines por donde vagué cuando llegó la crisis del 82 ahora existen, ni siquiera como iglesias o discos. La misma Kennedy –Lo Saldes, según mi mamá, murió hace tres años– ahora es una "autopista concesionada" con TAG y el Parque

Arauco no era un mall sino un inmenso sitio eriazo lleno de perros muertos donde violaban minas y torturaban al lumpen.

Ahora vivo acá. De noche. Vivo en este hotel. Día y noche. Mi oficina en rigor está en el segundo piso, pero la habitación que me ofrecieron como parte de mi contrato está en el veintidós. Mi vista es al Parque Araucano, que ahora es un parque de verdad o al menos intenta serlo, y a uno de los malls más grandes de América y a centenares de edificios de lujo que han alterado para siempre el paisaje chato de la antigua Vitacura profunda donde me crie. Mi propio departamento del barrio Providencia se lo dejé a Cristóbal, mi hijo de veintitrés que antes vivía con su madre en Concepción, que quiere ser músico pero que no le gusta cantar o tocar en público y que trabaja en una empresa de estrategia y marketing digital que no entiendo del todo lo que significa, pero al menos lo subsidio con tener un lugar relativamente digno en una de esas calles con nombres de flores.

Soy una pieza clave pero no insustituible de lo que en el exterior llaman *the hospitality business*, es decir, el negocio de la hospitalidad. Nuestra misión –bueno, la mía y la de los dueños y la gente que está a mi cargo– es que el pasajero (casi nunca son turistas, nunca hemos tenido un mochilero, por ejemplo) se sientan en su casa, pero lo cierto es que los que nos visitan no tienen muy claro lo que es una casa, un hogar o una familia, y les gusta mucho que nuestros arquitectos y decoradores hayan diseñado habitaciones que se parezcan a las oficinas de sus sueños y al departamento que tendrían si el negocio por el cual están acá en Santiago les resultara.

Creo saber lo que sienten. Sé lo que es darse un baño en una tina tan honda que uno podría ahogarse (algo que, en efecto, sucedió). Sé además que darse una tina mirando los rascacielos y escuchando música de tu iPod a través de nuestros equipos Bose puede ser tan relajante como práctico ver las noticias del mundo entero en el plasma del baño. Nuestras duchas tienen un muro de cristal espejo, por lo que uno puede jabonarse mirando el cerro Manquehue sin correr ningún riesgo de quedar como exhibicionista. El baño y la minicocina están abiertos al resto de los 35 a 55 metros cuadrados de estos cuasi lofts. La cama es extra king y a ras de suelo, al estilo japonés, aunque sea una single, y el diseño es quizás demasiado retro y trendy y parece sacado de una cinta de Dean Martin y Frank Sinatra, pero en rigor fueron renovados una vez que estalló la furia de *Mad Men*. Vivo parecido a ellos, entre otras cosas para saber entenderlos. A veces me ducho a las 4 a.m. y quiero saber si el agua está caliente o pido un sándwich club con un mousse de chirimoya y me fijo si lo traen con las pequeñas botellas de vidrio de ketchup, mostaza al merkén y mayonesa. Vivo parecido a ellos porque también siento que estoy aquí en el hotel, y quizás en la ciudad y acaso en mi vida, de paso. O, para ser menos intenso y exagerado, que estoy aquí de pasada, que no es exactamente lo mismo.

Una vez, no hace mucho, en el auto, enfrascado en la Costanera Norte, escuchando uno de esos programas "de la hora del taco", escuché a un cineasta local que estaba promocionando una película hecha con tres pesos llamada *4C*. Aún no la veo pero me despierta curiosidad y ahora que está anunciada para el VOD del hotel para el próximo mes creo que la veré en el plasma HD de 50 pulgadas que tengo en mi "bar-living". El director de cine le comentó al periodista con el cual conversaba que al final toda la gente se dividía básicamente en dos: los que consideran que su etapa escolar fue la mejor de sus vidas y aquellos que la consideran la peor.

Yo soy de los primeros.

Por desgracia.

Creo.

El cineasta confesó que era de los segundos y que su álter ego también lo era y de eso iba la película: una reunión de veinte años a la que asiste sin mucho convencimiento el héroe que nunca se sintió a gusto pero lo hace porque quiere ver a una chica con la cual se quedó pegado y con la cual ha fantaseado todos estos años. De haber terminado el colegio de manera normal (y no haber ingresado a la clínica) el próximo año se cumplen –Dios, ¿a dónde se va el tiempo?– treinta años desde que mi promoción se graduó de cuarto medio. El periodista no supo qué responder y se fue por la tangente y, en la típica chilena, le dijo que esa época colegial tuvo cosas buenas y malas, pero que él pensaba que esa frontera moral era un poco tajante y exagerada y que el momento que estaba viviendo era muy bueno para él.

–Aunque sí te reconozco que a veces se echan de menos el carrete, los malones, el fútbol, la ropa menos formal, todo eso. Comer y no engordar, por ejemplo. Quizás visto desde ahora todo era más fácil cuando estaba en el colegio, sí, aunque en esa época estudiar para física me parecía como el peor castigo imaginable.

Luego, casi citando *Cuenta conmigo*, confesó que nunca volvió a tener amigos como los que tuvo en esa época.

–Mejor dicho, porque me pueden estar escuchando: nunca he vuelto a tener tanto acceso a ellos como en esa época y sí, eso es algo impagable.

–Claro –le respondió el director–, tu vida eran tus amigos. Yo, en cambio, no tenía ninguno y mi vida era por decir lo menos infernal. Perdona, Ignacio, pero por lo que me cuentas, da la impresión de que tus mejores años fueron antes y no tienes una real confianza que ahora o en el futuro las cosas serán mejor. Y no digo económicamente o la cosa de la paz. Por lo que estuve investigando, lo que más se echa de menos es la emoción, la complicidad, el sentido de aventura, el estar embriagado de energía e ideas y sensaciones, aunque sean incluso malas. Yo odié el colegio y me negaba a creer que esa etapa era la más importante de mi vida. De hecho, no lo es. Es ahora. Esta es mi mejor etapa y si a esta película le va bien, creo que sólo las cosas se potenciarán. Le tengo ganas al futuro. Me tinca.

–Bueno, a mí… también…

El periodista empezó a quebrarse y a quedarse callado y en la radio los silencios se hacen eternos.

–Estoy haciendo lo que quiero, estoy tranquilo, contento, tengo una familia increíble... Amo la radio.

–Eres de los primeros, insisto. Y ojo, no es un ataque o insulto. Es como tu nacionalidad. No depende mucho de ti. Quizás hasta te envidio, pero claramente, Ignacio, tus mejores tiempos están detrás de ti, no por delante. Y nada, de eso va *4c*, que ya está en un cine cercano a todos los que nos escuchan esta tarde. Véanla, creo que se van a identificar.

El periodista cortó en forma abrupta al cineasta, lo despidió del aire y colocó "Sweet Child O' Mine" de los Guns.

Pensé: seguro que le trae recuerdos.

Me salí de la Costanera y me estacioné en ese servicentro frente al diario *El Mercurio.*

Sentí que estaba tiritando.

Creo que en ese momento se me ocurrió escribir esto. Escribir por fin algo después de tantos años y hasta ver si podía mandarla a un concurso o enviarla a una editorial o hasta bloguearla o imprimirla en mi cuenta en Dimacofi. Quizás nunca superé del todo el haber escrito a mano sobre esa semana demencial cuando regresé de mi viaje de estudio a Río de Janeiro y que todo quedara en nada cuando mi padre, unos meses después, leyó mi cuaderno tapa dura Torre y me quebró un diente con su bofetada y terminó botando mi cuaderno por el incinerador del nuevo edificio donde estábamos viviendo.

Escribí las cosas tal como las recordé por instancia de Humberto, mi psiquiatra en la clínica de rehabilitación, que ha sido una de las personas más importantes para mí y creo que aún no me recupero del impacto y de la sensación de estafa y de traición cuando supe que terminó matándose cuando su labor era justamente salvar jóvenes que estaban mal. Yo ya no era joven pero tenía hijos jóvenes –dos en ese tiempo– y un día en que estaba mal comencé a pensar en él y vi que ahora tenía su propia consulta. Lo llamé. Me atendió su viuda, que también era su secretaria, y me dijo que Humberto se había lanzado del último piso de la Clínica Tabancura, donde atendía en las tardes.

Tuve mis oportunidades, creo, y no las tomé, pero tampoco creo que soy víctima de mi pasado o de lo que me hicieron y no me hicieron, de lo que hice y no hice. Pude ser más y no lo fui pero no me quejo. Espero que me crean porque si estoy escribiendo esto es porque deseo contarlo. Contar qué fue de mí. Algo así como un paréntesis antes de seguir con la mitad de la vida que me queda.

Hace muchos años, por un leve instante que me pareció eterno, fui algo así como una estrella. Fui, digamos, famoso o, al menos, el centro de mí círculo. Me sentía de alguna manera célebre, estaba claro que me miraban y envidiaban e imitaban; sabía que mis opiniones tenían peso, que mis opciones terminaban siendo gustos y moda y que hablaban de mí, casi siempre a favor.

Era joven, era taquilla, estaba al día.

Era, para bien o para mal, Matías Vicuña.

Ahora tengo el mismo nombre pero ya no tengo la marca ni la percha ni el *entourage* ni la supuesta seguridad. Es cierto que, por dentro al menos, sentía que todo se estaba cayendo a pedazos y que necesitaba mucha energía (mucha de la cual sacaba de ese producto de exportación ilegal que nos llega de nuestros países vecinos del norte) para poder seguir siendo algo así como un héroe, cuando lo cierto es que me sentía bastante menos que un perdedor (loser, como se dice ahora) y alguien que estaba seriamente a la deriva. Pero eso fue hace mucho, mucho tiempo. Antes de que pasara lo que pasó y antes de que eso gatillara lo que vino después, cuando todo se rompió de una vez y no hubo manera de repararlo. Uno se gasta una vida tratando de no pensar en cómo no resultaron nuestras vidas cuando hubo tanta promesa y ganas y el tiempo parecía que sobraba, que no iba a terminar nunca. A diferencia de muchos, creo que pude disfrutar por un tiempo esa sensación adolescente y casi rockera de que el mundo gira alrededor de uno y no que es el mundo el que gira con o sin nosotros. Eso que una vez llamamos mundo o "todo el mundo" o "nosotros" o "nuestra gente" ya no existe. Ahora el mundo es el mundo y los que nos sentimos sus dueños no participamos de él. El mundo ahora es mucho más grande y ya no podemos depender de él.

Te traicionan, te traicionas, transas, te cansas, aceptas. Sí, supongo que tengo mucho que lamentar en mi vida, me han pasado cosas, quizás peores o más tremendas que a otros a los que veo con cierta envidia y asombro. Sin embargo, no todo es tan malo y jamás se me ocurriría hacer algo como lo que hizo Humberto. Quizás lo pensé, pero eso fue hace tanto, tantos años atrás, que casi no lo recuerdo o siento que le sucedió a otra persona. Más allá de los cambios físicos inevitables (y tengo claro que de todos los de mi generación soy claramente el que se ve más joven, a veces creo que tengo hasta ocho o diez años menos de los 47 que arrastro), lo que más echo de menos de esa época, de lo que podría llamarse mi juventud, no es tanto a mis amigos (¿éramos tan amigos?) ni los carretes ni sentirse parte de un grupo de elegidos, sino lo frágil que era, lo vulnerable, cómo todo me importaba y afectaba y cómo tenía tanta curiosidad y energía y cómo todo me parecía algo digno de hacer o intentar. Esa parte echo de menos, la echo de menos en mí.

Tengo fotos mías a los quince y a los dieciséis y a los diecisiete y en Río y en Reñaca y en los campos de mis amigos y compañeros, pero las miro y no me reconozco.

¿Quién es?

¿Qué hacía yo ahí?

Incluso tengo una Polaroid desteñida, donde salgo desnudo y perfecto y con menos de veinte por ciento de grasa corporal frente a un espejo, tomada por la Flavia Montessori, que también sale desnuda y perfecta, no como está ahora, convertida en una señora que podría enseñar a cocinar repostería en un matinal, y no me da ninguna cuota de envidia. Al revés: qué bueno no ser ese tipo posero posando así, adelantándose un par de décadas a la moda de las selfies y el Instagram. Lo que sí me duele, lo que sí me gustaría leer, es ese texto, esa novela inspirada en la colección de aventuras de Papelucho donde escribí y me mostré y donde realmente me desnudé como creo que nunca lo volveré a hacer: es ese Matías que a veces echo de menos y con el cual me gustaría conversar y proteger y hasta abrazar y decirle que nadie realmente se salva pero que nadie realmente triunfa.

Eso es lo peor de envejecer, creo: endurecerse, no confiar, guardarse, saber cómo todo va a terminar y que, por cierto, que todo va a terminar.

Las cosas no salieron como quise y ya no saldrán. Esto lo digo con total tranquilidad y sin dolor o culpa. Tengo mis culpas y mis heridas y, sobre todo, lamentos; pero no me comen, no me arrasan, no dañan mi organismo. Quizás me hacen algo aburrido o menos dispuesto a tomar chances o a sobregirarme como muchos de mis compañeros y amigos de generación que ahora que tienen cierto dinero están intentando vivir lo que no pudieron hacer a los veinte. *Amigos.* ¿Qué significa amigo cuando uno tiene más de cuarenta y el lazo se arma por muchos ángulos menos el de la confianza o la conversación verdadera o la capacidad de conectar de verdad y saber los dolores y alegrías y penas y secretos y deseos del otro, y no sólo hablar de política o pelar a los adictos a Twitter o aplaudir tal o cual serie de HBO? Quizás eso es lo que más echo de menos: tener amigos y no miles de conocidos y contactos.

El Far West

Ok, cuando quieras. Partamos no más.

Vale. ¿Te molesta que grabe?

No, para nada.

Gracias. Es mejor grabar que anotar. Lo he ido aprendiendo con el tiempo. Si anoto, no te puedo mirar.

¿Y para qué me quieres mirar, huevón?

No, o sea... Es para la confianza.

Ya te tengo confianza; si no, no estarías aquí. ¿Crees que te hubiera dejado acercarte?

Eh...

Además, no te conozco, así que todo bien. Sólo desconfío de aquellos que me conocen.

Entiendo.

No creo, pero da lo mismo. En mi vida, huevón, sólo me ha cagado gente de confianza: mi viejo, amigos, minas. Profes, también. Empleados, jefes. Un desconocido, en cambio, nunca me ha cagado. Por ahora. Espero que no me cagues.

Puedes confiar en mí.

Confiar en un periodista. ¿No te parece un poco ingenuo?

"Toda mi vida he dependido de la bondad de los extraños."

¿Qué?

Nada. Mi polola es actriz. Hizo una obra… Da lo mismo. Así terminaba una obra muy famosa en que actuaba.

No sé. No voy al teatro. Odio el teatro. Ya ni voy al cine. Aquí no hay. Tampoco tengo tele.

No te pierdes nada.

Seguro. Aunque igual estamos pensando con mi socio instalar Sky en las cabañas. A los veraneantes les gusta ver tele. El Festival de Viña y toda esa mierda. Aquí la señal abierta llega como el forro.

Ya basta de charlitas, mejor entrar en acción. Si logro relajarlo, tendré un gran artículo. Basta que me cuente la mitad de lo que le pasó para que tenga un medio título y una buena crónica. Voy a matar. La Paula Recart va a quedar feliz, me va a amar, capaz que hasta me contrate como su reportero estrella.

¿Te pareció muy largo el camino?

No. De hecho, pensé que era mucho peor. Me sorprendió que estaba todo pavimentado. ¿Partamos?

Partamos.

Tengo varios mini cassettes y pilas. Así podemos hablar todo lo que queramos.

Lo que quieras. El que va a hablar aquí soy yo, no tú.

O sea, sí, claro, Pablo; pero se supone que vamos a conversar…

Tú vas a preguntar, que no es lo mismo. Y yo, si quiero, te voy a responder.

Sí.

Entonces esto no será una conversación, compadre. El que tiene el poder aquí soy yo. ¿Y gracias a quién? A ti. A ti y a tu morbosa curiosidad reporteril..Si decido no hablar, te quedas sin pan ni pedazo.

No me queda tan claro.

Entonces quedemos hasta aquí. Un gusto haberte conocido.

No se trata de eso…

Entonces te puedes regresar a Santiago sin tus cassettes saturados con mi voz. Lo que tú quieres, lo que necesitas, son los detalles. ¿O no?

O sea…

Sin los detalles, compadrito, cagaste pistola. Tu jefecita dejará de ser tan dulce y te va a volar la raja. ¿Te parece mal lo que te digo?

No. Es tu visión de las cosas. Te la respeto. Yo sólo quiero ayudarte…

Te quieres ayudar a ti, huevón. No te vengas a hacer el inocente. Un periodista no puede ser bueno, aunque trate. Siempre terminará hiriendo a otro.

Pero yo con esta historia quiero ayudar a los demás. Igual creo que tu caso…

Por algo me vienes persiguiendo hace dos meses. Mi historia te toca y te llega.

Sí, claro. No lo niego. Es una buena historia. No siempre uno se topa con buenas historias.

Así me gusta: sé sincero. Muestra tus colmillos, Félix.

Felipe. Felipe Rivas.

Te gusta la sangre, la hueles, y sabes que yo apesto a ella. No tienes nada de qué avergonzarte, Felipe Rivas.

Puede ser. Lo admito.

Lo que tú quieres es un buen artículo. Y creo que lo vas a tener. Así que nada… veamos qué pasa.

Tiene razón: sin él, no puedo conseguir la historia. Por lo general, el entrevistado es el que está nervioso, el que tiene miedo. ¿Por qué ahora soy yo el que se siente interrogado?

Ah, y tampoco tengo todo el día, Félix.

Felipe.

Es lo que quería decir. Surfeo por las tardes, Felipe. Acá abajo. Es para mantener mi sanidad. Cuando surfeas, te equilibras. ¿Lo sabías?

No.

¿Sabes nadar?

Sí, pero casi nunca nado.

Deberías.

Ahora que estoy de free-lance voy a tener más tiempo.

Puta, sin tiempo, ¿de qué te sirve todo lo demás? Y es el tiempo el que se te escapa, no la plata, no la gente, no las cosas. Eso, huevón, lo aprendí en Hawái.

¿Has ido?

No.

El mar está gris. Cubierto. No se ve el horizonte. Siento frío pero, al parecer, Pablo está acostumbrado. Incluso parece estar sudando. A lo mejor son los nervios. Su pelo –largo– está mojado alrededor de sus orejas. De que está eludiendo el tema, lo está. Se me está yendo por la tangente. Pero tampoco puedo obligarlo ni lanzarme, de una, con la artillería pesada. Quizás sea mejor seguirle la corriente. Entrar de a poco. Dejar que opine y opine antes de encerrarlo en su propio cuento.

¿Siempre amanece nublado acá?

Si no despeja a la una, no despeja.

Tenemos tiempo, entonces.

Supongo que sí. ¿Una cerveza?

No.

¿No?

Bueno.

María, dos chelas, por favor. No, una no más. Yo quiero una michelada. ¿Quieres una?

No.

¿Quieres un crépe?

No, estoy bien. Gracias.

Si escribo esto en tercera persona, debería anotar detalles. El lugar, las cabañas, su ropa. Su polera alguna vez tuvo mangas; alguna vez fue color azul. Dice Puerto Escondido. Nota mental: debo averiguar dónde queda. Creo que está en México. ¿Estará en Baja? A los surfistas les gusta Baja California. Lo leí en una Revista del Domingo. ¿O fue en otra parte? Debería preguntarle dónde queda.

Puerto Escondido está en México, ¿no?

Sí.

¿Baja California?

No. La costa del Pacífico. Oaxaca. México es la zorra. Pero Puerto Escondido es…

El cielo…

No, no para tanto. Igual hay gente. Y en el cielo no puede haber gente. Pero Puerto Escondido al menos está escondido. Siempre hace calor, no como aquí. Si eres surfista, es la cagada. Puta, es bacán. Igual yo estaba más en Zipolite porque ahí puedes pasar en pelotas.

Ah, es una playa nudista.

Supongo, sí. Claro. Vos eres medio cartucho, ¿no?

No.

Ah. Igual tienes cara como de nerd.

Puta, gracias. ¿Tú eres nudista, Pablo?

La preguntita. Veo que partimos. Los periodistas son periodistas. Hagan lo que hagan.

Perdona. Tics del oficio.

Dos micheladas trajo María. No voy a reclamar. La cerveza viene con hielo molido y se ve oscura. Mmm. Es picante. Y tiene salsa inglesa o algo así. No diré que no me gusta. Tengo que ganarme a este huevón. Tiene que hablar. La Paula me va a crucificar si no regreso con…

Ok, Felipe, ¿quieres que parta por el comienzo? ¿O por esa noche?

Partamos por el final. A veces es mejor sacar eso para fuera para poder ordenar el cuento. ¿Qué fue lo que pasó esa noche? La noche del…

3 de octubre. El mismo año que bombardearon las Torres Gemelas. Un poquito tiempo después.

¿Qué pasó ese 3 de octubre?

Mira, ese miércoles en la noche, porque fue un miércoles, día de semana, un día normal, yo estaba en el cumpleaños de una amiga de mi polola de ese entonces. Era un cumpleaños familiar, con los papás de la festejada. El típico cumpleaños fome de día de semana de mina que no tiene pololo y que dice querer más a su familia de lo que la quiere; lo que pasa es que no tiene con quién más juntarse. Pero la mina era la mejor amiga de la Cristina, mi polola, así que fui. Y comencé a tomar piscolas de puro aburrido porque, de verdad, me cargan las piscolas, prefiero el ron, el Cuba Libre; pero los dueños de casa, unos viejos medio fachos, no tenían nada más. La cosa es que nos pusimos a conversar sobre la situación de mis hermanos. No sé cómo surgió el tema, pero como la gente no era gente que yo conociera, tampoco me explayé tanto ni hablé pestes contra mi viejo como para que alguien pensara "este gallo va a cometer una locura en cualquier momento". Pero sí terminé hablando harto sobre arriendos y departamentos. De pronto a la vieja, a la dueña de casa, le cae la teja y me dice, casi horrorizada, "No entiendo, joven: usted es el apoderado de sus hermanos. ¿Y sus padres?".

No podía creer que tuvieras tanta responsabilidad.

Claro. Eso siempre ha sorprendido a la gente. Pero cuando le dije que mi padre era un hijo de puta y que mi madre estaba muerta, la vieja casi se cae de espalda. Se puso blanca. Inmediatamente cambió de tema y se puso a pelar a la Vivi Kreutzberger, porque a la gente en los cumpleaños no les gusta tocar temas peludos.

¿Y qué pasó después?

Fui a dejar a la Cristina a su casa. Vivía en Hernando de Magallanes con Bilbao. Por ahí. Ella andaba como tonta y no quiso que pasara. Nunca quería, porque vivía con sus padres. Además, según ella, estaba indispuesta. Algo que, personalmente, me da lo mismo. Pero la Cristina se bajó del auto y nada. Ni un beso. Así que partí. La idea de ir a la casa de mi viejo me vino un poco más tarde. Cuando comenzó a sonar "Ausencias" del grupo Nadie. ¿Conoces esa canción?

De los ochenta.

Sí. Chilena. Del grupo Nadie.

"A Nadie."

Sí, así les decían, pero eran buenos. O sea, yo creo que eran buenos. Tuvieron, al menos, una canción.

Con una canción –dicen– basta.

Totalmente de acuerdo: con una canción basta para que te recuerden. Sin duda. La cosa es que surge esta canción de la nada, después de un tema, no sé, creo que de OMD. Y no sé, "Ausencias" como que me conecta con algo… con el pasado, con un pasado bueno, cuando era más pendejo, pero también con un pasado como las huevas, porque la verdad es que nunca la pasé peor que cuando se suponía que debía estar pasándolo la raja. ¿Me cachái?

Totalmente.

Pero lo que me mata de la canción… lo que me mata es el coro. Quizás es un poco adolescente. Como de adolescente que lee filosofía y no entiende nada pero igual se siente profundo.

"Lo que no te mata te hace más fuerte."

Lo que igual es verdad.

Sí.

"No porque no hay / siquiera una razón / un pájaro volador / un poco de comprensión / Ten un poco de compasión".

Me acuerdo de ese tema, sí.

Y nada… como que de repente me vi onda llorando, pero sin querer, y eso que no había tomado tanto. Mientras me secaba, capté que iba manejando por Las Condes arriba, casi en piloto automático. Como que el auto comenzó a dirigirse a la casa de mi padre. Como en esa película… *Christine.* Quizás el auto sabía que tenía que ir donde él, que yo tenía que enfrentar mi destino para así poder liberarme. No sé. Tampoco sé cómo llegamos a todo esto. Perdón, ¿dónde iba? Perdí el hilo.

Cuando te despediste de tu polola se te ocurrió ir a ver a tu viejo.

Eso. Como que la canción me gatilló algo. O me dio fuerzas. Si la Cristina, que tenía algo de mamá, hubiera sospechado siquiera que yo podía tener intenciones de ir esa misma noche adonde mi viejo, no me habría dejado. Ella sabía que yo había ido antes y era de la opinión que era mejor cortar la relación de raíz y de una vez por todas. Una vez me dijo que ya no valía la pena que me juntara con mi padre.

¿Por qué?

Porque siempre terminaba mal, con gritos. Y, al final, el que terminaba peor, enganchado, era yo. Esa noche, en todo caso, fui a conversar con él de nuestra situación. Mi plan no era pelearme, aunque sí desahogarme. Tanta mierda en mi cabeza ya no me dejaba dormir. Fui a enfrentarlo; algo que nunca había hecho en toda mi vida. Porque discutir por huevadas no es lo mismo que enfrentarse y hablar claro. En ese sentido, fue una noche distinta. Pero, puta, no sabía que sería tan distinta. Mi padre puede ser un hijo de puta, siempre lo ha sido, pero otra cosa es que sea…

Un asesino.

Exacto. Aunque no me mató.

Pero quiso…

Sí, se le pasó la mano.

Bastante.

Bastante, sí. Además, me atacó por la espalda.

Ah. No sabía eso.

Por la espalda, como los traidores.

¿Sin aviso?

Sin aviso.

Quizás eso fue lo que más te descolocó. No tanto que te disparara, sino que haya sido por la espalda.

Te aseguro que si me hubiera baleado de frente, me hubiera dolido igual.

Hablo más bien de los aspectos simbólicos.

Da lo mismo que te balee Edipo o Ulises o no sé quién chucha. Cuando tu viejo te balea, tus traumas se acaban y uno sólo está preocupado de no desangrarse. ¿Te puedo hacer una pregunta?

Claro.

Tú has ido a terapia, ¿cierto? Dime. ¿Has ido?

Sí. ¿Por qué? ¿Se me nota?

Demasiado.

Ah.

¿Por qué fuiste?

Por huevadas.

¿Pero por qué?

Creo que son temas personales.

Por qué, te dije.

Puta, por rollos con mi viejo.

Veo. ¿Te baleó?

No.

¿Lo intentó?

No.

¿Entonces por qué te llevaron?

Porque, aún de adolescente, me meaba en la cama.

¿A qué edad?

Puta, a los doce.

¿Pero por qué? ¿Te pegaba? ¿Te culeaba? ¿Qué?

No, nada tan terminal. Nadie me pescaba. Con el tiempo, supongo que da lo mismo. Creo. Uno lo supera. Pero cuando lo estás viviendo, cuando crees que todo es tu culpa o que has hecho algo malo, puta, la huevada te rebana los sesos. Te bajan las defensas, pierdes tu columna vertebral y te vas a la mierda.

¿Malas juntas?

Digamos que llegué a la adolescencia sin estar preparado. Repetí curso. No salía de mi pieza. No hablaba. Las minas no me pescaban, me odiaba, me encontraba feo, todo me daba miedo. No paraba de dudar de todo.

Dudar es lo peor. Cuando te largas a dudar, después no puedes parar. Dudar es el jale de los pensamientos.

No era capaz de terminar nada. Nada. No tenía amigos. Pero onda ninguno. Pasaba volado, y borracho. Traté de matarme con las pastillas de mi vieja, pero se me hizo. Y eso… al final, igual uno vive. Se salva raspando, pero se salva. Sales al otro lado.

Lo típico.

Sí. ¿Contento? No creo que sea tan distinto al resto. Mi vida no da ni para novela ni para artículo. ¿Podemos seguir?

Pero igual tienes tu pasado.

No tanto como el tuyo, pero tengo pasado. Yo creo que todos tienen un pasado.

Sí, pero no todos tienen un futuro. Puedes usar esa frase como destacado.

No todos. ¿Tú crees que tienes uno?

Digamos que tengo un presente. Con eso, por ahora, me basta. No hay que pedirle mucho a la vida. ¿Otra cerveza?

Yo estoy bien.

Yo me tomaré otra. Además, como que me cansé, Felipe. Estoy raja.

Pero si recién partimos.

Sí sé, pero… ¿Sabes? No sé si quiera seguir… Igual todo es como muy… no sé. Es difícil. Espero que entiendas…

Tiene que seguir. Recién comenzó a abrirse. No puede parar ahora. No puede. No abandoné el diario La Segunda *para luego fracasar. La única manera en que pueda armarme un nombre es con un artículo que pegue, que llame la atención. Sin polémica no hay ruido, y si no hay ruido nadie escuchará tu nombre. Pero esto es más que polémica. Es un golpe. Un golpe directo al corazón. La revista* Paula *sólo publica cosas de nivel. Un testimonio que, de seguro, podrá…*

¿Otra cosa?

¿Qué?

¿Si deseas tomar otra cosa? Hay jugos…

No, gracias.

¿En qué estabas?

No… Estaba pensando, no más.

¿En qué?

En lo que tengo que hacer cuando vuelva a Santiago.

Huevón, relájate. Si te voy a hablar. ¿En eso pensabas?

No.

No mientas.

Sí.

Lo haré. Don't worry. Pero necesito otra cerveza. Y un pisco. María… venga, por fa. Eh… ¿Te molesta que me fume un…?

¿Pito?

Sí. ¿Quieres?

Eh… creo que no.

¿No?

No. O sea… si tú quieres… pero creo que lo mejor para ti…

¿Lo mejor para mí? No me huevees. Ya tuve un padre y mira lo que me pasó. Ah. María, me trae otra michelada y un corto de pisco. ¿Tú?

Una Coca-Cola no más. Con eso estoy bien.

Eso, María. Gracias.

Si quieres, Pablo, podemos partir por el comienzo.

Te dije que estaba cansado.

Cansa menos cuando uno cuenta las cosas en orden. Es más largo pero dejas de pensar. Te fluye no más.

¿Eso te lo enseñó tu psiquiatra?

Pero igual creo que es una buena idea.

¿Qué?

Que partamos –que partas– por el comienzo...

¿Qué comienzo?

Tu comienzo. Mira, si no quieres llevar esto a cabo, de verdad que te entiendo, pero por favor...

¿Que cuándo nací y todo eso?

Sí.

Es una historia larga, ojo.

No importa, son las mejores. Además, no hay apuro. Tengo tiempo.

Pablo enciende el pito y lo aspira. Miro las banderas de piratas flamear. El humo invade todo el espacio sombreado del chiringuito. Claro que no hay nadie. Sólo María, que está más allá, en la cocina; se me ocurre que ya conoce esta historia. Algo me dice que se la sabe de memoria.

Supongo que todo empieza mucho antes de esa noche. Mucho antes incluso que muriera mi mamá. Supongo que todo comienza con ellos.

Sí. Todo parte así.

Bien: ellos se casaron en 1971, en plena UP. Creo que faltaron muchas cosas en la boda, que igual fue chica, y fue en el campo, en el campo de un tío mío, que queda en Boco, al lado de Quillota. Mi mamá se llamaba Mariana Cruz Tagle, y tenía diecisiete años; y mi papá, Francisco "Pancho" Santander Ossandón, que recién había cumplido los veinte.

¿Los veinte?

Sí, eran un par de pendejos. Demasiado chicos. Quizás por eso nos tuvieron; lo hicieron sin pensar. Si la hubieran pensado, yo creo que al menos mi viejo no me tiene. Pero, como te dije, eran chicos. Seguro que mi viejo pasaba con la penca parada y no creo que pensara que cada vez que se comía a mi vieja podía surgir un hijo, y menos una serie de responsabilidades. Para nada. De hecho, se casaron apurados. Fui yo, digamos, la razón de su unión. Se casaron de tres meses. Al rato, aparecí yo. De verdad creo que no sabían lo que hacían.

¿Crees eso?

Quiero creer eso. Porque no creo que uno planee ser un mal padre ni que uno quiera cagarse a sus hijos. Lo que pasa es muy simple: uno espera que, a medida que crezcan, te vas a ir calmando. Juras que el tiempo te hará mejor persona y, de paso, mejor padre; pero, claro, nunca sucede.

¿No?

Por desgracia, no. Ah, gracias, María. Lo anota en la cuenta.

Gracias.

Mmmm. Está rico. Está empezando a hacer calor.

Sí.

¿En qué estábamos?

En tu nacimiento.

Entonces nací yo. Pablo Alejandro Santander Cruz. ¿Quieres mi número de carnet?

No. ¿Qué año fue?

El 71. ¿Tú?

El 72.

Yo nací el 18 de septiembre de 1971. Justo para Fiestas Patrias. Puta, desde que tengo barba o antes que he pasado mis cumpleaños tumbado en el suelo barroso de una fonda escuchando cómo bailan cueca arriba mío. ¿Qué más?

Eh... tu infancia. ¿Cómo fue?

Como las huevas. ¿Qué más?

Puedes explayarte...

Puta que hueveas; mira, desde que tengo memoria veo a mi viejo pegándole a mi vieja, o castigándonos a nosotros. Los sociólogos, sacos de huevas, alegan que los monos japoneses de la tele son demasiado violentos, pero, puta, son menos violentos, te cagan menos la psiquis que tu viejo, hediondo a Flaño, armando el medio escándalo porque sí. ¿Estás de acuerdo?

Sí.

Desde los tres años que me agarra a correazos. Y le pegaba combos a mi vieja. Una vez hice un cumpleaños. Invité a todo mi curso. Mi viejo empezó a discutir con mi vieja, tomó la torta y la tiró contra la pared, y luego le pegó tanto a mi mamá que ella sangraba arriba de la mesa. Todos los pendejos lloraban, traumados.

¿Hasta cuándo duró el matrimonio...?

Mis papás se separaron definitivamente en 1985, cuando yo tenía catorce años. En 1980 ya se habían separado por primera vez y estuvieron dos años así, distantes. Pero después se volvieron a juntar como por cinco años, período en el cual nació la Tere. Sé que todo esto es medio enredado, pero, puta, la vida no es ni como en las películas ni como en los cuentos. Es un puro caos, no más.

De más.

Y tampoco uno aprende algo al final. Yo, al menos, no.

¿No?

No sé. No creo. Cuando mis viejos se volvieron a separar, después de este segundo intento, mi mamá se fue de la casa. Se fue con lo puesto. Ahí sí que no entendí nada. Ellos, desde luego, no aprendieron su lección. Me acuerdo que el día que mi vieja se iba me preguntó qué opinaba y yo le dije: "Primero te vas tú, después me voy yo, después se va la Connie; es la única manera que tenemos de escapar". Un par de meses después me arranqué. Me costó mucho porque de alguna manera –supongo que por ser el mayor– yo era el hijo predilecto de mi viejo. El favorito. Quien te quiere, te aporrea. A la Connie le costó harto también. El Martín y la Tere se quedaron con él porque eran chicos.

Son cuatro hermanos, entonces.

Somos cuatro hermanos Santander Cruz: yo soy el mayor; después viene la Connie, que es mamá del Miguel Ángel; después está el Martín, que estudia ingeniería en computación en la Portales, y la Tere, que está en tercero medio. Viviendo con él corríamos auspiciados en la parte económica, pero sólo si vivíamos con él. Esa era la condición. La Connie no estaba dispuesta a venderse y terminó en un liceo con el apoyo de mi vieja; después se dedicó a viajar. Quería estar lo más lejos posible. Vivió harto tiempo en San Pedro de Atacama. Se recorrió toda Sudamérica mochileando. Ahora estudia teatro en Colombia; está en su tercer año. Mi papá, a todo esto, se volvió a casar hace como doce años. Y el año antepasado Martín se fue de la casa. La Juana, la segunda mujer de mi papá, trataba muy mal a la Tere, le pegaba; por eso el Martín siempre tuvo muchos problemas con ella. Estaba bueno el pito. Te lo perdiste.

Volvamos ahora un poco atrás. Rebobinemos.

Vale.

Cuéntame algo de tu adolescencia. ¿Qué onda?

Me acuerdo de cuando vivíamos en una casita de la calle Arizona, en la villa El Dorado. Había muchos niños en el barrio, porque eso era: un barrio hecho y derecho. Yo pasaba en la calle. Tenía, no sé, unos doce años. Me acuerdo que era capaz de escuchar a varias cuadras de distancia el auto de mi papá: un Fiat 132. Ahí me entraba el pánico. No quería que me castigara, pero me castigaba igual aunque no me hubiera mandado ningún condoro. Bastaba que escuchara el ruido del motor para que me largara a vomitar.

¿Y más de grande…?

Igual no más. Pero todo es más piola, más para callado. Es más fácil tener miedo de chico que de grande, porque no tiene nada de malo tener miedo cuando eres chico. ¿Me cachái? Es lo que corresponde. De grande, puta, ahí la huevada se complica porque el miedo lo tienes que esconder. Pero no se te va. Se transforma en otras huevadas, pero no se te va.

¿En ira quizás?

Cortemos la huevada psicológica, ¿ya?

Vale.

Estuve en todos los colegios. En todos. Tanto que, al final, no estuve en ninguno. Pasaba metido en los Delta jugando. Me gasté una fortuna en fichas. Cuarto medio lo terminé haciendo exámenes libres. Lo mío era flojera. Flojo, muy flojo el culeado. Lo asumo.

¿Eras muy conflictivo?

Muy pocas veces en mi vida he peleado. Fui más cobarde que pato malo. Yo no era el cabrón del curso ni el que andaba peleando. Para nada. Como que le tenía miedo a la agresión. Cuando veía a mi viejo enajenado con nosotros o con mi mamá, lo que sentía era pánico, no rabia. Pero, por otro lado... es raro, pero, a veces, mi viejo...

Tu viejo qué...

No era tan mala persona. En serio, no era tan malo. O sea, sí. Puta que sí. Pero la verdad es que también tengo buenos recuerdos de él cuando yo era pendejo. ¿Qué quieres que le haga? Como que me compraba todo lo que quería. Me hacía cómplice de sus huevadas. Ese era su truco. Estando con mi viejo, lo teníamos todo: socios de un estadio para que jugáramos tenis, subidas a la nieve, veraneos en la playa, viajes a Florianópolis. Me acuerdo de que incentivé a mi viejo para que se comprara una camioneta y fuéramos a dunear. Me compró una moto a mí, le compró una al Martín, y andábamos en moto. El año 87 fui campeón nacional de motocross, categoría 125 centímetros cúbicos. Me regalaron Milo para todo un año. Salí en todos los diarios. Fui a competir a Mendoza y Córdoba y a Uruguay. Y a un campeonato panamericano en San Antonio, Texas. Tengo una foto frente al Alamo. Mi viejo me acompañó y luego fuimos juntos en un auto a conocer la NASA en Houston. Yo tenía una KTM y con ella aprendí mecánica. Si llegué a ser campeón fue gracias al auspicio de mi viejo. Y porque mi familia todavía estaba unida.

¿Nunca pensaste estudiar en la universidad?

No. Si uno cacha para lo que sirve, entonces no sirve para nada. De verdad. Te vas directo por el cagadero. Así que ni lo intenté.

¿Qué hiciste?

A instancias de mi abuelo materno, que tiene muchos contactos, mi mamá me mandó obligado a hacer el servicio militar en Punta Arenas. El 92. Mi mamá estaba con problemas económicos y yo andaba hippiando con mochila por aquí y allá, así que entre los dos hicieron la movida para que me fuera a hacer el servicio al sur.

¿Cuánto tiempo estuviste por allá?

Como año y medio. Y en la Fuerza Aérea. Después me volví a Santiago y ahí estuve como un año, pero no lo pude resistir. Así que me vine para acá, a Pichilemu. Todavía no construía las cabañas pero ya teníamos los terrenos. Me prestaron plata y me hice cargo del Hotel Chile-España que, en esa época, estaba para el pico. Y nada: lo arreglé, le di onda y lo transformé en un refugio power para surfistas. Salimos en la guía *Lonely Planet.* Hasta me citan: "Ask for Pablo: you can count on him".

Ahí enganchaste con el surf.

No, mucho antes. Yo creo que surfeaba en el útero. Mis abuelos siempre han tenido casa acá. Y varios terrenos, además de un campo cerca de Litueche. Yo tengo una conexión con esta zona. Supongo que esta playa es mi lugar. Por eso siempre vuelvo para acá. Es el único sitio donde me siento seguro. Aquí conocí a la mamá de mi hijo y, sin pensarlo mucho, me casé. De una. Nos fuimos a vivir un año a las Sierras de Bellavista. Después otro año en Santiago, donde nació el Lautaro, que hoy tiene siete años. Pero me apesté y nos volvimos para acá, para que el chico se criara en la arena y bajo el sol.

¿Tienes un hijo? No lo sabía.

Sí. Como padre, me declaro responsable dentro de lo que he podido ser. Mientras estuve con él nunca le faltó nada y su cercanía me resultaba sumamente motivadora. Nunca estuve muy de acuerdo con que se fuera al sur. La mamá es de Chillán. Pero se fueron y perdí todo contacto. Hubo una pelea por teléfono y ella ahora ya no vive ahí. Ahora está, creo, en Argentina. En la Patagonia. Creo que en Puerto Madryn, pero no me consta. Quizás están en Río Gallegos. No sé. Con ella nos separamos por problemas estrictamente de pareja. Tampoco creo que termináramos por mi familia. De hecho, la cosa se puso grave después que ella partió.

O sea, no tienes contacto con ellos. Ni con él.

No. Pero no porque no quiera. Son cosas que pasan. Por ejemplo, no todas mis pololas –o sea, he tenido dos después de que mi mujer se fue– supieron que tenía un hijo. Igual no tengo cara de ser papá, así que no se dan cuenta. A la madre de mi hijo la he apoyado cada vez que he tenido la posibilidad.

No lo ayudas, entonces.

No es que no quiera, no puedo. Te dije que no sé dónde están; tampoco me llaman.

Pero no crees que podrías intentar localizarlos y...

Ya, pero es mi vida. El artículo no es sobre cómo soy como padre.

Perdona.

Ya. Igual es complicado. No sé para qué te lo conté. Se me salió. Tal vez por todo lo que me ha tocado vivir, yo ya le tomé un poco de recelo a las relaciones pasionales. Pasa. Prefiero las relaciones más livianas. O simplemente no tener. Tampoco hacen tanta falta. No es tan difícil conseguir sexo. Y si te concentras, ves que tampoco es tan, tan importante o necesario. Por suerte, uno nació con manos. Mi actual polola, porque, increíblemente, ahora tengo a alguien, y eso que no andaba ni mirando, igual me estabiliza. Llevo cuatro meses, pero pase lo que pase, sé que no quiero casarme ni convivir ni deseo volver a tener hijos. Ya me casé una vez, por el civil y por la Iglesia, y sé que nunca más lo voy a hacer. De hecho sigo casado, porque no hemos anulado el matrimonio con la mamá del Lautaro. Pero mi idea es nunca volver a casarme ni tener más hijos.

Es comprensible.

Supongo. Pero no coloques nada de eso, ¿ya? Bórralo. No lo incluyas ni en broma. ¿Me entiendes?

Queda en off.

¿Off qué?

Off the record. Fuera del cassette. Es como si nunca hubiéramos tocado el tema.

Mejor. Cero Lautaro, Felipe. Cero.

Off es off. Te doy mi palabra.

Ya.

Si quieres te puedo enviar una copia de todo esto.

No creo que sea necesario.

Vale. ¿Quieres seguir?

Sí. Sigamos.

¿Cómo era tu mamá?

Mi mamá se parecía a la María Olga Fernández. ¿No sé si te acuerdas de ella?

Algo.

Era de la tele. Después desapareció. Creo que se fue del país. A Miami. Incluso animó Viña. Ella fue la que le entregó la Gaviota a Fernando Ubiergo.

Por "El tiempo en las bastillas". No me acuerdo de su cara pero me acuerdo de la canción. Éramos como muy chicos.

Una vez vi un programa de Antonio Vodanovic y me fijé. También tengo una *Cosas* en que es portada. Ella era linda. Súper bonita. Además, tenía clase. Era fina. Se notaba a la legua por como caminaba. Caminaba como modelo. Mi mamá era de una familia grande: siete hermanos, cinco mujeres y dos hombres. Fue vendedora de AFP. Trabajó en la AFP Summa durante muchos años y después se pasó a Provida. Sufría de una úlcera crónica que luego degeneró en un cáncer gástrico. Yo creo que mi padre la mató.

¿Cómo?

Mi padre la hizo sufrir demasiado y ella, claro, no estaba preparada. Nadie está preparado para sufrir tanto. Y menos cuando aquel que te hace sufrir es alguien que te quiere. Eso es lo peor. Eso te mata. Cuando le diagnostican el cáncer, lo único que nos pidió fue que, por ningún motivo, nos acercáramos a mi papá. Me decía: "No te vayas a vivir con él, no le metan juicio, nada; no se metan con él".

¿Qué edad tenía cuando supo de su enfermedad?

Cuarenta. La misma edad en que murió. Todo fue súper rápido. Al tiro. Quizás fue para mejor. No sé si yo hubiera podido soportar una enfermedad así por años. Llegó un momento en que vomitaba la fruta que había comido dos días antes. Lo peor es que le salía un olor a podrido, y a ella eso le daba vergüenza. Ella decía que era su maldita úlcera, pero una úlcera no es tan severa. Fue a la clínica, le hicieron la biopsia y, claro, la úlcera era cáncer y estaba muy avanzado.

¿Cómo reaccionaste?

No quiero hablar de eso.

Entiendo. Y qué pasó...

Duró apenas seis meses. Le pillaron el cáncer muy avanzado, la operaron casi sobre la marcha, se hizo el tratamiento y no funcionó. Mi vieja andaba con el catéter; ya no podía comer nada. En un momento dado entendió que no había mucho más que hacer, salvo desconectarse. Los doctores le dijeron que si lo hacía no iba a aguantar una semana. Duró dos meses. Igual ella quedó viva en mí.

¿Cómo así?

Me siento depositario de su energía. Hasta el día de hoy, cuando tengo dudas, ella me entrega todas las respuestas. Ella me ayuda a distinguir entre lo bueno y lo malo.

¿Y tú, qué edad tenías?

Yo ya estaba grande. O más o menos. Tenía veintitrés, pero igual sentí que era chico.

...

...

¿Qué más le pregunto? ¿O lo dejo respirar? Quizá debería parar. Su voz, el tono de su voz… no habrá manera de reproducir su tono de voz. Su voz lo dice todo. Es como si su voz guardara todo lo que ha vivido. Y puta que le han tocado cosas. Y pensar que alguna vez pensé que mi vida ha sido espantosa. Que mi vida era peor que las de los demás.

Volvamos a tu padre. Háblame más de tu padre.

Un tipo complicado…

Al parecer…

Mi papá siempre fue agresivo, violento, súper explosivo y orgulloso. Mi mamá era todo lo contrario. Siempre le perdonó todo; de hecho, mi viejo se mandó hartas cagadas con mis abuelos maternos. Mi abuelo pudo meterlo preso muchas veces, pero mi mamá no lo dejaba. Por nosotros. Yo creo que a mi viejo lo que le dolió fue el hecho de sentir que alguien cercano se le saliera de su control. Mi madre dejó de quererlo. Eso es la clave de todo. Y lo dejó de querer porque no le daba espacio. Era muy celoso. La celaba todo el día.

¿Tomaba mucho?

Sus problemas no eran ni de drogas ni de copete; era una huevada de personalidad. Una personalidad fallida. Después, con el tiempo, sin duda que comenzó a hacerle a todo. A todo. Y ni siquiera convidaba el hijo de puta. Pero su verdadero problema era su tendido eléctrico. Simplemente hacía cortocircuito. Mi vieja le dijo hartas veces que fuera a terapia y todo eso, pero él la mandaba a la chucha. Después vino lo de la separación y ahí empezó la cagada en serio. Era lógico que se separaran. Mi papá no sólo le sacaba la cresta, sino que la humillaba heavy. El amor se convirtió en odio. No sólo a mi vieja, sino a nosotros. Mal que mal nos fuimos con ella, lo dejamos solo. Por eso no nos pasaba ni uno. Mi viejo es reorgulloso y, por lo mismo, medio tonto. El habernos pasado plata hubiera sido como traicionar sus principios. Pobre huevón; en el fondo me da pena.

¿Te da pena?

Un poco. Sí. Me da harta pena.

...

...

Y tú crees que...

¿Te confieso algo?

Claro.

Yo creo que nunca he amado a una mujer como él amó a mi vieja. Nunca. Tampoco creo que lo haga. Igual eso me da rabia. Y pica. Pero también es cierto que, por eso mismo, no creo que me pase lo que le pasó. Él se vino abajo como una casa de adobe durante un terremoto. Cuando ella se fue de la casa, cagó. Los hombres cagamos así.

Eso es verdad. Cagamos rápido.

Él necesitaba odiar. Siempre decía: el amor, como el odio, necesitan cultivarse; si no, uno se olvida la razón del por qué odia. Era el tipo de hombre que, para poder sentirse hombre, necesitaba tener a alguien en su contra.

Un enemigo.

Sí. Por eso mi papá era tan pro Pinochet, yo cacho. En el fondo era un dictador despiadado y, no sé, como que se identificaba con el viejo culeado. Lo encontraba simpático, divertido. El carácter, eso sí, lo heredó de su propio padre. Él es el mayor de seis hermanos y fue el único que se quedó viviendo con mi abuelo paterno, Facundo Santander, cuando este se separó de mi abuela. Mi abuelo, como buen hombre de su época, le era compulsivamente infiel a mi abuela. Creo que iba todos los viernes a un prostíbulo y luego tuvo una amante oficial. Incluso le tenía un departamento por el centro. Con mi abuela no se pescaban. Dormían en piezas separadas. Según mi madre, mi abuela estaba feliz de que su marido tuviera tanta actividad externa, porque así no la molestaba. El acuerdo funcionó por años, todo bien. Hasta que mi abuela se metió, y no por amor, sino por carne no más, con el hombre –el hombrecito, como le decían– que iba todas las semanas a hacer el jardín y a limpiar los vidrios. El tipo tenía unos diez años menos que mi abuela que, por ese entonces, no sé, ya tenía unos cincuenta.

Parece un cuento de José Donoso.

Fue una huevada heavy para mi abuelo. Los encontró in fraganti y no la pudo perdonar. Expulsó a mi abuela de la casa. Y mi abuela cagó porque ni siquiera amaba al tipo. El hombre le daba cariño no más, pero no sabía ni leer. Además estaba casado y tenía una pila de hijos. No es que tuviera planes de fugarse con él. Casualmente, a las pocas semanas, el Braulio, o sea, el jardinero, murió acuchillado. Se supone que fue una riña de borrachos en un bar de mala muerte del matadero. Pero, por lo que me cuentan, yo creo que mi abuelo tuvo algo que ver. Esto, claro, asustó aun más a mi abuela. La muerte del Braulio fue como una prueba para que ella entendiera que con Facundo Santander no se juega. Mi abuelo se fue en picada contra ella y el resto de sus hijos. Contra todos, excepto contra mi padre, que fue el único en quedarse con él. Mi padre tenía nueve años. Mi abuelo era abogado, pero era el abogado de los chicos malos; le pagaban súper bien y tenía harta plata y contactos; tanto en el submundo como en los mejores círculos, por lo que siempre hizo lo que quiso. Una vez salí con una abogada y cuando supo quién era mi abuelo, su cara se volvió de piedra. "Qué asco", me dijo, y luego me pidió perdón. Yo le dije que sí, que tenía razón; el viejo era un asco, pero más asqueroso era que su sangre circulara por mis venas.

Pero uno no elige sus parientes.

Sí sé, pero, de todo modos, te marcan. Ser hijo o nieto de gente mala no te hace malo pero sí te llena de culpa y de sombras. Y hagas lo que hagas, ellos siguen ahí. Por suerte, huevón, mis apellidos no son famosos. O sea, no todos saben quién es mi padre. Siempre me he imaginado qué significa ser hijo de alguien que todo el mundo odie o desprecie. ¿Cómo se vive si tu apellido es, no sé, Townley?

¿Qué fue de tu abuela?

Terminó viviendo con su hermana en una parcelita de Olmué. Nunca volvió a Santiago. Murió un día en misa. Rezando. Mi padre tenía como catorce y no lo dejaron ir al funeral ni nada.

¿Y tu padre a qué se dedica? Porque tiene buena situación, ¿no?

Cuando mi abuelo Santander murió el 89, de cáncer al esófago, por tanto fumar, dejó una enorme cantidad de bienes. Mi papá, que en ese tiempo ya estaba separado definitivamente de mi mamá, quedó como el responsable de todo ese medio patrimonio. Mi viejo quedó totalmente equipado y eso le significó pelearse con mis tíos.

¿Y qué estudió? ¿Estudió algo?

Después del colegio estudió mecánica, pero no terminó. Fue vendedor de 3M durante, no sé, unos cinco años. Después hizo un curso para ser jefe de ventas, se cambió de empresa, y con todo el capital que le llegó puso su propia empresa. Importa todo tipo de tarjetas de bancomático, de crédito, de grandes tiendas, de controles electrónicos de accesos, códigos de barra, máquinas para grabar tarjetas, circuitos cerrados de televisión.

¿Le va bien?

Muy bien. Como te dije, mi papá quedó con mucha plata. Y la plata ayuda a generar más plata. Se compró una casa a toda raja.

¿Nunca volviste a estar cerca de él?

Sí. Siempre. A cada rato.

¿Cómo?

Es que mi padre es un tipo muy fluctuante. Sube y baja, va y viene. Es como una montaña rusa. Te odia y te putea y al día siguiente es encantador y divertido y hasta amoroso. Después del bajón del carrete es capaz de ponerse a llorar. Es culposo y se arrepiente. Le dan sus depresiones, nos pregunta que cómo lo ha hecho, si es buen padre o mal padre, y empieza así, a llenarnos de cariño y nos obliga a perdonarlo.

Un poco agotador.

Desgastante, porque nunca sabes a qué atenerte. Nunca. Hace como tres años, por ejemplo, yo estaba aquí, en Pichilemu, viviendo con unos surfistas gringos muy locos, y mi viejo me vino a buscar. No fue en mala, todo lo contrario. De hecho, como que me costó reconocerlo. Cuando apareció yo me cagué de miedo, pero al final terminamos tomándonos unas cervezas en la playa y hablando de la vida. Me convenció de que volviera a la casa con él, que quería reunir a la familia y la cacha de la espada. Me ofreció trabajar en una de sus empresas: una cadena de fotocopiadoras y servicios de impresión. En un principio todo iba bien, pero después, claro, empezó a quedar la cagada por, no sé, ¿quinta vez?

Un círculo vicioso.

Sí. Un día se me ocurrió pararle los carros. Me sacó la chucha; es muy heavy que tu papá te dé una pateadura cuando ya no eres un pendejo. Me echó de la pega y nos botó de la casa. Porque también echó al Martín. Quedamos literalmente en la calle. Después nos acogió la familia de mi vieja, mis tíos, quienes metieron abogados para obligar a mi viejo a que nos pagara una pensión. Pero él decía que prefería gastarse su plata en la cárcel que pasarnos un peso.

Y eso fue lo que te gatilló a enfrentarlo.

Sí. Fue una noche como una de las tantas. Porque, de verdad, hemos peleado tantas veces. Yo ya estaba aburrido de estar a cargo, de que todas las preocupaciones cayeran sobre mí. Quería hablar con él de una vez por todas sobre la situación de mis dos hermanos menores. Por su falta de preocupación, Martín llevaba cinco meses sin pagar la universidad. Y la Tere estaba yendo a un colegio gratuito, pero último, con puros alumnos problema y donde hasta los profesores van con la caña.

Espera, no entiendo. ¿Tus hermanos chicos vivían contigo o con él?

Martín estaba conmigo. La Tere estaba con mi padre, aunque pasaba harto tiempo en mi departamento. Yo trabajaba en una compraventa de autos de un primo de mi mamá. Y arrendaba un departamento en la Avenida Colón. Como mi viejo era chantajista, se estaba cagando a Martín. No le pasaba un peso y dejó de pagarle la universidad. Yo tenía que hacerme cargo de él y no tenía dinero. O sea, no me alcanzaba. Además, puta, era mi hermano, no mi hijo.

¿Tu hermana chica estaba bien?

No. Pero vivía en este medio palacete. Construyó esta enorme casa con una pieza con baño para cada uno: para seducirnos a que volviéramos con él. A pesar de que éramos adultos. Tenía esta fantasía de que los cuatro viviéramos con él como una familia feliz. La casa tenía varios niveles y una sala con mesa de pool. La piscina era temperada. Y tenía una cascada. Es rica la casa, pero lo mejor es la vista. Qué vista. Cuando estaba muy despejado, o después de un día de lluvia, veías hasta los aviones despegar. De noche, puta, hasta daban ganas de vivir en Santiago. Una vez me tocó cuidarla durante un verano, durante una tregua; lo mejor era despertar en medio de la noche e ir a la cocina a tomar algo y ver el espectáculo de las luces. Nadar de noche, en el verano, en esa piscina, mirando la ciudad iluminada, como que uno se sentía en paz, protegido. Pero era una quimera. Esa casa no era un oasis, sino una fortaleza. Ahí, mi papá se refugiaba y planeaba su ataque. Desde ahí era capaz de repeler a sus enemigos y, sobre todo, a los pobres. Mi viejo le tenía pánico a los pobres. Le tiene, digo. No creo que haya cambiado tanto. Juraba que algún día se tomarían su casa. Por eso no entendía que viviera aquí donde nadie tiene ni uno.

¿En qué barrio está la casa?

En Quinchamalí. ¿Cachái dónde es?

Creo. ¿Es por Los Dominicos?

No. Es casi camino a Farellones. Subiendo por Las Condes, antes de la Plaza San Enrique, justo antes de la bifurcación hacia Farellones.

¿Donde está la YPF?

Correcto. Todo el barrio que está ahí, a la derecha, digamos, hacia el sur, es Quinchamalí.

Es un barrio con reja. O sea, tiene guardias a la entrada. Una barrera.

Una de las entradas tiene, pero a la noche. Pero sí, es un barrio protegido. Hay buenas casas. Y el pavimento no tiene trizaduras. El pavimento es tan blanco que uno podría comer ahí. Mi casa –la casa de mi viejo, digo– está como a la entrada. Tienes que subir por una calle medio empinada hasta que el terreno se aplana. Ahí estaba la casa. Ahí está, digo. ¿A vos de chico alguna vez te llevaron a una huevada muy mula llamada el Far West?

Claro que sí. Estaba por allá arriba.

Quedaba en Quinchamalí... Ahí estaba.

Tienes razón: era antes de la subida a Farellones. Puta, me acuerdo poco. Era una cosa del Oeste, ¿no?

Estaba lleno de vaqueros que caminaban por las calles polvorientas. Hacían shows. El lugar era muy cuma porque esto no es Hollywood. O sea, ¿cuándo han hecho aquí una película de vaqueros?

Ni siquiera uno de esos spaghetti westerns.

Lo loco es que fue un invento de Allende. O sea, se inauguró como el año 1970, al comienzo de la Unidad Popular, cuando todo lo yanqui era considerado sospechoso. Creo que se terminó como en 1976 o en el 77. Yo igual era chico, pero tengo fotos. Yo, con sombrero y pistolones, en la plena calle principal, frente al saloon, al lado de mi viejo que tiene dos pistolones. Tengo otra en que me abraza una mina con unas medias tetas que hacía el rol de puta. Según mi viejo, de noche, el Far West era para grandes y quedaba abierto durante el toque de queda; servían alcohol y las mujeres escotadas del bar ahora eran putas, estaban ahí trabajando duro.

El Far West. Uf, hace tiempo que no pensaba en el Far West. ¿O sí? Una vez, hace años, la Ana Josefa me envió a Los Ángeles a un junket, a un lanzamiento para la prensa internacional de Duro de matar 3. *Yo nunca había ido a Los Ángeles. Yo nunca había ido a los Estados Unidos. Me alojaron en un hotel llamado Beverly Wilshire y me tocó entrevistar a Bruce Willis y Samuel Jackson, y a Jeremy Irons, que me dijo que quería mucho a Isabel Allende y que el haber podido interpretar a Esteban Trueba era, sin duda, uno de los hitos de su carrera. Yo, para quedar bien, le dije que también era un fan y que en Chile todos la amaban. El último día nos llevaron a un sitio llamado Knott's Berry Farm, que era como el Far West pero en versión Primer Mundo. Era todo del Oeste, con locomotora y dili-*

gencias y una montaña rusa... Y ahí me acordé del Far West chileno. De lo precario y polvoriento que había sido nuestro Far West.

The Far West Town, ese era su nombre real. Los indios no eran mapuches, sino argentinos. Tenían mejor cuerpo y eran más altos que los chilenos y se veían mejor en taparrabos. Según mi viejo, además, no tenían cara de indios y que por eso los contrataban.

No te creo.

Eso me lo dijo mi madre, que odiaba el Far West. Le parecía patético. Y fome porque, en realidad, no había mucho que hacer. No es que hubiera atracciones y juegos como en Fantasilandia. Pero a mi viejo le gustaba. Lo que pasa es que el dueño era amigo suyo. Un tipo del colegio que era de ese grupo contra Allende.

Patria y Libertad.

Eso. Creo que en el mismo Far West entrenaban con balas reales. Nadie se daba cuenta. Era el sitio ideal para planear sus atentados y secuestros terroristas. Nosotros íbamos a cada rato a ver los duelos con pistolas. A fogueo, supongo. Me acuerdo de un tipo que se lanzaba de un tercer piso y caía arriba de un montón de paja. Después la cosa quebró y lotearon y de a poco comenzaron a hacer casas. Quinchamalí era el Far West. Ahí estaba la casa. Justo donde antes se alzaba The First Pioneer Bank.

Esa era la casa, entonces.

Sí. La casa a la que llegué esa noche. Llegué hecho un energúmeno a la casa. Puta, igual yo cacho que daba miedo. Harto. Llevaba una botella vacía de cerveza y con ella salté la reja, una media reja, y empecé a pegarle al auto de mi papá para que sonara la alarma. Era un Audi nuevo, pero no pasó nada. Entonces apareció en la puerta del antejardín y yo me lancé encima. Ni siquiera lo pensé, sólo salté. Nunca antes le había pegado a mi viejo y ahí capté que hacía años que quería sacarle la chucha.

Querías vengarte.

Sí, pero al mismo tiempo como que reaccioné. Me asusté y lo solté. Es rara la sensación, como que por un lado sentía que la había cagado y por otro no. Me paré y me fui, asustado.

¿Dirías que eres un tipo violento?

Agresivo yo no soy, violento tampoco, pero soy letal en el sentido de que no soy un tipo que cierra los ojos ante las cosas: tengo reacciones rápidas e instintivas. Tiempo atrás, en una discotheque de acá, durante febrero, cuando se llena de huasos brutos pasados a pisco, yo estaba con un amigo y este se empezó a agarrar con uno de estos huasos tatuados. Yo los empujé a los dos para separarlos y cuando el tipo se me viene encima lo agarro del pescuezo y él me empieza a pegar en las bolas. Entonces ahí, instintivamente, le entierro un dedo en la garganta. Al tipo se le empezaron a inflar los ojos y me soltó al tiro, entonces yo lo solté a él. Ni la pensé. De más que lo pude matar. Pero agresivo, bueno para pelear o bueno para los combos a la salida del colegio, no, nunca he sido así. Ahora sé que la cagué esa noche. No voy a mentirte. O sea, estuvo mal no esperar que me abrieran. Hasta entiendo que hubiera llamado a los pacos, pero...

Pero qué... ¿Qué pasó a continuación?

Me di cuenta de mi embarrada. Estaba tiritón. Sólo quería irme. Estaba, de verdad, en otra. Por eso no me percaté cuando mi viejo se paró y entró a la casa. Alcancé a caminar unos tres metros hacia la reja cuando sentí el primer balazo. No habían pasado más de tres o cuatro segundos. Estoy seguro de que entró corriendo a la casa, agarró su Magnum 38 y salió detrás de mí a buscarme, decidido a pegarme un buen tiro. Cuando sonó el primer disparo yo estaba mirando hacia la calle. Me di vuelta y ahí siento el segundo: el que me entró en diagonal por el estómago, por acá. Menos mal, porque a la hora que me toca un hueso no salgo de ahí ni gateando. Todo fue muy rápido. No creo que mi viejo se haya percatado de si el primero me había llegado o no antes de disparar el segundo. Tengo la impresión de que si me hubiera quedado quieto me habría pegado un tercero y así hasta matarme. Él dijo que no me había reconocido, que pensó que era un ladrón, pero no le creo.

Yo tampoco.

Esa noche él estaba lúcido. Estaba durmiendo, estaba en pijama, Además conoce mi forma de hablar, de caminar. O sea, soy su hijo. Uno debería reconocer a su hijo aunque esté oscuro.

Sabía perfectamente quién eras.

Sí.

¿Te dolió? O sea, pudiste levantarte. ¿O te ayudó...?

Mira: quien te diga que los balazos no duelen te está mintiendo. Es como si te hicieran mierda por dentro. Un balazo es como un combo fuerte con un cuchillo en un punto localizado. Sentí que me salía algo por la espalda, me miré la guata y vi que me salía humo por el hueco donde había entrado la bala. Ahí le rogué que me abriera la puerta. Justo ahí siento que alguien desde adentro abre la reja con el citófono. Fue la Juana, su mujer. Salí caminando; lo único que pensaba era que estaba todo mojado. Como si me hubiera hecho diarrea. Pero era sangre y estaba caliente y pegajosa.

¿No tenías celular?

No. O sea, sí, pero estaba apagado y, no sé, primero pensé en escapar lejos. Así que me subí al auto, que estaba estacionado al frente con las llaves puestas, y me fui de ahí sin rumbo. Toqué la radio sin querer y, no sé, parece que cambié la banda AM y recuerdo que dos tipos estaban hablando de ovnis. Llegué a la Avenida Las Condes, no había nadie, cero tráfico; empiezo a bajar y de repente sufro un pequeño desmayo que me hace subirme al bandejón central de la calle. Como el auto es chico, un Suzuki Maruti, queda atascado en el bandejón con las ruedas en el aire, sin tracción. Le meto reversa y me doy cuenta de que ya no se puede mover. Nunca perdí totalmente la conciencia en ese trayecto. Me decía: "Sigue, Pablito, sigue, no te desmayes". En el auto tenía unas mentas y me las comí. Pensé que necesitaba azúcar. Al no poder seguir, atino a bajarme y ahí recién me percato que estoy mal, pero mal mal, y que se me está apagando la tele. La bala me había roto el intestino en siete partes y tenía una hemorragia interna. Ahí perdí la memoria, pero no la conciencia. No me acuerdo cuándo llegó el carabinero, no me acuerdo del furgón, pero parece que me levanté, me subí al radiopatrulla que estaba hediondo a desinfectante y le conversé al carabinero que me preguntaba qué había pasado y yo le decía: "Pregúntale a mi papá, pregúntale a mi papá". Cuando llegamos a la comisaría le di la dirección de mi viejo. Luego agarraron mi celular y llamaron a mi abuela materna, porque tenía a mi abuela en la A; o sea, era el primer número que encontraron.

¿No te llevaron a la clínica?

Ahí llegó la ambulancia, me subieron y yo ya estaba crítico. Recuerdo que la ambulancia iba rajada y que con los saltos la herida me dolía mucho; eso me despertó un poco de nuevo. Lo único que quería en ese momento era que llegáramos al Hospital Salvador y me anestesiaran. Entramos derecho a pabellón y yo ya estaba en shock: vomité, vomité y vomité y empecé a preguntar por el anestesista. A estas alturas ya me costaba respirar: empezaba a ahogarme con la hemorragia interna. Cuando vi que el anestesista había llegado, ahí tiré la esponja y me fui cortado. Ya no me quedaba energía ni me interesaba tenerla.

¿Perdiste mucha sangre?

Me pusieron tres litros de sangre. Tenía dos litros y medio derramados adentro. La bala me traspasó el estómago, me pasó a llevar el hígado y me rompió el intestino en siete partes. Por lo que sé, entré a pabellón como a las tres y media y salí a las siete de la mañana. La hemorragia paró, según el doctor, recién cuando terminaron de coserme el intestino. Desperté como a las doce del día siguiente y empecé a estabilizarme. Estuve una tarde en la UTI, la tarde del jueves. Después la recuperación empezó a ser más rápida; incluso, me entrevistaron algunos de tus amigos periodistas que llegaron al hospital a cachar qué onda. Poco a poco, la cosa se fue calmando. Me llevaron a la casa de mi abuela y nada… comencé a cicatrizar. Y ahora tengo la media cicatriz de recuerdo.

Uf. Vaya. No me la imaginaba tan grande.

La veo y me la toco todos los días. Hagas lo que hagas, te acuerdas.

No lo olvidas.

No. Aunque lo intente. Tampoco sé si quiero.

Claro.

Vaya. No me la imaginaba tan grande. Seguro que todos los días se la toca. En la ducha, al dormir. Se la mira, la ve en el espejo empañado del baño. Haga lo que haga, se acuerda. No lo olvida. Aunque lo intente. Puta, uno cree que siempre va a recordar todo lo malo, que uno va a odiar para siempre, que no podrás perdonar, pero olvidas. Perdonas. Sin querer, sin planearlo, olvidas. Cómo. En qué momento. Pero esto no. No hay caso. Él nunca podrá olvidarlo. Cómo. Hay cicatrices y cicatrices, y esto es un tajo. Una zanja que divide el antes y el después. Y puta, todo, todo lo que me ha pasado es nada. Nada. De qué me quejo. De qué chuchas me quejo. Al lado de este huevón, no me ha pasado nada. Nada.

¿Y qué pasó con tu padre?

Lo metieron en cana casi en el acto. Al menos pagó la cuenta del hospital, aunque estoy seguro de que lo hizo por consejo de su abogado para atenuar la condena. Es parte de su plan de defensa ante el juez.

¿Y en qué está ahora?

Mi viejo está preso, ha pedido la libertad pero, por suerte, no se la han concedido. Todo el tema legal lo han visto mis tíos por parte de mi mamá. Se han portado superbién, nos ayudan con la comida, con el arriendo de la casa donde están mis hermanos en Santiago. Yo trato de ir harto para estar con ellos. Igual tengo que estar acá por las cabañas.

Tú ahora eres, digamos, el padre de tu familia.

Estoy a cargo, sí. Los voy a sacar adelante. Y creo que vamos a ganar el caso. Mi abogada se ha puesto la camiseta por nosotros y se lo toma como algo personal. La victoria para mí en todo esto sería conseguir tranquilidad para mi familia, en el sentido de que mis hermanos menores puedan estudiar, o que tengan un lugar donde vivir. No se trata de conseguir plata para comprarnos autos o poder viajar, pero sí que podamos vivir sin la sombra de mi papá detrás de nosotros restringiendo todos nuestros movimientos. Para eso hemos interpuesto una querella criminal por parricidio frustrado y no intento de parricidio. Aparte de la causa civil por la pensión de mis hermanos. La condena es de entre diez y cuarenta años. El riesgo es alto, porque si mi viejo llega a salir de la cárcel es para preocuparnos. Pero si no pongo la querella criminal va a ser muy fácil que salga en libertad. Entonces, si la ley se cumple –y nos estamos encargando de eso– él va a seguir preso. Por eso, supongo, tú estás aquí y yo estoy contando todo esto.

Así es. Y te lo agradezco.

¿Crees que esto servirá de algo, Felipe?

Sí.

¿Sí? No sé. ¿Qué más?

Nada más. Creo que llegamos al final.

Yo también creo lo mismo.

Sí.

Viste, al final, yo también me salvé. ¿O creías que me moría?

No.

¿Estamos entonces?

Sí. No tengo más preguntas.

Menos mal.

Eh… Te parece si mañana o pasado venga el fotógrafo. ¿Puedes?

Sí.

Sería ideal que mostraras la cicatriz. No sé, una foto en traje de baño frente a un fondo neutro. O quizás con el mar de fondo.

Vale.

Y también me gustaría que dieras la cara.

¿Cómo que dar la cara? Ese no fue el trato.

No, si lo sé.

Entonces no hay más que coordinar.

Por eso dije que me gustaría. Sería lo ideal. Sin la foto, sin tu cara, Pablo, con tu torso y la cicatriz a la vista, creo que el artículo no tendría la misma fuerza.

No sé. Si doy la cara, doy mi nombre. Y, obvio, algunos me van a reconocer y dirán: "Mira, es el hijo del Pancho Santander". Eso podría emputecer aun más a mi viejo.

¿Te preocupa que tu papá intente rematarte?

No. Esas cosas suceden en las películas, y esto es la realidad.

Entonces…

Entonces no. Ya tengo suficientes problemas.

Igual piénsalo. Te lo pido por favor.

Quizás. Déjame pensarlo.

De verdad creo que esto puede ayudar a otras familias. A otros hijos. La gente cree que esto sólo sucede en ambientes muy marginales.

Cuando tu productora me llamó y me contó que por fin me habían ubicado, y me contó que llevaban como no sé cuántos meses buscándome y tenían todos los recortes de los diarios… no sé… Debí colgarles de inmediato, pero no lo hice. Supongo que fue por algo.

Creo que esto va a ayudar a cambiar las cosas.

Ojalá.

Estamos, entonces. Gracias por tu tiempo.

No, gracias a ti. ¿Te regresas ahora mismo?

Sí, tengo que transcribir todo esto.

Puta que te va a quedar largo.

Voy a tener que buscar una forma para organizarlo, porque no me van a dar tantas páginas. Siempre falta espacio.

Y tiempo, huevón. Acuérdate de eso.

Sí, me voy a acordar. Me voy acordar de todo esto.

Vale.

Nos vemos, entonces.

Nos vemos.

Eh… esto ha sido muy importante… de verdad. Para mí, digo.

Lo sé.
Suerte.
Suerte.

Índice

Alberto Fuguet (Santiago, Chile, 1964) es narrador, periodista y cineasta. Estudió periodismo en la Universidad de Chile y es profesor en la Universidad Diego Portales. Es autor de las novelas *Mala onda, Tinta roja, Por favor, rebobinar, Las películas de mi vida, Aeropuertos, No ficción* y *Sudor*; los libros de cuento *Sobredosis* y *Cortos*; los de ensayo y periodismo *Primera parte, Dos hermanos: tras la pista de En algún lugar de la noche, Apuntes autistas, Cinépata (una bitácora), Tránsitos: una cartografía literaria* y *Todo no es suficiente (La corta, intensa y sobreexpuesta vida de Gustavo Escanlar)*; y la novela gráfica *Road Story*. Como editor ha publicado las antologías *McOndo, Se habla español* y *Una vida crítica* (recopilación de las críticas de cine de Héctor Soto). Fue "editor y montajista" de *Mi cuerpo es una celda. Una autobiografía*, de Andrés Caicedo. Ha dirigido los largometrajes *Se arrienda, Velódromo, Música campesina, Locaciones: Buscando a Rusty James* e *Invierno*. En 2010 obtuvo la beca Guggenheim y el Premio de la Crítica en Chile.

JUNTOS Y SOLOS ANTOLOGÍA ARBITRARIA

de Alberto Fuguet
se terminó de
imprimir
y encuadernar
el 26 de octubre de 2016,
en los talleres
de Litográfica Ingramex,
Centeno 162-1,
Colonia Granjas Esmeralda,
Delegación Iztapalapa,
Ciudad de México.

Para su composición tipográfica se emplearon las familias Bell Centennial
y Steelfish de 11:14, 37:37 y 30:30.
El diseño es de Alejandro Magallanes.
El cuidado de la edición estuvo a cargo de Karina Simpson.
La impresión de los interiores se realizó sobre papel Cultural de 75 gramos.